人民共和國文化與文學叢書

七 編

李 怡 主編

第 **8** 冊

重生與表演：張愛玲後期小說創作研究
（1946～1995）（上）

陳 鵠 著

花木蘭文化事業有限公司

國家圖書館出版品預行編目資料

重生與表演：張愛玲後期小說創作研究（1946～1995）（上）／
陳鵠 著 — 初版 — 新北市：花木蘭文化事業有限公司，2019
〔民 108〕
目 4+132 面；19×26 公分
（人民共和國文化與文學叢書 七編：第 8 冊）
ISBN 978-986-485-780-7（精裝）
1. 張愛玲 2. 中國小說 3. 文學評論
820.8   108011452

特邀編委（以姓氏筆畫為序）：

ISBN-978-986-485-780-7

9 789864 857807

吳義勤　孟繁華　張　檸

張志忠　張清華　陳思和

陳曉明　程光煒　劉福春

（臺灣）宋如珊

（日本）岩佐昌暲

（新西蘭）王一燕

（澳大利亞）鄭　怡

人民共和國文化與文學叢書
七　編　第　八　冊　　　　　ISBN：978-986-485-780-7

重生與表演：張愛玲後期小說創作研究
（1946～1995）（上）

作　　者　陳　鵠
主　　編　李　怡
企　　劃　四川大學中國詩歌研究院
總 編 輯　杜潔祥
副總編輯　楊嘉樂
編　　輯　許郁翎、王筑、張雅淋　美術編輯　陳逸婷
印　　刷　普羅文化出版廣告事業
出　　版　花木蘭文化事業有限公司
發 行 人　高小娟
聯絡地址　235 新北市中和區中安街七二號十三樓
　　　　　電話：02-2923-1455／傳真：02-2923-1452
網　　址　http://www.huamulan.tw 信箱 hml 810518@gmail.com
初　　版　2019 年 9 月
全書字數　350653 字
定　　價　七編13冊（精裝）台幣25,000 元

重生與表演：張愛玲後期小說創作研究
（1946～1995）（上）

陳蔿 著

作者簡介

陳鵠，華中師範大學現當代文學博士，香港城市大學教學中文碩士。研究範疇爲張愛玲研究，中國現當代文學研究。在香港從事中文及普通話教學多年。閒時喜歡到處旅遊、看電影、讀書、寫作，曾在臺灣《講義》、《文訊》等雜誌發表過文章，亦曾於《華中學術》等學術期刊發表論文，還獲得「香港文學季‧字立門戶」徵文比賽公開組優異獎。

提　　要

　　張愛玲二十幾歲便以一系列小說爲文壇所驚豔，《傳奇》成就了她的文學地位。著名的夏志清教授更將她的作品同魯迅等大師級的人物等量齊觀。許多作家都受到「張派」風格的深刻影響。而對於她 1945 年之後的作品學界普遍評價不高，研究較爲零散，有些部分甚至是空白。本書致力於研究張愛玲在 1945 年後，即 1946 至 1995 年間（後期）所創作的小說。對於隱居避世的張愛玲，筆者嘗試去揭開她那神秘的面紗，重生與表演概括了她後半生的創作和人生經歷。全書分爲五個部分，對其後期小說創作進行細緻入微的研究和探討。

　　首先，通過分析張愛玲三個不同時期（上海、香港、美國）的創作背景來探究其後期小說創作轉型的歷史原因；其次，運用前後期對比研究的方法，通過研究張愛玲小說創作的政治姿態、生命意識、歷史觀念來發現她後期小說創作的思想變動；第三，張愛玲後期小說的創作特徵也發生了顯著變化，例如，題材的變遷、敘事視角的嬗變、情節模式的變異、表現手法的變化、出現重複書寫和衍生情節等方面；第四，張愛玲後期小說受中外文學傳統的影響，包括中國古典小說、五四新文學傳統、西方作家對其小說創作的影響；第五‧運用作家研究的方式探討張愛玲的表演人格與後期小說創作的關係。

人民共和國時代新文學史料的保存與整理——《人民共和國文化與文學叢書》第七編引言

李　怡

中國新文學創生於民國時期，其文獻史料的保存、整理與研究、出版工作也肇始於民國時期。不過，這些重要的工作主要還在民間和學者個人的層面上展開，缺乏來自國家制度的頂層擘畫，也未能進入當時學科建設的正軌。

作爲國家層面的新文學文獻史料的搜集整理工作始於新中國成立以後。

十七年間，作爲新文學總結的各類作家文集、選集開始有計劃地編輯出版。如在周揚主持下，由柯仲平、陳湧等編輯了《中國人民文藝叢書》。該工作始於 1948 年，1949 年 5 月起由新華書店陸續出版。叢書收入作家創作（包括集體創作）的作品 170 餘篇，工農兵群眾創作的作品 50 多篇，展現了解放區文學，特別是自《在延安文藝座談會上的講話》以來的文學成果，從此開啓了國家政府層面肯定和總結新文學成績的新方式。此外，開明書店、人民文學出版社等也先後編選了一些現代作家的選集、文集，通過對新文學「進步」力量的梳理昭示了新中國所認可的新文學遺產。

除了文學作品的選編，文學研究史料也開始被分類整理出版，如上海文藝出版社影印了二、三十年代的革命文學期刊四十餘種，編輯了《魯迅研究資料編目》、《中國現代文學期刊目錄》等專題資料，還創辦了《中國現代文藝資料叢刊》；作爲「內部讀物」，上海圖書館在 1961 年編輯出版了《辛亥革命時期期刊總目錄》。這樣的基礎性的史料工作在新文學的歷史上，都還是第

一次。第二年 5 月，在《中國現代文藝資料叢刊》的創刊號上，周天提出了
對現代文學資料整理出版的具體設想，包括現代文學資料的分類法：「一、調
查、訪問、回憶；二、專題文字資料的整理、選輯；三、編目；四、影印；
五、考證。」〔註1〕標誌著中國新文學史料文獻研究之理論探討的起步。

作家個人的專題資料搜集、整理開始受到了重視，在十七年間，當然主
要還是作爲「新文學旗手」的魯迅的相關資料。1936 年魯迅逝世後即有不少
回憶問世，新中國成立後，又陸續出版了許廣平、馮雪峰、周作人、周建人、
唐弢等親友所寫的系列回憶，魯迅作爲個體作家的史料完善工作，繼續成爲
新文學史料建設的主要引擎。

隨著新中國學科規劃的制定，中國新文學（現代文學）學科被納入到國
家教育文化事業的主要組成部分，對作爲學科基礎的文獻工作的重視也就自
然成了新中國教育和學術發展的必然。大約從 1960 年代開始，部分的高等院
校和國家研究機構也組織學者隊伍，投入到新文學史料的編輯整理之中。1960
年，山東師範學院中文系薛綏之等先生主持編輯了「中國現代作家研究資料
叢書」，名爲內部發行，實則在高校學界傳播較廣，影響很大。叢書分作家作
品研究十一種，包括《郭沫若研究資料彙編》、《茅盾研究資料彙編》、《巴金
研究資料彙編》、《老舍研究資料彙編》、《曹禺研究資料彙編》、《夏衍研究資
料彙編》、《趙樹理研究資料彙編》、《周立波研究資料彙編》、《李季研究資料
彙編》、《杜鵬程研究資料彙編》、《毛主席詩詞研究資料彙編》等；目錄索引
兩種，包括《中國現代作家著作目錄》、《中國現代作家研究資料索引》；傳記
一種，爲《中國現代作家小傳》；社團期刊資料兩種，有《中國現代文學社團
及期刊介紹》和《1937～1949 主要文學期刊目錄索引》。全套叢書共計 300 餘
萬字。以後，教研室還編輯了《魯迅主編及參與或指導編輯的雜誌》，收錄了
十七種期刊的簡介、目錄、發刊詞、終刊詞、復刊詞等內容。這樣的工作在
當時可謂聲勢浩大，在整個新文學學術史上也是開創性的。另據樊駿先生所
述，中國社會科學院文學研究所現代文學研究室在五十年代末也做過類似工
作。〔註2〕

〔註 1〕周天：《關於現代文學資料整理、出版工作的一些看法》，載《中國現代文藝
　　　　資料叢刊》第 1 輯，上海文藝出版社 1962 年版。
〔註 2〕樊駿：《這是一項宏大的系統工程——關於中國現代文學史料工作的總體考
　　　　察》（上），《新文學史料》1989 年 1 期。

　　當然，這些文獻史料工作在奠定我們新文學學術基礎的同時也構製了一種史料的「限制性機制」，因為，按照當時的理解，只有「革命」的、「進步」的文獻才擁有整理、開放的必要，在特定政治意識形態下，某些歷史記敘和回憶可能出現有意無意的「修正」、「改編」，例如許廣平 1959 年「奉命」寫作的《魯迅回憶錄》，1961 年 5 月由作家出版社出版。周海嬰先生後來告訴我們：「這本《魯迅回憶錄》母親許廣平寫於五十年前的 1959 年 8 月，11 月底完成，雖然不足十萬字，但對於當時已六十高齡且又時時被高血壓困擾的母親來說，確是一件為了『獻禮』而『遵命』的苦差事。看到她忍受高血壓而泛紅的面龐，寫作中不時地拭擦額頭的汗珠，我們家人雖心有不忍，卻也不能攔阻。」「確切地說許廣平只是初稿執筆者，『何者應刪，何者應加，使書的內容更加充實健康』是要經過集體討論、上級拍板的。因此書中有些內容也是有悖作者原意的。」〔註3〕

　　而所謂「反動」的、「落後」的、「消極」的文獻現象則可能失去了及時整理出版的機會，以致到了時過境遷、心態開放的時代，再試圖廣泛保存和利用歷史文獻之時，可能已經造成了某些不可挽回的物理損失。

　　1950 年代中期特別是「大躍進」以後，以研究者個人署名的文學史著作開始為集體署名的成果所取代，除了如復旦大學、吉林大學、中國人民大學、北京大學中文系師生先後集體編著出版的《中國現代文學史》外，以「參考資料」命名的著作還包括東北師範大學中文系中國現代文學教研室《中國現代文學參考資料》（1954）、北京師範大學中文系編《中國現代文學史參考資料》（高等教育出版社 1959）、吉林師範大學中文系現代文學教研室《中國現代文學參考資料》（1961）等，所謂「資料」其實是在明確的意識形態框架中對文藝思想鬥爭言論的選擇和截取，東北師範大學中文系中國現代文學教研室《中國現代文學參考資料》在文學史的標題上彙編理論批評的片段，讀者無法看到完整的論述，而其他保留了完整文章的「資料」也對原本豐富的歷史作了大刀闊斧的刪削，甚至還出現了樊駿先生所指出的現象：

　　　　「大躍進」期間，採用群眾運動方式編輯出版的一些「中國現
　　　代文學參考資料」書籍，有的不知是因為粗心大意，還是出於政治
　　　需要，所收史料中文字缺漏、刪節、改動等，到了遍體鱗傷的地步，
　　　叫人慘不忍睹，更不敢輕易引用。理論上把堅持階級性、黨性原則

〔註 3〕周海嬰、馬新雲：《媽媽的心血》，見許廣平《魯迅回憶錄：手稿本》1～2 頁，
　　　長江文藝出版社 2010 年。

和爲無產階級政治服務的要求簡單化、絕對化了，又一再斥責史料工作中的客觀主義、「非政治傾向」，也導致了人們忽略這個工作必不可少的客觀性和科學性。〔註4〕

不過，較之於後來的「文革」，新中國十七年間的文獻工作還是值得充分肯定的，新文學的史料整理和出版在此期間的確在總體上獲得了相當的發展，——雖然「大躍進」期間也出現過修正歷史的史料書籍，不過，比起隨之而來的十年文革則畢竟多有收穫。在文革那浩劫的歲月中，不僅大量的文學文獻被人爲地破壞，再難修復和尋覓，就是繼續出版的種種「史料」竟也被理直氣壯地加以增刪修改，給後來的學術工作造成了根本性的干擾，正如樊駿痛心疾首的描述：

> 「文化大革命」後期，有的高校所編的現代文學參考資料，竟然把胡適的《文學改良芻議》和陳獨秀的《文學革命論》，與林紓等守舊文人反對新文學的文章一起作爲附錄。這就是說，他們不但不是「五四」文學革命最早的倡導者，而且從一開始就是這場變革的反對者、破壞者。顛倒事實，以至於此！不尊重史料，就是不尊重歷史；改動史料，就是歪曲歷史眞相的第一步。這樣的史料，除了將人們對於歷史的認識引入歧途，還能有什麼參考價值呢？

> 「文化大革命」期間，朝不保夕的「黑幫」和「準黑幫」、他們的膽戰心驚的親屬友好、還有「義憤塡膺」的「革命小將」，從各不相同的動機出發，爭先恐後地展開了一場毀滅與現代歷史有關的事物的無比殘酷的競賽。很少有人能夠完全逃脫這場劫難。不要説不計其數的史料在尚未公諸世人之前，或者尚未爲人們認識和使用之前，就都化爲塵土，連一些死去多年的革命作家的墳墓之類的歷史文物都被搗毀了。江青、張春橋等人爲了掩蓋自己三十年代混跡文藝界時不可告人的行徑，更利用至高無上的權力查禁、封鎖、消滅有關史料，連多少知道一些當年內情的人也因此成了「反革命」，甚至遭到「殺人滅口」的厄運。眞可以説是到了「上窮碧落下黃泉」的乾淨徹底的地步。

> 這類出於政治原因、來自政治暴力的非正常破壞所造成的損

〔註4〕樊駿：《這是一項宏大的系統工程——關於中國現代文學史料工作的總體考察》（上），《新文學史料》1989 年 1 期。

失，更是不知多少倍於因爲歲月消逝所帶來的自然損耗。試問有誰
能夠大致估計由此造成的史料損失？更有誰能夠補救這些損失於萬
一呢？」〔註5〕

至此，我們可以說，中國新文學的文獻史料工作出現了中斷。

中國新文學文獻史料工作的再度復蘇始於新時期。隨著新時期改革開放
的步伐，一些中斷已久的文化事業工作陸續恢復和發展起來，中國新文學研
究包括作爲這一研究的基礎性文獻工作也重新得到了學界的重視。1980 年，
在中國現當代文學研究剛剛恢復之際，作爲學科創始人的王瑤先生就提醒我
們，「必須對史料進行嚴格的鑒別」，「在古典文學的研究中，我們有一套大家
所熟知的整理和鑒別文獻材料的學問，版本、目錄、辨僞、輯佚，都是研究
者必須掌握或進行的工作，其實這些工作在現代文學的研究中同樣存在，不
過還沒有引起人們應有的重視罷了。」〔註6〕

新時期的文獻史料工作首先體現在一系列扎扎實實的編輯出版活動中。
其中，值得一提的著作如下：

作爲文獻史料的最基礎的部分——作家選集、文集、全集及社團流派爲
單位的作品集逐漸由各地出版社推出，人民文學出版社與各省級出版社在重
編作家文集方面作了大量的工作，中國社會科學院文學研究所現代文學研究
室主編的《中國現代文學創作選集》叢書，人民文學出版社編輯出版的《中
國現代文學流派創作選》叢書，錢谷融主編的《中國新文學社團、流派叢書》
等都成爲學術研究的重要文獻，大型叢書編撰更連續不斷，如《延安文藝叢
書》、《上海抗戰時期文學叢書》、《抗戰文藝叢書》、《中國抗日戰爭時期大後
方文學書系》、《中國解放區文學研究叢書》、《中國淪陷區文學大系》等，《中
國新文學大系》的續編工作也有序展開。

北京魯迅博物館於 1976 年 10 月率先編輯出版不定期刊物《魯迅研究資
料》，人民文學出版社於 1978 年秋季也創辦了《新文學史料》季刊。稍後，
各地紛紛推出各種專題的文學史料叢刊，包括《東北現代文學史料》〔註7〕、

〔註5〕樊駿：《這是一項宏大的系統工程——關於中國現代文學史料工作的總體考
察》（上），《新文學史料》1989 年 1 期。
〔註6〕王瑤：《關於中國現代文學研究工作的隨想》，載《中國現代文學研究叢刊》
1980 年 4 期。
〔註7〕黑龍江、遼寧社會科學院文學研究所共同編印，不定期刊物，1980 年 3 月出
版第一輯。

《抗戰文藝研究》、〔註8〕《延安文藝研究》、〔註9〕《晉察冀文藝研究》〔註10〕等，創刊於六十年代初期的《中國現代文藝資料叢刊》於七十年代末期復刊〔註11〕，創刊較早的《文教資料簡報》也繼續發行，並影響擴大。〔註12〕

　　1979 年中國社會科學院文學研究所現代文學研究室發起編纂大型史料叢書《中國現代文學史資料彙編》，該叢書包括甲乙丙三大序列，甲種爲「中國現代文學運動、論爭、社團資料叢書」31 卷，乙種爲「中國現代作家作品研究資料叢書」，先後囊括了 170 多位作家的研究專集或合集近 150 種，丙種爲「中國現代文學期刊目錄彙編」、「中國現代文學總書目」等大型工具書多種。甲乙丙三大序列總計五六千萬字，由 60 多所高校和科研機構的數百位研究人員參加編選，十幾家出版社承擔出版任務。這是自中國新文學誕生以來規模最大的一項文獻整理出版工程。2010 年，知識產權出版社將已經面世的各種著作盡數搜集，在《中國文學史資料全編·現代卷》之名下再次隆重推出，全套凡 60 種 81 冊逾 3000 萬字，蔚爲大觀。

　　一些較大規模的專題性文學研究彙編本也陸續出版，有 1981～1986 年天津人民出版社出版的由薛綏之先生主編的《魯迅生平史料彙編》，全書分五輯六冊計三百餘萬字，是對於現存的魯迅回憶錄的一種摘錄式的彙編。除外，先後有上海社會科學院文學研究所主編的《上海「孤島」時期文學資料叢書》、廣西社會科學院主編的《抗戰時期桂林文化運動史料叢書》、中國社會科學院文學研究所魯迅研究室主編的《1923～1983 年魯迅研究學術論著資料彙編》以及《中國人民解放軍文藝史料叢書》、《新文學史料叢書》、《江蘇革命根據地文藝資料彙編》等。

〔註8〕四川省社科院文學所與重慶中國抗戰文藝研究會聯合編輯，1981 年底開始「內部發行」，至 1983 年 1 期起公開發行，到 1987 年底共出版 27 期，1988 年 3 月起改由四川省社科院出版社出版，重新編號出版了 3 期，1990 年由成都出版社出版 1 期。

〔註9〕陝西省社會科學院文學研究所和陝西延安文藝學會合辦的《延安文藝研究》雜誌，於 1984 年 11 月創刊。

〔註10〕天津社科院文學所創辦，最初作爲「津門文藝論叢」增刊，1983 年 10 月出版第一輯。

〔註11〕上海文藝出版社 1962 年 5 月創刊，出版 3 輯後停刊，第 4 輯於 1979 年復刊。

〔註12〕最初是南京師範學院內部編印的資料性月刊，創辦於 1972 年 12 月，1～15 期名爲《文教動態簡報》，從第 16 期（1974 年 3 月）起更名爲《文教資料簡報》，並沿用至 1985 年底。1986 年 1 月該刊改名《文教資料》，1987 年 1 月改爲公開發行。

　　上述「文學史資料彙編」中涉及的著作、期刊目錄可謂是文獻史料工作的「基礎之基礎」，在這方面，也出現了大量的成果，除了唐沅等編輯的《中國現代文學期刊目錄彙編》〔註13〕外，引人注目的還有董健主編的《中國現代戲劇總目提要》，〔註14〕賈植芳等主編的《中國現代文學總書目》，〔註15〕《中國現代作家著譯書目》，〔註16〕郭志剛等編《中國現代文學書目匯要》〔註17〕，應國靖著《現代文學期刊漫話》，〔註18〕吳俊、李今、劉曉麗等編《中國現代文學期刊目錄新編》等。〔註19〕此外，來自圖書館系統的目錄成果也為釐清文學的「家底」提供了幫助，如國家圖書館、上海圖書館編《1833～1949全國中文期刊聯合目錄》（補充本）、〔註20〕《民國時期總書目》〔註21〕等。

　　隨著史料文獻的陸續出版，文獻工作的理論探索與學科建設工作也被提上了議事日程。

　　20世紀80年代以來，學術界即不斷有人發出建立「中國現代文學文獻學」的呼籲。《中國現代文學研究叢刊》1985年第1期刊登了馬良春《關於建立中國現代文學「史料學」的建議》，他提出了文獻史料的七分法：專題性研究史料、工具性史料、敘事性史料、作品史料、傳記性史料、文獻史料和考辨性史料。《新文學史料》1989年第1、2、4期連續刊登了著名學者樊駿的八萬字長文《這是一項宏大的系統工程——關於中國現代文學史料工作的總體考察》。樊駿先生富有戰略性地指出：「如果我們不把史料工作理解為拾遺補缺、剪刀加漿糊之類的簡單勞動，而承認它有自己的領域和職責、嚴密的方法和要求、獨立的品格和價值——不只在整個文學研究事業中佔有不容忽略、無法替代的位置，而且它本身就是一項宏大的系統工程；那麼就不難發現迄今

〔註13〕上下冊，天津人民出版社，1988年。
〔註14〕南京大學出版社，2003年。
〔註15〕福建教育出版社，1993年。
〔註16〕兩冊（含續編），書目文獻出版社分別於1982、1985年出版。
〔註17〕小說卷、詩歌卷各一冊，書目文獻出版社，1994年。
〔註18〕花城出版社，1986年。
〔註19〕上海人民出版社，2010年。
〔註20〕中央民族大學出版社，2000年。
〔註21〕北京圖書館編，書目文獻出版社1986年～1997年陸續出版。它以北京圖書館、上海圖書館、重慶圖書館的館藏為基礎，收錄了1911年至1949年9月間出版的中文圖書124000餘種，基本反映了民國時期出版的圖書全貌。

所作的，無論就史料工作理應包羅的眾多方面和廣泛內容，還是史料工作必須達到的嚴謹程度和科學水平而言，都存在著許多不足。」

1986 年北京語言學院出版社出版了朱金順先生的《新文學資料引論》，這是關於中國現代文學史料學的第一部專著。

1989 年，中華文學史料學學會成立，著名學者馬良春任會長，徐迺翔任副會長，並編輯出版了會刊《中華文學史料》，〔註22〕 2007 年，中華文學史料學學會在聊城大學集會成立了中國近現代文學史料學分會，標誌著新文學（現代文學）文獻學學科的建設又上了一個臺階。

進入 1990 年代，從學術大環境來說，新文學研究的「學術性」被格外強調，「學術規範」問題獲得了鄭重的強調和肯定，應當說，文獻史料工作的自覺推進獲得了更加有利的條件。近 20 年來，我們的確看到有越來越多的學者自覺投入了文獻收藏、整理與研究的領域，河南大學、清華大學、中國現代文學館、重慶師範大學、長沙理工大學等都先後舉辦了現代文學文獻史料研討的專題會議。2004 年至 2007 年，《學術與探索》、《中國現代文學研究叢刊》、《河南大學學報》、《汕頭大學學報》、《現代中文學刊》等刊物闢專欄相繼刊發了專題「筆談」，《中國現代文學研究叢刊》還在 2005 年第 6 期策劃了「文獻史料專號」，《現代中國文化與文學》設立「文學檔案」欄目，每期發表新文學史料或史料辨析論文。新文學文獻史料的一系列新的課題得以深入展開，例如版本問題、手稿問題、副文本問題、目錄、校勘、輯佚、辨偽等等，對文獻史料作為獨立學科的價值、意義及研究方法等多個方面都展開了前所未有的研討。

陳子善先生及其主編的《現代中文學刊》特別值得一提。陳子善先生長期致力於中國現代文學史料研究，尤其對張愛玲佚文的搜集研究貢獻良多。2009 年 8 月，原《中文自學指導》改刊成為《現代中文學刊》，由陳子善先生主持。這份刊物除了對中國現代文學研究突出「問題意識」之外，最引人矚目之處便是它為現代文學的史料文獻研究提供了大量的篇幅，不僅有文獻的考辨、佚文的再現，甚至還有新出版的文獻書刊信息及作家故居圖片，《現代中文學刊》的彩色封底、封二、封三幾乎成為學人愛不釋手的歷史文獻的櫥窗。

劉增人等出版了 100 多萬字的《中國現代文學期刊史論》，既有「中國現

〔註22〕《中華文學史料（一）》由上海百家出版社 1990 年 6 月推出。

代文學期刊敘錄」，又有「中國現代文學期刊研究資料目錄」的史料彙編，從「史」的梳理和資料的呈現等方面作了扎實的積累。〔註23〕2015 年 12 月，劉增人、劉泉、王今暉編著的《1872～1949 文學期刊信息總匯》由青島出版社推出，全書分四巨冊， 500 萬字，包括了 2000 幅圖片， 正文近 4000 頁，涵蓋了 1872～1949 年間中國文學期刊的基本信息。

　　一些著名學者都在新文學的文獻學理論建設上貢獻了重要的意見。楊義提出「文獻還原與學理原創」的「八事」：1、版本的鑒定和對這些鑒定的思考；2、作家思想表述和當時其他材料印證；3、文本真偽和對其風格的鑒賞；4、文本的搜集閱讀和文本之外的調查；5、印刷文本和作者手稿，圖書館藏書和作家自留書版本之間的互補互勘；6、文學材料和史學材料的互證；7、現代材料和古代材料的借用、引申和旁出；8、圖和文互相闡釋。〔註24〕

　　徐鵬緒、逄錦波試圖綜合運用文獻學、傳播學、闡釋學、接受美學等理論方法，對中國現代文學文獻學的基本概念進行界定，嘗試建構中國現代文學文獻學理論體系的基本模式。〔註25〕

　　2008 年，謝泳發表論文《建立中國現代文學史料學的構想》，〔註26〕先後出版《中國現代文學史料概述》（廈門大學出版社 2009 年版）和《中國現代文學史料的搜集與應用》（臺北秀威信息科技股份有限公司 2010 年版）、《中國現代文學史研究法》（廣西師範大學出版社 2010 年版），就「中國現代文學史料學」問題闡述了自己的詳盡設想。

　　劉增杰集多年現代文學史料研究和研究生教學成果而成《中國現代文學史料學》，〔註27〕此書被學者視為 2012 年現代文學史料考釋與研究方面的「重大突破」。

　　最近十多年來，在新文學文獻理論或實際整理方面作出了貢獻的學者還有孫玉石、朱正、王得後、錢理群、楊義、劉福春、吳福輝、林賢次、方錫德、李今、解志熙、張桂興、高恒文、王風、金宏宇、廖久明、李楠、魏建等。

〔註23〕新華出版社，2005 年。
〔註24〕楊義：《文獻還原與學理原創的互動》，《河南大學學報》2005 年 2 期。
〔註25〕徐鵬緒、逄錦波：《中國現代文學文獻學之建立》，《東方論壇》2007 年 1～3 期。
〔註26〕《文藝爭鳴》2008 年 7 期。
〔註27〕中西書局，2012 年。

　　隨著中國文學傳播與研究的國際化，境外出版機構也開始介入到文獻史料的整理與出版活動，如香港牛津大學出版社出版蕭軍《延安日記》、《東北日記》，臺灣秀威信息科技股份有限公司出版謝泳整理的《現代文學史稀見資料》，臺灣花木蘭文化出版社自 2016 年起推出劉福春、李怡主編《民國文學珍稀文獻集成》大型系列叢書。

　　在中國現代文學的史料文獻意識日益強化的同時，當代文學的史料文獻問題也被有志之士提上了議事日程，洪子誠、吳秀明、程光煒等都對此貢獻良多，〔註 28〕這無疑將大大地推動新文學學科的文獻研究，更為新文學研究走向深入，為現代新文學傳統的經典化進程加大力度，甚至有人據此斷言中國新文學研究已經出現了現代文學研究的「文獻學轉向」。〔註 29〕

　　但是，與之同時，一個嚴峻的現實卻也毫不留情地日益顯現在了我們面前，這就是，作為新文學出版的物質基礎——民國出版物卻已經逼近了它的生存界限，再沒有系統、強大的編輯出版或刻不容緩的數字化工程，一切關於文獻史料的議論都會最終流於紙上談兵，對此，一直憂心忡忡的劉福春先生形象地說：「歷史正在消失」；「第一，我們賴以生存的紙質書報刊已經臨近閱讀的極限；第二，歷史的參與者和見證者現在很多都已經再沒有發言的機會了。2005 年，《人民日報》海外版的消息，國家圖書館民國文獻，中度以上破壞已達 90%。民國初期的文獻已 100%損壞。有相當數量的文獻，一觸即破，瀕臨毀滅。國家圖書館一位副館長講：若干年後，我們的後人也許能看到甲骨文，敦煌遺書，卻看不到民國的書刊。而更嚴重的是，隨著一批批老作家的故去，那些鮮活的歷史就永遠無法打撈了。」〔註 30〕

　　由此說來，中國新文學的文獻史料工作不僅僅有任重道遠的沉重感，而且更有它的刻不容緩的緊迫性。

　　新文學百年文獻史料，即便是中華人民共和國文學史料這一部分，也是好幾代史料工作者精心搜集、保存和整理的成果，雖然現代印刷已經無法還

〔註 28〕 參見洪子誠《當代文學的史料問題》（《長沙理工大學學報》2016 年 6 期），吳秀明、章濤《當代文學文獻史料研究的歷史與現狀——基於現有成果的一種考察》（《文藝理論研究》2012 年 6 期），吳秀明、章濤《當代文學文獻史料研究的歷史困境與主要問題》（《浙江大學學報》2013 年 3 期）等。

〔註 29〕 王賀：《現代文學研究的「文獻學轉向」》，《長沙理工大學學報》2016 年 6 期。

〔註 30〕 劉福春：《尋求中國現代文學文獻學學科的獨立學術價值》，《長沙理工大學學報》2016 年 6 期。

原它們那發黃的歷史印跡，無法通過色彩和字型的恢復來揭示歷史的秘密，然而，其中盡力保存的歷史的精神和思想還是「原樣」的，閱讀這些歷經歲月風霜雨雪的文獻，相信我們能夠依稀觸摸到中國新文學存在和發展的更為豐富的靈魂，在其他作品選集之外，這些被稱作「史料」的文學內部或外部的「故事」與「瘢痕」同樣生動、餘味悠長。

2019 年 1 月修改於成都江安花園

目

次

緒　論

一、選題的緣起和研究意義

　　眾所周知，自從夏志清在他的《中國現代小說史》中評價「張愛玲該是今日中國最優秀最重要的作家」之後，這位在一九四九年新中國成立之後到七十年代在大陸已幾乎被人完全遺忘的作家才重新得到人們的關注，並且一發不可收拾，夏志清、李歐梵、王德威、劉紹銘、許子東、水晶、周芬伶、陳子善等著名學者都對張愛玲的作品，特別是前期（1943～1945）也即張愛玲最鼎盛時期的作品做了比較深入的研究和探討，並且很多研究都取得了顯著的成果，對於張愛玲這一時期作品的寫作特點、寫作風格等已經有了一定的結論，被後來的專家學者和張迷們所推崇，並不斷地在自己的著作和研究論文中引用。

　　但對張愛玲後期的作品（1946～1995），大多數論者的評價都不高，認為張愛玲後期的創作力衰退，對後期作品的研究也較前期少。大都認為她後期小說的文字風格和早年不同，那種「兀自燃燒的句子」不見了，那種姹紫嫣紅、意象繁複的華麗風格沒有了，代之以是一種情節淡化、白描、語言趨於樸素自然，也即一種「平淡而近自然」的風格。對於她後期的小說研究，大多數學者也只是對她的單部小說進行專門的研究，比較多的是集中在《小團圓》、《色戒》這兩部作品，除此之外臺灣也有部分學者對《秧歌》和《赤地之戀》進行了較為深入的研究。對張愛玲其他作品的研究相對上述作品相關的論文數量就不是很多，有的也只是在論述中提到幾句，泛泛而談，沒有進行深入廣泛的研究，有較高學術價值的也不多。對張愛玲後期小說研究較多

和深入的是高全之。他的《張愛玲學》和《張愛玲學續篇》對張愛玲後期小說有較爲深入的探索和研究，並有很獨到的見解。高全之對張愛玲的研究得到學術界的廣泛關注，許多學院派的專家學者都經常引用高全之的研究成果和結論。但他也只是對於單部作品，或者兩部作品進行對比研究，並沒有對後期作品進行一個全面、多方位的研究。特別是張愛玲的三部英文小說《雷峰塔》、《易經》、《少帥》一直無人問津，直到譯成中文版後，才有少數論者在自己的論文中聊聊數語提到，並沒有引起學界的高度關注，高全之在他的《張愛玲續篇》中對《雷峰塔》和《易經》進行了角度比較特別的另類研究。未完稿的《少帥》在宋以朗決定出版後，擔心讀者好像讀《小團圓》一樣完全不得要領，特別請鄭晞乾寫了一篇研究和考證的文章，來幫助讀者理解和閱讀張愛玲。目前還沒有人對這篇小說進行深入的研究和探討。所以對張愛玲後期小說創作的全面性的研究還是一個空白，具有較高的學術價值。

對於前後期小說的不同特點和風格，專家學者和張迷們一致的看法是，前期意象繁複、風格華麗絢爛，體現作者才華橫溢的創作天才，是「我們文壇最美的收穫」；後期則歸於平淡自然，重視潛藏、含蓄，包容曲筆、閒筆、淡化情節、重視生活的質地。也斯認爲，張愛玲的後期寫作是一種刻苦高危的寫作，她在寫法上放棄了哪些濃密豔麗的句子，而以貌不驚人、平淡自然的文字，含蓄穿插，去實驗另一種寫作方法。但也斯也是泛泛而談，並無進行深入研究。張愛玲後期小說創作和前期到底有什麼不同？發生了什麼變化？她的後期小說創作在思想內涵上有什麼變化？在創作藝術特徵上有什麼變化？張愛玲自己的人生經歷和性格特徵對後期小說創作有什麼影響？張愛玲後期小說創作受中外文學傳統的影響程度是怎樣的？這些問題目前尚無學者進行一個整體性的專門研究。相關的關於張愛玲後期小說創作研究的專著和博士論文目前還沒有見到。這是本文要進行重點研究的部分，這對張愛玲的學術研究是極爲必要和有價值的。

在對張愛玲後期小說的研究中，許多學者注意到了張愛玲對政治態度的轉向，從前期不關心政治的小市民的生活瑣事到後期左傾的《十八春》、《小艾》兩部作品，再到右傾的《秧歌》和《赤地之戀》，這方面的研究是比較多的。還有些學者發現張的後期作品如《怨女》、《色戒》有關於女性情慾的直接大膽的描述，並且對女性情慾是持一種肯定和讚賞的態度，還有些學術論文作者發現張後期作品中所體現的對愛情婚姻的嚮往之情。這些零零星星的

發現實際上顯示了張愛玲後期小說創作思想內涵的變化，除此之外，筆者還發現張愛玲後期作品中歷史觀念的變化。對張愛玲後期小說創作思想內涵的變化目前還沒有學者做出綜合性的研究和探討，這是筆者在本書中要討論的重點之一。

　　在《自己的文章》中，張愛玲說「我甚至只是寫些男女間的小事情，我的作品裏沒有戰爭，也沒有革命。」但在後期小說創作中，我們都知道上面提到的幾部作品都不只是男女間的小事情，而且涉及到戰爭和革命的題材，這是張愛玲後期小說創作的變化，有專家學者注意到這一點，並有相關的論文提及到這個重要的變化。還有許多學者注意到張愛玲後期小說的意象營造沒有了前期華麗繁複的特點。另外，還有引起眾多爭議的張愛玲作品的自傳性和真實性，特別是《小團圓》一書，已有多位著名的專家學者對此進行專門的研究，相關的碩士和學術論文也有很多。通過大量的閱讀和研究，筆者發現以上這些都屬於藝術特徵的變化，除此之外，筆者還發現張愛玲後期小說創作書寫角度的變化和情節模式的變異。而且除了意象營造的變化，張後期小說對於反諷手法的運用，性描寫的程度相對於前期小說都發生了很大的變化。還有張愛玲後期小說創作情節模式的變異等等，這些在目前發表的學術論文中還沒有見到具有綜合性的專門深入的研究，這也是本書要進行深刻研究和探討的問題。另外還有王德威所提到過的張愛玲後期小說創作中重複書寫和出現衍生情節的問題，也將是筆者在本書中作為張愛玲後期小說創作特徵變化的一個環節來進行綜合探討。對於張愛玲後期小說創作特徵的變化和特色方面的研究在目前看來也是極為不足的，所以這項研究也是極具學術價值的。

　　張愛玲是一個比較特殊的作家，因為其他作家引起大眾的關注和討論多是因為他們作品的成就和得失，而張愛玲則不同，雖然她早期在上海因為其卓越的寫作才華得到大眾的矚目，再加上她的貴族血統，以及有關她的種種傳說軼聞，和後期的避世隱居，使得她成為一個非常神秘傳奇的人物，吸引了不少好奇的讀者關注她的一舉一動。臺灣的一個女作家為了接近張愛玲，甚至專門租住在她的隔壁，偷偷跟蹤和偷她的垃圾來對張愛玲進行研究，還有眾多的崇拜者和張迷們無所不用其極的想接近張愛玲或一睹芳容。每個有機會接近她或者曾經和她相處共事、甚至和她有過一面之緣、有過書信往來的人，都成為了人們關注的焦點。這使得張愛玲本身也成為了和她的作品一

樣令人著迷和神往的對象。有關她的傳記、訪問文章、奇聞逸事、書信往來
等等都成爲人們追捧的熱點。那麼張愛玲到底是一個什麼樣的人呢？眞實的
張愛玲和文本中的張愛玲到底有什麼相同和不同的地方，到底有什麼樣的魅
力叫眾人神魂顛倒，五體投地呢？目前還沒有專書專著和相關論文對張愛玲
的性格特徵與其後期小說創作的關係進行專門的研究，這方面的研究具有較
高的學術價值，所以筆者想在論文中專關一章來對此進行專門的研究和探
討，爲張愛玲後期小說創作研究做一點小小的貢獻。

　　最後，筆者想談談中外文學傳統對張愛玲後期小說創作的影響。關於
前期的作品，關於張愛玲受《紅樓夢》的影響、受中國古典傳統小說和英
國作家的影響等都有許多專家學者進行了專門的深入研究，中港臺三地都
有專書專著以及大量的博、碩士論文對此進行專門的探討和研究。但對後
期作品的研究就不多，即使提起，也只是在其他的論題下泛泛而談或是偶
而提到，還沒有專書專著專門對此進行研究。比如，張愛玲自己說過《紅
樓夢》和《金瓶梅》是她創作的一切源泉。所以關於《紅樓夢》對張愛玲
前期作品的影響研究者眾多，而對後期作品的影響則只是簡單的提及。另
外，筆者還發現眾多研究者沒有注意到，五四新文學傳統對張愛玲後期小
說創作的影響，以及張愛玲在不同時期對五四新文學傳統的思考。至於張
愛玲前期小說受到西方作家，比如毛姆、威爾斯、勞倫斯等作家的影響，
已經有眾多的專家學者和學術論文對此進行專項研究，並取得了一定的成
果。但這些作家對張愛玲後期小說創作的影響，並沒有引起學界很大的關
注，相關的研究論文也很少，有些學者留意到張的某些作品受西方作家的
影響，但在其著作中也只是偶而提到一兩句，泛泛而談，並無進行深入的
探討和研究。所以張愛玲後期小說創作與中外文學傳統的研究是非常有學
術價值的，筆者想對此進行一點粗淺的探索和研究，希望能彌補一下張愛
玲學術研究在這方面的不足之處。

　　綜上所述，本書的選題意義就在於要全面深入的研究和探討張愛玲後期
小說創作和前期的不同之處，通過研究張愛玲小說創作轉型的歷史語境透
視；張愛玲後期小說創作中的思想變動；張愛玲後期小說創作特徵的變化；
張愛玲後期小說創作與中外文學傳統的關係；張愛玲的表演人格與其後期小
說創作的關係這五個方面，來對張愛玲後期小說創作進行一個全方位的研究
和探討，以彌補張愛玲學術研究在這方面的空白。

二、國內外研究現狀述評

從上個世紀開始，關於張愛玲的學術研究可謂碩果累累，中、港、臺及海外的專家學者，從現代性、女性主義、後殖民主義、後現代主義、精神分析法、身體書寫、都市文化書寫等多種角度進行研究和探討，取得了豐碩的成果。特別是對張愛玲前期作品（1943～1945）主要是《傳奇》和《流言》兩部作品的研究，已成為顯學，可謂碩果累累，並有了比較權威性的結論，在這裡我就不再進行重複的詳細敘述了。

本書主要是全方位地研究和探討張愛玲在 1946 至 1995 年期間的小說創作，而目前學界對此還沒有一個比較全面和深入的研究，對於張愛玲的後期小說創作研究，主要集中在她的部分作品，比如《小團圓》、《秧歌》、《赤地之戀》、《色戒》、《怨女》等作品，其他如《浮花浪蕊》、《同學少年都不賤》、《相見歡》、《雷峰塔》、《易經》、《少帥》等作品較少人進行研究，有也是隻言片語，淺談即止，沒有進行比較深入的研究和探討。

學界在張愛玲後期小說作品中對《小團圓》的關注度最大，相關的著作和學術論文也是多不勝數。許子東在〈張愛玲晚期小說中的「愛情故事」〉一文說《小團圓》確立了張愛玲的晚期風格，從《傳奇》的典型張氏風格到創作《秧歌》、《赤地之戀》等作品發生了巨大的改變，從華美炫目的風格走向自然平和，題材也發生了改變，從描寫都市男女情事到革命戰爭和農村故事。許子東認為張愛玲去美國後，特別在寫作《赤地之戀》和改寫《金鎖記》失敗後，決定從此只專注於寫自己那些難以忘懷的往事，尤其是自己和母親之間的事以及和胡蘭成的舊情事。許子東留意到了張愛玲後期創作風格的轉變和題材的改變，但並沒有詳細的說明和闡述。

他認為《小團圓》所具有的文學史的特別意義就是這部小說講了兩個在中國現當代文學中非常特別的，關於男人和女人之間的特別愛情故事以及母親與子女之間的奇特關係。他稱它作一部現代文學史上「非典型」的愛情故事。他還認為張愛玲在《小團圓》中有大膽的性愛描寫以及在文中有美化胡蘭成的描述，他認為這些描寫一方面是借助小說療救心創，另一方面是她為了藝術不惜動用自己「最深知的材料」。並且隱含著和《今生今世》某種對話的潛意識。這涉及到張愛玲作品的自傳性和真實性的問題，這是眾多論者比較關注和討論的熱點。

大陸學者陳子善在《〈小團圓〉的前世今生》一文中，提到張愛玲為什麼

要寫《小團圓》？陳子善認為並非一些論者所說的是為了回應胡蘭成的《今生今世》那麼簡單。他認為貫穿《小團圓》始終的正是張愛玲對自己與母親關係的文學書寫，書中所寫的親情、愛情、和友情，無不千瘡百孔，每一種都遭到幽暗幻滅的結局。他覺得這是一部狠到極點、冷到極點的長篇小說。經陳子善的考證，《小團圓》是「散文」而不是小說。他還在《無為有處有還無》一文中說《小團圓》繼承了《孽海花》的「書中人物，幾無不有所影射」，算一部別開生面的影射小說。這涉及到張愛玲作品的自傳性和真實性的問題，既然是散文，當然有極大的真實性，但陳子善對此並沒有進行深入的探討。

陳子善在《張愛玲文學視野芻議》中認為，張愛玲的作品從《傾城之戀》、《燼餘錄》再到《小團圓》中對戰爭的描寫，是傾力刻畫戰爭時期普通人的心態，著重描寫人性在戰爭中會有怎樣反常、扭曲的表現，展示了她的日常生活視野。在此文中，陳子善還提到張愛玲作品中的女傭題材，還有她身後才出版的《異鄉記》，這部作品證明了張愛玲有直接的農村生活經驗，並且她還在 1950 年到農村去參加了當地的土改運動。這顯然說明她一生中從未到過鄉村的說法是不成立的。所以根據陳子善的推論，張愛玲作品的真實性還是有一定根據的，這是張愛玲後期小說創作的一個為眾人所關注的焦點。

香港的學者林幸謙在《身體與符號建構》中指出，《小團圓》的寫法也是張愛玲「傾城」式的愛情故事的寫法，因為她「希望抗戰永遠打下去」只為了和愛人邵之雍可以在一起不分開。林幸謙認為，張愛玲在七十年代中期的創作中顯示對於性愛表述的一種醒覺和無畏的精神，女性不再是他者，不再附屬於男性，這種寫作精神具有一定的先驅意義。而書中的二嬸和三姑（母親和姑姑）的描寫，也說明了兩代女人在情慾主題上的覺醒。他認為張愛玲為當代文學中的情慾敘事建構提早找到了突破點。這是張愛玲前期作品所不具備的特點，林幸謙留意到了這一點。

而沈雙在《張愛玲的自我書寫及自我翻譯：從〈小團圓〉談起》一文中說，《小團圓》反映了張愛玲在美國的心境，卻沒有正面表現美國的現實，也沒有對於移民身份、文化以及語言差異等問題進行反思。從這裡可以看出沈雙認為，《小團圓》多少都透露出張愛玲在美國的心路歷程，說明這部小說有自傳性的特點，並具備一定的真實性。

另外，林幸謙還提到，《小團圓》中有很多與性有關的意象在九莉和邵之

雍的情愛描寫中出現。還有關於「聖杯」的自我主體意象，認為其意義是無私、無條件的愛；熱戀中男女情慾、性靈的雙重結合和統一。林幸謙認為，張愛玲對於男女情愛的描寫趨向於對於身體自身的欲求醒覺以及涉及到關於直白的性愛描寫，這顯然是張愛玲晚年小說創作的主要特性之一。他在文中說「《小團圓》是一種充滿複雜迂迴而又分裂的自我銘刻與隱喻敘事，傳達出張愛玲對情／欲主體和雙重自我的書寫。」其實這一點表達了張愛玲對女性情慾的肯定和對美好愛情婚姻的嚮往，除了《小團圓》，張愛玲後期創作的其他小說也有類似的描述，這是前期小說作品所不具備的特點之一，筆者希望在本書中重點探討這一論題。

林幸謙還談到《小團圓》的寫作特點，即是非常具有張愛玲特色的語言不斷出現，小說裏不時出現一些華麗的意象和極具質感的語言，他認為這是她後期小說中所較少見的特點。從表面上來看小說中充斥著很多關於她家族以及她自己私生活的很隱秘的故事，但從中我們可以感覺到作者在其中表明和樹立自己的形象。林幸謙認為張愛玲是以一種比較特別的方式來向讀者表述她在上海的生活，這是一種將自己的隱私故事和文學創作結合起來，並在小說中樹立自己形象的一種類似於自傳性的寫作方式。這都涉及到張愛玲作品的自傳性和真實性的問題。

還有特別值得一提的是高全之的《懺悔與虛實》一文，此文專門探討了《小團圓》是否自傳體小說。高全之的看法是，《雷峰塔》、《易經》、《小團圓》三部小說顯然是張愛玲的文學創作，並不屬於自傳體小說，他認為張愛玲與女主角並非全等。這部小說中最主要的人物是荀樺、燕山、邵之雍、蕊秋。特別是母親蕊秋，高全之認為這是張愛玲通過文學創作，加添一些虛構的情節來寄託自己對母親的愛和思念。高全之覺得很多論者認為這個故事提示母親墮落的看法是欠妥的，他認為張愛玲在母親過世後，努力回憶並收集母親情愛的生活資料，並不是為了責備和批判母親，而是接受了或許違反當時中國社會傳統婦德教律的母親。高全之認為張愛玲編織的很多情節其實只是和九莉一起對母親表示感謝和懺悔之情。這和前面講到的許子東的審母情結應該是截然不同的看法。所以，張愛玲後期小說的真實性和自傳性是一個值得進一步探討的問題。

另外，也斯也有自己獨到的見解，他在《張愛玲的刻苦寫作與高危寫作》中提到張愛玲後期作品藝術特徵的表現形式，他認為在《小團圓》中，有許

多灰蛇草線的穿插閃存、首尾呼應、以曲筆暗示、閒筆敷衍、化寫實爲象喻，發展小說角色的豐富含義，他認爲許多人猜想張愛玲寫作《小團圓》是因爲難忘舊情或者爲了報復、爲了作自傳，其實她是爲了實踐自己的文學理想而寫的。但也斯的看法也只是就《小團圓》這一部作品而言，並沒有進行展開論述，只是泛泛而談。

　　以上筆者比較詳細地敘述了許子東、林幸謙、高全之等在張愛玲學術研究中頗有建樹的幾位學者對《小團圓》的研究和探討，他們的研究顯示出張愛玲後期小說的代表作《小團圓》在藝術特徵包括風格、題材、眞實性和自傳性、情慾描寫等方面的變化，這些研究和看法比較具有代表性。另外還有一些關於《小團圓》的碩士論文和單篇學術論文，如湖北大學劉婷的碩士論文《〈小團圓〉綜論》，認爲《小團圓》用了混亂的時空敘述和重複敘事手法以及互文性的寫作，並且特別提到《小團圓》對於戰爭的獨特書寫，張愛玲對親情的渴求和壓抑，以及對愛情的全心投入與冷靜自視。她認爲張對母親的感情是一種既渴望擁有又無法親近的痛苦感覺，並且借著九莉發洩自己對胡蘭成的怨恨。李美皆在《從〈小團圓〉看張愛玲的終極身體寫作》對《小團圓》的性描寫做了一番研究，她認爲張愛玲寫性「是一鱗半爪便足夠旖旎了」。她認爲其中唯一突破的描寫是「獸在幽暗的岩洞裏的一線黃泉就飮」那一段，體現了在愛裏、性裏，女人的身與心達到最高度的一致，她認爲張愛玲小說中的這些私密的性描寫應該是來自於她自己的眞實體驗，體現了張愛玲身體寫作的一種眞實性，也說明了張愛玲對女性情慾的肯定。但李美皆只是對《小團圓》這部作品進行了相關研究，這個特點是否其他作品也具有呢？或是張的後期作品都有這個特點呢？這顯然是需要我們進一步研究的問題。

　　海南師範大學黃梅的碩士論文《重寫與顛覆──〈小團圓〉與張愛玲前期作品的互文性研究》對《小團圓》與張愛玲前期作品及相關文本內容的互文性、作品風格的互文性以及其文本呈現互文性的原因進行了研究和探討，認爲《小團圓》與張愛玲前期小說、散文及其相關文本構成了一種互文關係，《小團圓》的文本將在整個張愛玲研究中具有很強的傳記意義。這對研究張愛玲後期小說的眞實性與自傳性是具有一定的借鑒作用的。

　　還有陳麗芬在她的《童言流言，續作團圓》一文中認爲，《小團圓》在某種程度上，有與讀者對她作品的記憶較量的意味，她通過半自傳的形式，告訴讀者，她才是「張愛玲故事」的唯一作者，作品中的性描寫讓讀者心目中

的女神下到凡間來。透過重寫，她複雜化了那個「民國世界的臨水照花人」，更同時敍寫了她自己的傳奇，以一種異化的方式繼續扮演「張愛玲」。似乎體現了張愛玲的一種表演人格，但陳麗芬對此只是隻言片語，並無詳細闡述。

比較特別的一篇是黃阿莎的《悵然回首敍平生——〈小團圓〉回憶敍事之一瞥》，她在這篇文章中對《小團圓》中的韓媽進行了分析和研究，提出張愛玲通過對韓媽的片段敍寫，展現出人情的冷暖變化和人性的複雜糾結。

對於《小團圓》的研究和討論大概也就是上述的觀念和看法，其他還有大量的觀點相同或類似的論文或著作，這裡就不一一詳述了。

接下來我想談談張愛玲備受關注的另一部作品《色戒》。最早的對《色戒》評價的文章應該是一九七八年「域外人」（張系國筆名）發表的《不吃辣的怎麼胡得出辣子？——評〈色戒〉》提出，「歌頌漢奸的文字，——即使是非常曖昧的歌頌是絕對不值得寫的」。《色戒》是否只是一部歌頌漢奸的小說呢？學界對此爭論不休，各有自己不同的看法。

臺灣的學者水晶在《生死之間：讀張愛玲〈色戒〉》一文中，認爲，《色戒》「在反高潮的『豔異』空氣中，『人性呱呱叫了起來』的手法掩映下，愛國抗日只是藥引子，最終的是人性掩蓋了政治。」這提到了張愛玲後期小說創作中關於人性的問題。

還有在日本的學者邵迎建在她的《撕裂的身體——張愛玲〈色戒〉論》中，她從女性主義的角度解讀《色戒》，認爲王佳芝的「性」從未屬於過自己，期限屬於她「未來的丈夫」，後來又以「國家」的名義獻給了「同夥」和「敵人」，這是代表了張愛玲一貫的女性立場。邵迎建注意到這部作品的性描寫，她是站在女性主義的立場來討論這一點，沒有深入研究這個特點和前期相關作品的不同之處。

另外還有大陸學者余斌在他的《〈色戒〉考》一文中，提出《色戒》與鄭蘋如行刺丁默村一案有很多相似之處，他認爲張愛玲有可能從胡蘭成處獲得有關資料。余斌認爲，《色戒》實際上是張愛玲對鄭蘋如事件的重新闡述，通過女間諜暗殺漢奸這一事件蘊含了張愛玲對人性的瞭解，和前期其作品關於男女情慾的描寫似乎一脈相承。這也涉及到張愛玲作品的眞實性以及其關於人性的解讀。

高全之在《挫敗與失望——張愛玲〈色戒〉的生命回顧》一文中認爲，雖然張愛玲從未否定性是愛的一種支撐，但作爲美人計裏的色餌，王佳芝並

非把自己的性需要放在檯面上思考或討論的豪放女，因為任務在身，她根本無暇搞清楚自己是否愛上了老易，其實迷糊困擾和人性的脆弱才是王佳芝的真實心理狀態。高全之對這部作品的理解也是關於人性的問題，說明了人性的複雜性。這也是本書需要深入探討和研究的問題，並探討這個特點是否張愛玲後期的其他小說也具備呢？

當然還有人說，李安的電影對《色戒》另有一種理解，很多論者都提到過，《色戒》事實上是用電影手法寫成的，所以李安選擇了改編《色戒》；李安嗅到了這部作品的離經叛道的味道，他在拍攝這部作品時，對於其中複雜的人性做了很好的揭示和體現。

臺灣郭恩瑾的碩士論文《張愛玲〈色戒〉研究》，認為在《色戒》中張愛玲藉著情色來描述人性，事情的成敗就在一念之間，主題上完全是以參差對照的方式呈現，是忠誠還是背叛，是色還是戒，宛如看一場電影般，跳出觀眾所預想的情節，空留餘音和不盡的討論和爭執。他認為這部作品也是著重描述人性，主題是以參差對照的方式呈現，無所謂忠誠還是背叛。從這裡看出關於主題和題材以及表現形式的變化，是張愛玲後期作品和前期不同的地方，也是我們需要深入進行探討的部分。

上述關於《色戒》的論述主要是關於人性、情慾、真實性的研究和討論，也涉及到張愛玲後期其他作品的所具備的特點，這是我們需要在本書中進行綜合研究和討論的部分。

接著我想談談關於《怨女》的研究。宋衛琴在《男權、族權下的怨女—張愛玲〈怨女〉中柴銀娣形象》中說道，張愛玲經過二十多年的沉澱，擁有了更新的視角和對人情世故的新的認識，從而使《怨女》有類似《紅樓夢》寫實的筆法，用工筆細描顯得整個文字風格洗練、從容、淡然，讓人物自己去表達自己。這裡提到《紅樓夢》對張愛玲後期創作的影響，但宋衛琴並沒有對此進行深入的探討。

高全之在《〈怨女〉的藝術距離及其調試》中認為，銀娣南人北化與張愛玲移民美國互通表裏，體現了張愛玲移民美國的心路歷程。張的角度是近銀娣遠曹七巧，利用容貌和行為之改變為銀娣爭取讀者的同情。多年來許多學者和研究論文多次告訴我們：本篇小說的主旨是女性在情愛追求過程中未能滿足，遂生哀怨。高全之在此提出自己獨到的看法，張愛玲強烈地肯定女性在情愛追求的過程中，多種不同的身心運作，不以女性情慾滿足與渴求為恥，

不因女性生理器官爲羞。這是肯定女性的性欲和正常的生理需要，除了這部作品，上面我們還談到《小團圓》也有類似的描述。筆者還注意到張愛玲的其他作品如《少帥》中也有相關情節，還沒有學者對此進行全面的研究和探討。

高全之在《張愛玲小說的時間印象——兼論〈浮花浪蕊〉離鄉與〈怨女〉歸航》一文中提到，《怨女》持續了作者一生的時間敏感。他認爲以時間的閱讀角度，可以提供自殺事件與故事結局的特殊體會，有助於善良化銀娣。而故事的結局也有時間旅行的影子，由眅睡小丫頭的手臂甩打煙燈，使銀娣產生時間旅行的奇想：「她這輩子還沒經過什麼事。大姑娘！大姑娘！在叫著她的名字。他在門外叫她。」銀娣又回到了她的少女時代。筆者認爲高全之的觀點體現了張愛玲懷念她的青春年華，渴望回到過去，其實也是張愛玲的人格表演在後期小說創作中的體現。這是筆者從高全之這篇文章中得到的啟發，希望在本書中進行深入研究和討論。

我下面想談談張愛玲的在離開大陸前的兩部作品《十八春》和《小艾》以及後來在美國修改過的《半生緣》。

邊春麗在《半生緣 一世情》中用弗洛伊德的精神分析法理論來解讀張愛玲的長篇小說《半生緣》，並結合張愛玲的人生體驗，從無意識、「三重人格」和夢的理論，對該作品的內涵進行了一個新的闡釋。譚平的《我們回不去了——張愛玲〈半生緣〉的悲劇色彩》認爲這部小說將人性中那最醜惡和隱晦的部分通過幾個人物之間發生的悲慘故事，血淋淋的展現在我們眼前。李娟梅在《淺談小說〈半生緣〉中的男性青年形象》中分析了世鈞、豫瑾、叔惠三位男性知識分子由於本身所具有的軟弱和妥協性，不能戰勝自我矛盾，以至於所有的愛情故事皆以淒涼的悲劇結束。

林幸謙對《半生緣》有獨特的解讀，在《〈半生緣〉再解讀：姐妹情誼的反動與女性衝突主題》中，曼璐、曼楨、顧太太的故事顯然是向傳統文化進行挑戰，但又不得不向父權社會低頭和認可。這種姐妹之間的鬥爭雖在張的其他作品也出現過，但未見如此慘烈，和同時代的其他作家相比，張愛玲的寫作更尊重自己的女性身份，並不諱言女性本身存在的陰暗心理，這一點使她高於同時代的作家。

高全之在《本是同根生》一文中，分析了《十八春》和《半生緣》的故事結構採自美國小說家約翰·馬德寬的長篇小說《朴廉紳士》。並在文中說明

了紅樓夢對這兩部作品的影響，慕瑾改名、人際關係、個人意願和曼楨的形象，特別是曼楨的形象有黛玉的影子，世鈞、曼楨、翠芝的三角關係似寶、黛、釵的三角關係。從這裡可以看出西方作家以及《紅樓夢》對張愛玲後期小說創作的影響，我們可以藉此對張愛玲後期作品進行一個全面性的研究。

多年來，許多的學者都認為，一九四九年以後，張愛玲為了謀生、缺乏原則地寫作了頌揚中國共產黨的《十八春》，事後又配合臺港的政治情況，刪修成政治色彩較為淡薄的《半生緣》。唐文標在他的《張愛玲研究》中提到，《半生緣》令讀者感覺到經刪改後的結尾不知所云，只有當他們看到《十八春》後才知道那是亂世佳人的哀事。他還在《張愛玲資料大全》中認為《半生緣》的版本是沒有結局戛然而止的，不是張愛玲的傳統，而《十八春》的解決辦法是頗為時髦的，安排了慕瑾來找曼楨，而世鈞和翠芝則決定到東北去開墾新天地。高全之對此有不同的看法，他在《大我與小我》中，比較了《十八春》和《半生緣》的不同，除了政治色彩的刪除，還有許多情節上的改動，另外還有情緒收發的調整。《半生緣》重逢的方式不再是革命熱情之下的、小兒女情愛的陳述，重逢的程序變得戲劇化，一種盡情的淒涼地演出。修改後的《半生緣》謝絕國家大我的籠罩，個人小我的重要性得以彰顯。另外，《半生緣》比《十八春》的時間合理性也加強了很多。但高全之也肯定了《十八春》的文學史料價值，如它與《半生緣》配對成為一個珍貴的案例提供了最早的張愛玲的漢奸意見；對當時的中國新政權做了肯定和讓步。所以，從這裡可以看出張愛玲書寫角度的變化，和前期相比從小我到大我的一個變化，以及張愛玲後期作品開始審視政治的特點，類似作品還有《小艾》。

陳子善在《張愛玲創作中篇小說〈小艾〉的背景》一文中說，隨著《小艾》的「出土」，「我們又明白無誤地知道，張愛玲確實曾在自己的作品中對當時大陸政權易手表示過謹慎的歡迎，她的態度是真誠的」。而在高全之在《〈小艾〉的無產階級文學實驗》中認為，在《小艾》中張愛玲增加了《十八春》中沒有的無產階級角色，小艾和金魁。在《小艾》中，為宣揚階級仇恨增加了暗殺親日漢奸和攻擊國民黨統治的情節。但是文中五太太既讓人同情但又具備人性弱點的形象塑造使得張愛玲這部作品無法徹頭徹尾的貫徹無產階級的文學理念。而且《小艾》的故事走勢也是由強轉弱，在這方面，陳子善在上文中說的很清楚，《小艾》的前面創作得十分流暢，整個故事情節都很動人，但後面就感覺比較單薄，故事的結尾也是很匆忙。高全之的看法是，

一方面是張愛玲急切地向新政權靠攏的意願顯得有些拘謹，另一方面是張對階級仇恨一類的故事情節尚未能夠認可和接受。黃萬華也在《「三級跳」：戰後至 1950 年代初期張愛玲的創作變化》中認為，故事中對小艾所受到的痛苦折磨和悲慘經歷，並非是刻意對當時大時代的某種逢迎，這段描寫相當生動感人。他還認為，這部小說表明張愛玲確實在當時對新中國有某種程度的贊同，但同時也讓讀者感覺到解放後的中國大環境，和張愛玲一貫強調人性創作的放恣的創作姿態之間是互相矛盾的。這些看法都說明張愛玲在新中國成立之後，從前期的疏離政治到審視政治，從小我到大我的一個轉變，這是張愛玲後期小說創作的一個特點，也是本書要深入研究的問題。

下面談談張愛玲後期創作的幾篇短篇小說《同學少年都不賤》、《浮花浪蕊》、《相見歡》、《五四遺事》。

陳子善的《從〈小團圓〉到〈同學少年都不賤〉》指出，《同學》這部小說裏有很多張愛玲自傳性的素材、女主人公的性格也和張非常相像，他認為《同學少年都不賤》可以說是張愛玲在美國生活的一個縮影，和她真實的生活經歷頗為相似。這是張愛玲在後期小說創作中的自我敘述和表現的一種體現，筆者認為這也是張愛玲在其創作中的一種人格表演，陳子善的這些觀點給了我一些啟發。

李婉薇在《娜拉在尋找什麼：略論張愛玲在女性文學系譜上的位置》一文中，提到《同學少年都不賤》雖有同性愛的描寫，卻並非以同性戀愛為主題，而是透過趙玨和恩娟大半輩子的比拼，對照兩種愛情的態度和隨之而來的生存狀態。她認為《相見歡》中全都是兩位太太之間瑣碎的談話，細緻地呈現了感情的斑駁色彩，二三十年代的情誼，兩個女性共同生活的幻想，最終在主流婚姻制度和生活資本面前失落了。她認為《浮花浪蕊》中洛貞的經歷，說明獨身女性在動盪年代和職場上維持生活是怎樣的舉步維艱。也斯在《張愛玲的刻苦寫作與高危寫作》中認為《浮花浪蕊》寫的是那種漂泊流落異鄉的感受，並不是張愛玲在宣示政治立場。李婉薇認為《五四遺事——羅文濤三美團圓》把五四婚戀自由、婦女解放的功業寫成一出鬧劇，自是對五四精神最激烈和誇張的揶揄，表現了張愛玲反浪漫的本色。從這一階段短篇小說的創作可以看出，張愛玲後期小說創作在題材和主題方面的改變。

楊佳嫻在她的《才子佳人變形記》中認為，《五四遺事》是呼應才子佳人小說傳統並加以改造，《五四遺事》的人物對偶設計以及大團圓的結局，內裏

包含的卻是對這一美好圖景的嘲弄。楊佳嫻認爲《五四遺事》對於婚戀自由與婦女解放等「五四」的熱切議題，顯然有另一番看法與疑慮，也點出新舊時代交接的裂縫裏，才子佳人何去何從的問題。這其實涉及到五四新文學傳統對張愛玲的影響，在《五四遺事》中，可以看出張愛玲對五四的嘲諷，和前期作品對五四的抗拒姿態有了較大的轉變，但尚無人注意到這個轉變。而對於五四，高全之在《那人正在燈火闌珊處》一文中提到，張愛玲不同時期對五四的不同看法，但他並未結合作品進行詳細深入的分析，但給了我們一些啓示去深入研究五四新文化運動對張愛玲後期小說創作的影響。

宋以朗在《宋淇傳奇》裏提到，亦舒曾在她的一篇短文《閱張愛玲新作有感》說，整篇小說都是中年婦女的對白，一點故事性都沒有，她認爲這篇小說沒有骨架，太過瑣碎。張愛玲也寫信給宋淇說，水晶對《浮花浪蕊》、《相見歡》、《表姨細姨及其他》三部小說多次進行了批評。而邁克卻在他的《本來無一物》中表示他對《相見歡》的讚賞，他認爲這部小說很具有故事性，讓讀者可以瞭解非常曲折多變的人情世故，其中的兩位表姐妹寫得維妙維肖，就連次要角色荀先生和伍先生也都描寫得栩栩如生，讓讀者們會心微笑之餘又不得不一聲歎息。而顏澤雅在她的《張愛玲一題三寫──析〈留情〉、〈相見歡〉、〈同學少年都不賤〉》一文得出一個結論，這三篇小說都是〈留情〉的脫胎換骨，主題都是女人的同性關係。宋以朗並不贊同這個看法，他認爲，《相見歡》的高明之處，就是用一種極含蓄壓抑的手法寫出兩個女人的絕望處境。這都涉及到張愛玲後期小說創作風格的轉變，這幾篇小說都由前期的繁複華麗轉向平淡自然的風格，「缺乏故事性」、「太過瑣碎」是許多讀者對張愛玲後期小說創作的看法，邁克的看法卻透露了張愛玲在美期間的心路歷程，這裡蘊含的「迂迴曲折的世態人情」也說明了人到中年的張愛玲對現實生活的一種體驗，這一點啓發了筆者：這些是否也是張愛玲後期小說創作的一種人格表演呢？

下面談談張愛玲的兩部爭議最大的作品《秧歌》和《赤地之戀》。

夏志清在他的《中國現代小說史》裏，他認爲這兩部小說並不是高喊宣傳口號和濫用意識形態，而是更著重人性和現實生活的描繪，尤其是《秧歌》寫得特別好。他認爲《秧歌》的風格十分樸素，句子和段落都縮短了，意象的運用也大爲緊縮，而且作者放棄了中國舊小說的敘事方式，改用西洋小說家的方式。他認爲張愛玲運用很多古時的傳說和故事，將很多詭異的情節用

在面臨死亡飢餓威脅的現實農村的生活中。夏志清發現了《秧歌》寫作風格的轉變，但並沒有進行深入的闡述和說明，但他的看法非常具有啟發性，對此我們可以進一步的深入研究探討。

和《秧歌》比較起來，夏志清認為《赤地之戀》的風格就沒有那麼完整了，張愛玲為了追求報導詳盡，有時甚至使用「流水帳」的方式。但夏志清認為，小瑕不掩大瑜，《赤地之戀》毫無疑問是一本悲天憫人的小說，語言乾淨，意象帶有豐富的隱喻性。他認為，在本書中自然景象的出現是對人類殘忍的一種譏諷。夏志清認為《赤地之戀》的語言、意象也和前期相比有了變化，但沒有詳細說明，這是筆者將在本書中深入探討的問題。

高全之在《盡在不言中——〈秧歌〉的神格與生機》中提到《秧歌》中英文兩版在最後一章的不同之處，認為張愛玲在中文版中刪去金根和月香屍體的部分，中文版結尾則留給讀者更多的想像空間，更引人入勝。高在《張愛玲的政治觀——兼論〈秧歌〉的結構與政治意義》一文中提出，張愛玲的政治觀點是，政治可以宣傳或約束，但是不能徹底改變人性。而且，在此文中高全之還提出，張愛玲在《秧歌》裏還出現了對土改初始目的的某種贊同和對新四軍軍紀的讚賞，所以不可簡單的認定張的《秧歌》為反共作品。這裡提到的張愛玲作品的政治性其實是很複雜的，以及上面提到的《十八春》、《小艾》都是張愛玲涉及到政治方面的作品，這是和前期小說只談男女之情和小市民的瑣碎之事不同的地方，這個轉變高全之在《張愛玲學》中的幾篇文章都有提到，但他只是就單部作品進行研究，並未結合前期作品進行比較和綜合探討，對於這一點，筆者將會在本書中進行全面深入的研究和探討。

在高全之的《〈赤地之戀〉的外緣困擾與女性敘述》一文中指出，《赤地之戀》是以女性論述來進行國家論述，用劉荃來代表女性作者抒情敘懷，他認為兒女私情是《赤地之戀》最珍貴最值得推崇的人生經驗。這顯示了和前期作品相比，後期作品表現了張愛玲對美好愛情的嚮往之情，在《秧歌》中也有類似的情節，如金根和月香的美滿婚姻，筆者將在本書中做詳細的論述。

在《宋淇傳奇》中，宋以朗提到了關於《秧歌》和《赤地之戀》的評價，其中主要討論這兩部書是否美國新聞處授權所寫以及兩書的眞實性，並提出這些論題在高全之的《張愛玲與香港美新處——專訪麥卡錫》一文中有詳細說明。宋以朗還對《秧歌》一書的眞實性，即讀者一直關注的張愛玲是否有下鄉經驗一事，進行了討論和研究，並提出《異鄉記》的發現可以證明張愛

玲的確有過下鄉經驗。

祝淳翔在《張愛玲參加過土改嗎？》一文中認為，即使張愛玲沒有參加過土改，但是她用自己卓越的寫作才能和短暫的農村生活經歷，以及當時報刊雜誌和她聽來的一些資料，她完全可以毫不費力地創作出非常生動的反映農村土改狀況的小說《秧歌》。古遠清在《國民黨為什麼不認為〈秧歌〉是「反共小說」》提出，「張愛玲畢竟不是臺灣的反共文人，她是在香港用自由主義立場書寫兩岸政權都不喜歡的厭共怨共但未必仇共同時又混雜有擁共的複雜作品。」這兩部作品實際都是張愛玲後期作品的一個轉向，從疏離政治到審視政治，和離開大陸之前的《十八春》《小艾》一樣，只是轉向不同而已。這是筆者在本書中要重點討論的問題。

水晶在他訪問過張愛玲之後寫成的《蟬——夜訪張愛玲》一文中透露，張愛玲說《赤地之戀》的創作完全是授權之作，她自己並不喜歡這部作品。由於故事框架是事先規定的，她寫作時感覺受到很大的限制。而宋淇也在《私語張愛玲》中提到，「這一段時間，她正在寫《赤地之戀》，大綱是別人擬定的，不由她自由發揮，因此寫起來不十分順手。」水晶還在他的《〈秧歌〉的好與壞》一文提出，此書說出了冰冷的事實，不僅是缺少了主角的書寫，更採取了一種約定俗成的態度，亦即包括胡適在內的一般反共文學者深喜的反共邏輯，其結果是其內容理到情不到。《赤地之戀》是否授權之作，真實性又如何？這是學界一直爭論不休的問題。

大陸學者柯靈對張愛玲的《秧》和《赤》有這樣的評價，他認為這兩部作品寫得很差很虛假，描寫的人物和故事情節以及周邊環境都不真實，文字也沒有了原有的優美色彩，並且他認為張在 1953 年就去了香港，根本從未去過農村。趙稀方在《也說〈秧歌〉與〈赤地之戀〉》中認為，這兩部小說是張愛玲的失敗之作，不過是屬於「綠背文學」之類的作品。他還認為「這兩部小說中的人物形象本身模糊不清，且人物多由粗線條勾勒，因而十分蒼白，無法讓人留下印象。」丁爾綱在他的《張愛玲的〈秧歌〉及其評論的寫作策略透析》中認為張愛玲在寫作《秧歌》時運用的是炫耀「真實」的寫作策略，張愛玲所謂的真事經他的研究考證都是虛假的，他在文中說張愛玲在《秧》和《赤》中的情節完全是虛假和捏造的。大陸學者袁良駿在《張愛玲的藝術敗筆：〈秧歌〉和〈赤地之戀〉》一文說這兩部作品是張愛玲的敗筆，毫無可取之處，認為它們是完全違背創作規律、違背藝術良心的綠背小說，並且人

物蒼白、文字乾澀、完全脫離現實生活。

　　對於《秧歌》和《赤地之戀》的眞實性和藝術性的問題以及《赤地之戀》是否授權之作，是兩岸三地張愛玲研究者一直爭論不休的問題，也是筆者想在本書中進行深入研究和探討的問題。

　　張豔豔在《也談〈秧歌〉與〈赤地之戀〉》一文中，認爲張愛玲在《赤地之戀》中對人物和情節的描寫是晦澀和難以理解的。對於《秧歌》張豔豔是這樣看的，張愛玲的「生活的鬥爭，家常的政治」在《秧歌》中有切實地發揮。她認爲《秧歌》的優點是人在艱難的生活境遇之下，仍可深刻地透視出人性的本質。張豔豔看到了《秧歌》中對於人性的剖析，不只是簡單的從政治角度去看《秧歌》。但她只看到「人性的慘烈本質」。其實這部作品除了人性的慘烈，也有人性的美好，這是值得我們去進一步探討的問題。

　　但即使是大陸學者，除了強烈的批評之外，還是有不同的看法，比如：大陸的呂靜在《「七寶樓臺」到「平淡自然」：從〈秧歌〉看張愛玲後期意境營造的漸變》一文中提出，通過《秧歌》可以看出張愛玲的小說創作由前期的書寫傳奇到後期的細細地描繪眞實又平淡的現實生活，她的寫作風格從華麗趨向素樸。呂靜發現《秧歌》和前期小說相比創作風格的變化，她的研究給了我們一些啓示去深入探討張愛玲後期小說創作藝術特徵的變化，除了意象意境，是否還有其他藝術表現手法的變化呢？

　　黃萬華也在《「三級跳」：戰後至 1950 年代初期張愛玲的創作變化》提到《秧歌》，他認爲根本不需要把《秧歌》中關於飢餓的故事情節當作是反對一種政治制度，其實這種描繪正體現了張愛玲對於人性的一種深刻的描摹。這部小說最令人感動的是金根兄妹之間互相關懷的眞情以及金根和月香患難與共的愛情。他認爲，《秧歌》對於金根和月香這對農村夫妻生活的細緻描繪，顯然令人感覺到《紅樓夢》這部古典名著的一些影子，也體現了張愛玲後期小說創作對於古典小說的一種繼承和發揚。黃萬華的看法是，張愛玲通過寫飢餓來體現她的人性之關懷，並且受到《紅樓夢》影響描寫兄妹之情和夫妻之愛，感人至深，這體現了張愛玲後期創作中情節模式的某種變異，另外可以感覺到她的寫作顯然受到《紅樓夢》等古典小說的影響。這是除了《秧歌》之外，筆者也同時在張愛玲後期的其他作品中看到的藝術風格的某種變化。

　　對於《赤地之戀》，黃萬華認爲只有回到人性的刻畫上來，《赤地之戀》

才沒有喪失其文學價值。黃萬華在文中說，二妞戈珊在劉荃的情感生活中顯然是舉足輕重的人物。在張愛玲後期作品中，發現人性的閃光點是其顯著的特點，不止《赤地之戀》一部作品，我們將會繼續研究這個問題。

還有臺灣林小菁的碩士論文《張愛玲〈秧歌〉研究》，以飢餓描寫和女性角度的創作主題來研究秧歌，並用藝術經營論來討論《秧歌》的藝術特色，特別對反諷、日月意象和神話結構進行了細緻的研究。這啓發筆者進一步就這些問題對張愛玲後期小說進行深入詳盡地研究，探索她的後期小說藝術特徵的某些變化和特點。

最後我想談談張愛玲的三部未譯成中文的小說《雷峰塔》、《易經》和新近才出版的《少帥》。《雷峰塔》、《易經》已由臺灣的趙丕慧譯成中文，《少帥》由鄭遠濤譯成中文，但對這三部小說進行研究的學者和相關論文並不多。

張瑞芬在《雷峰塔》和《易經》的導讀中認爲，通過這兩部小說可以發覺對張愛玲傷害最大的是她的母親，張愛玲帶著這童年的巨創，度衡並扭曲了所有的人際關係，在自己憧憬的西方世界自我監禁了四十年，聚精會神反覆改寫那沒人想看的童年往事，直到生命的終結。在《從〈雷峰塔〉、〈易經〉看張愛玲的家庭敘述及創作動機》一文中，作者常立偉提出這兩部小說延續了張一貫的家庭敘述。張愛玲不斷重複書寫的動機是爲了消解家族在「族譜」意義上的崇高，在「血緣」上的溫情；向曾經帶給自己身心傷害的家族「報復」；減輕童年的痛苦，尋找自己存在的意義；並期待能打開美國市場，創造新的輝煌；緩解寫作焦慮，尋找新的靈感。這也是大部分研究者和讀者的看法。在這裡他們都提到張愛玲後期的這兩部作品具有重複性書寫的特點，《小團圓》也有這個特點，這應該是張愛玲後期小說創作和前期相比的一個顯著的變化。

對這兩部小說有比較深入研究的是高全之，他在《〈雷峰塔〉與〈易經〉的遺民態度》中認爲張愛玲撰寫《雷》和《易》的驅動力非僅來自年齡增長而培育的生命智慧，而是她焦聚於對父親張志沂的掛念。在《世故・寂寞・天眞──〈雷峰塔〉與〈易經〉的小說敘事》一文中，特別提到姑姑和明表哥戀愛的故事，是爲了突出姑姑在張愛玲生命裏的特殊性。高全之還在《音容宛在──張愛玲〈雷峰塔〉如何追思何干》一文中，指出如果忽視故事女主角琵琶的保姆何干，就無從掌握《雷鋒塔》的全盤意義。還有前面提到過的《懺悔與虛實》一文中，高全之認爲張愛玲在《小團圓》中有許多關於母

親的虛構情節，其實是表達了對母親的懷念和懺悔之情。這裡可以看出，高全之認為張愛玲後期小說出現的重複書寫和衍生情節，是表達了她對父親、母親、姑姑、何干這些至親們的懷念之情。這個看法和前面許子東所說的張愛玲的療傷和審母情節以及陳子善的「狠到極點、冷到極點」的觀點是截然不同的。還有蘇偉貞在她的《張愛玲逝世二十週年特載 張愛玲糾結》認為「亂倫主題也許不是《易經》和《雷峰塔》的致命傷，而是作者自我毀容至親毀容作得過火。」另外，蘇偉貞還認為《少帥》這個故事原型還是脫不了《洛麗塔》與《易經》的再版。

那麼張愛玲後期小說的重複書寫和衍生情節的特點究竟是怎樣產生的？為什麼會有這個變化呢？這是需要我們思考和解決的問題。

另外在《戰時香港張愛玲——從〈燼餘錄〉到〈易經〉》中，高全之指出，因為《燼餘錄》先示自省，《易經》繼以「倉廩實則知禮節」那種分析，前後呼應，皆視那些戰時個人表現為特殊生存情況裏的一種反應，而非不可改變的深層人類缺陷。這裡涉及到關於人性的問題，關於前後期作品關於人性問題看法的變化，我們可以從這裡開始進行延伸性的探討和研究。

還有最近新出版的《少帥》，這部張愛玲尚未完成的英文作品由宋以朗找鄭遠濤翻譯成中文，並且請鄭晞乾為《少帥》寫了一篇考證和評析的文章《〈少帥〉考證與評析》，他認為張愛玲基於市場的考慮而改編了部分無關痛癢的歷史，至於角色的生平、歷史大事的發展以及能反映時代質地的軼聞，她都儘量忠於真實。另外，鄭還發現了《小團圓》和《少帥》之間的聯繫，裏面有很多描寫是相同或近似的，他認為《雷峰塔》、《易經》、《少帥》才是張愛玲六零年代的自傳三部曲。從鄭晞乾的研究可以發現，張愛玲後期小說的創作書寫角度發生了很大的變化，從前期的小我轉到後期的大我，最後轉向自我，其中的自傳性和真實性的問題需要我們去進一步考證和深入研究。

關於張愛玲本人的傳記也是多不勝數，蘇偉貞的《長鏡頭下的張愛玲》、司馬新的《張愛玲在美國——婚姻與晚年》、周芬伶的《哀與傷——張愛玲評傳》、劉川鄂的《張愛玲傳》、萬燕的《海上花開花又落——讀解張愛玲》等等多不勝數，讀者對張愛玲的身世、性格、人生經歷已經如數家珍，那麼真實的張愛玲和本文中的張愛玲有什麼相同和不同的地方呢？陳麗芬在她的《童言流言，續作團圓》一文中認為張愛玲透過重寫複雜化了那個「民國世界的臨水照花人」，以一種異化的方式繼續扮演「張愛玲」。這體現了張愛

玲的一種表演人格。另外，在水晶的《天盡頭，何處有香丘？》中也提到，在《浮花浪蕊》中洛貞剛流亡到香港時過著簡樸的生活，而張愛玲隱居洛杉磯的現實也不過是重複自己在香港時的生活。而且最後選擇撒骨灰這樣一種方式來安排自己的後事，也是來自《紅樓夢》中黛玉的葬花詞「天盡頭，何處有香丘？」，這是張愛玲絢爛人生的最後一次表演。在水晶的《天才的模式──張愛玲與嘉寶》中，他提到張愛玲和嘉寶的相似之處，大隱於市、希望仰慕者能尊重其隱私權、思鄉症、甚至害過精神病，張愛玲似乎正在扮演著她的偶像。而這一切似乎都透露出張愛玲的一種表演人格，那麼她的這種表演人格對她的後期小說創作有什麼影響呢？這是我們希望繼續探討的問題。

關於張愛玲前期作品和西方作家的關係，已有很多相關研究和大量的論文，特別是張愛玲和英國作家毛姆的關係。在嚴紀華的《看張‧張看──參差對照張愛玲》中提到關於毛姆和張愛玲的比較，雖然該文主要研究張愛玲前期作品和毛姆的關係，只是在其中提到，「張愛玲小說中的角色人物也有毛姆的愛好者。比如〈浮花浪蕊〉裏女主角洛貞搭乘挪威貨輪離開中國大陸……感覺上彷彿竟走進毛姆的領域」。「總計通篇毛姆的名字來來回回出現了七次」，她認為其中的情節發展中間不時交錯的是對「毛姆全集」的閱讀筆記。但嚴紀華並沒有對此進行深入探討，但這些隻言片語也給了筆者一些啟發，讓筆者去深入探討西方作家對張愛玲後期小說創作的影響。另外鄭晞乾還發現，《少帥》和《愛麗絲夢遊記》之間有很多相似之處，並且在《雷峰塔》、《易經》、《小團圓》中都出現了關於「魔法」、「事物的縮放」、「夢境」等描述，這可能是因為張愛玲的目標市場在美國，並且也說明了張愛玲受西方文學的影響所致。

另外，我們發現有些論者注意到了張愛玲後期小說創作和《紅樓夢》的關係，陶小紅在她的博士論文《張愛玲小說與〈紅樓夢〉》中提到，張愛玲前期小說攜帶著強烈的紅樓之風，無論是語言表達、人物塑造還是藝術創作手法等都與《紅樓夢》很相似，而後期小說似乎平淡無奇，已無紅樓風格。陶小紅的看法是，張愛玲的後期小說創作其實是繼承《紅》的平淡素樸含蓄的內在風格，以及對於真實素材的一種偏嗜。但陶小紅並未對此進行深入探討，但她的看法還是很有見地，值得我們去深入研究和探討。林幸謙在《身體與符號建構》中提出，《小團圓》的中心主題是：愛情在生命中的夢幻體驗以及

其所遺留的心理銘刻，這一敘事主題從她所喜愛的《紅樓夢》的人生大夢轉入了《小團圓》夢境中的寓意，但林幸謙並未詳細說明該作品如何受《紅樓夢》的影響。另外，高全之在《盡在不言中——〈秧歌〉的神格與生機》中提到小說人物受《紅樓夢》影響，有神格化的傾向。在《懺悔與虛實》一文中，高全之還提到了《小團圓》觸及了《紅樓夢》的人生觀念：假作眞時眞亦假，無爲有處有還無，認爲張愛玲對很多人物和她自身的直白大膽、眞實度很高的描寫，是繼承了紅樓夢的虛實交錯的寫法。但高全之沒有對此展開研究和討論，這也是筆者在本書中要進行延伸討論的部分。

綜上所述，對張愛玲後期小說創作的研究實際上是比較零散的，沒有一個完整的系統，上述的某些研究發現了後期作品和前期的某些不同之處，但只是泛泛而談，並且有些也只是就單部作品進行研究和探討，沒有進行梳理和總結，並找出後期小說創作和前期作品的不同之處，沒有從小說創作的思想變動、創作特徵的變化等方面去整體考慮前後期的不同之處以及後期的特色在哪裏？在作家研究方面，沒有深入探討作家的性格特徵對其後期創作的影響。也沒有深入探討張愛玲後期小說創作與中外文學傳統的關係，和張愛玲前期小說創作汗牛充棟、碩果累累的研究成果相比，可以說這是一個很大的空白，有待我們去開發和研究。

三、主要思路和研究方法

（一）主要思路

對張愛玲後期小說創作進行全方位深入的研究，比較後期和前期小說創作的不同之處以及其所具有的獨特風格。分析張愛玲小說創作不同時期轉型的歷史語境找出張愛玲後期小說轉型的原因；通過對比張愛玲前後期小說在政治姿態、生命意識和歷史觀念的不同變化，發現她後期小說創作中的思想變動；通過研究張愛玲前後期小說在題材選擇的變遷、敘事視角的嬗變、情節模式的變異、表現手法的變化、以及重複書寫和衍生情節等方面的不同，發現張愛玲後期小說創作特徵的變化；通過研究中國古典小說、五四新文學傳統、西方作家對其的影響，發現張愛玲後期小說創作與中外文學傳統的關係；通過研究張愛玲的表演人格與其前期小說創作的關係、張愛玲後期小說創作中的人格表演、張愛玲在現實生活中的人格表演，發現張愛玲的表演人格與其後期小說創作的關係。

（二）研究方法

首先是文獻閱讀法，通過大量閱讀張愛玲前後期研究專著和論文，並進行梳理。特別是關於後期小說創作的研究論文，並和前期的作品進行對讀和研究，發現其中的相同和不同的地方，並根據張愛玲的生平資料、與朋友的書信往來以及關於她的相關評論文章、傳記等進行整理和研究。

其次是用宏觀探討和微觀細讀相結合的方法來對張愛玲後期小說創作進行研究。先用宏觀探討的方法將張愛玲研究分成五個大的部分，張愛玲後期小說創作轉型的歷史語境透視；張愛玲後期小說創作中的思想變動；張愛玲後期小說創作特徵的變化；張愛玲後期小說創作與中外文學傳統的關係；張愛玲的表演人格與其後期小說創作的關係。再用微觀細讀的方法來對文本進行詳盡的解讀，並結合各類研究專著和論文進行分析和更深一步的分析探討。

第三是採用對比研究、作家研究和影響研究等方法。本書主要是結合前後期作品的思想內涵和藝術特徵的變化進行對比研究，來發現後期小說創作和前期不同的特點和風格；用影響研究的方法找出張愛玲後期小說創作風格受中外文學傳統影響的原因和程度；最後用作家研究的方法來對張愛玲本人和作品進行研究，發現她寫作風格改變的內在原因。

第一章　張愛玲後期小說轉型的歷史語境

第一節　上海時期（1943～1952）：傳奇與轉折

一、輝煌與燦爛（1943～1945）

　　說起張愛玲的上海時期，不得不從 1937 年說起。1937 年，七七事變點燃中日戰火，從國民黨政府準備應戰、國共合作共禦外侮，到上海八一三戰役，同年八月十四日發表「自衛抗戰聲明書」，戰線隨即擴大，國土相繼失守，偽政權陸續成立，一直到 1945 年中日戰爭結束，取得勝利。〔註1〕在這期間，中華民族一直處於動盪不安的局面，上海在 1937 至 1941 年期間，也即後來所稱的「上海孤島」時期，日軍佔領上海後，成為一些中立國所在的租界地。此時，五四以來的新啟蒙文學因為戰時的特殊環境發生了變化，「主要強調的是民族存亡的問題，重視的則是文藝的宣傳功能」〔註2〕。此時的上海還有一定的言論和發表的自由，所以有許多的愛國人士聚居在這裡。〔註3〕

〔註1〕嚴紀華：《看張・張看——參差對照張愛玲》，秀威信息科技有限公司，2007
　　　　年版，第 1 頁。
〔註2〕嚴紀華：《看張・張看——參差對照張愛玲》，秀威信息科技有限公司，2007
　　　　年版，第 2 頁。
〔註3〕參見羅久蓉：《張愛玲與她的成名年代》，楊澤編，《閱讀張愛玲》，麥田出版
　　　　股份有限公司，1999 年版，第 121 頁。

　　一九四一年十二月八日，日本全面佔領了上海，上海淪陷，一直到 1945 年 8 月 15 日抗戰勝利，歷時三年八個月，被稱爲上海的淪陷時期。在此期間，日軍對上海文化界實施嚴格的管控，此時的文人們都是小心翼翼，創作儘量不觸及或逃避政治，但從文學創作的角度來看，反而造成了「美學上的寬鬆」〔註4〕。此時的「上海文壇是消沉萎靡的，帶有濃重商業化傾向」〔註5〕，充滿感傷與自憐的小品文又重新浮出水面，周作人成爲淪陷區文壇的領袖。在這裡，沒有人爲理想而振臂高呼，人們不得不屈服於現實生活，看不到爲理想奮鬥的壯志昂揚，而那些內心堅持抗日，不願向現實低頭的人們，也唯有在殘酷的現實環境下感受心中英雄幻滅的苦痛和折磨。〔註6〕在淪陷區的文人可以分爲兩類，一類是以民族國家大業爲念者，他們受過五四精神的洗禮，他們很難擺脫忠奸立判的思考方式。另一類的文人志士面對動盪的現實環境，雖感到無可奈何，但他們並沒有考慮什麼民族大義，除了苟活於人世，逃離現實困境，並沒其他更好的選擇。張愛玲和他們不同，由於經受過眞實的戰爭洗禮而對於人性有自己更爲獨特的看法。〔註7〕

　　不過提到張愛玲，我們還是不得不從她的顯赫身世說起，她的外曾祖父是李鴻章，清代末年的朝廷重臣，他的一生是「少年科第、壯年戎馬、中年封疆、晚年洋務、一路扶搖」〔註8〕。祖父是張佩綸，出身於「士大夫」之家，曾任詹事府少詹事、升署都察院左副都御史。1884 年張佩綸奉命率領中國水軍抵抗法國軍艦的侵略，但戰敗而歸並被解職。後被李鴻章招致門下，並將女兒李菊耦許配給他。張佩綸的仕途不佳，離開北京，定居南京，晚年生活全依靠妻子豐厚的嫁妝來維持。但夫婦二人情投意合，婚姻生活甚爲美滿。張愛玲曾在她的《對照記》中記載了這段歷史並配有祖父母的照片。

〔註4〕 嚴紀華：《看張・張看——參差對照張愛玲》，秀威信息科技有限公司，2007 年版，第 20 頁。

〔註5〕 羅久蓉：《張愛玲與她的成名年代》，楊澤，《閱讀張愛玲》，麥田出版股份有限公司，1999 年版，第 121 頁。

〔註6〕 參見羅久蓉：《張愛玲與她的成名時代》，楊澤編，《閱讀張愛玲》，麥田出版股份有限公司，1999 年版，第 121 頁。

〔註7〕 參見羅久蓉：《張愛玲與她的成名時代》，楊澤編，《閱讀張愛玲》，麥田出版股份有限公司，1999 年版，第 122 頁。

〔註8〕 〔日〕邵迎建：《張愛玲的傳奇文學與流言人生》，臺北市：秀威信息科技，2012 年版，第 52 頁。

　　張愛玲的父親張志沂七歲就喪父，在母親李菊耦的嚴厲管教下成長。在張愛玲的《對照記》中有這方面的記載，她的父親一輩子都在室內背誦四書五經之類的古書，雖然極其流利卻沒有一點用處。其母也出身名門，是清末長江水師提督黃翼升之子黃宗炎和他的妾所生的女兒黃素瓊（後改名黃逸梵）。張志沂和妹妹張茂淵跟著同父異母的哥哥張仲炤一起生活。1922 年張志沂在天津找到一份英文秘書的工作，帶著妹妹和全家人搬到天津。但擺脫了哥哥管束的張志沂開始花天酒地、抽鴉片、養姨太太。早已受五四思想影響的妻子不堪忍受，於 1924 年憤而和小姑子張茂淵一起出洋留學。1928 年張志沂被姨太太打傷並丟掉工作，這才趕走姨太太並承諾戒掉鴉片，要求妻子回國。母親回來後，一家人搬回上海。張愛玲和弟弟渡過了童年時期最快樂的一段日子。但好景不長，父親又開始吸食鴉片，母親忍無可忍之下提出離婚，最後父母離異。不久父親再婚，但張愛玲和後母的關係並不和睦，後來由於留宿母親處和繼母發生爭執，以致被父親毆打並軟禁。幸得女傭何干暗中相助，才逃出父親家。張愛玲的童年和青少年生活並不幸福，甚至是壓抑和痛苦的。對於父親的家，她是這樣描述的，「那裡我什麼都看不起，鴉片，教我弟弟做《漢高祖論》的老先生，章回小說，懶洋洋灰撲撲地活下去……我把世界強行分成兩半，光明與黑暗，善與惡，神與魔。屬於我父親這一邊的必定是不好的」〔註 9〕。

　　但逃到母親那裡結果又是怎樣呢？就此走向光明了嗎？張愛玲是如此笨拙的一個女孩子，她甚至不會削水果，也很害怕見客人，「在一間房住了兩年，問我電鈴在哪兒我還茫然」〔註 10〕。母親顯然對這樣的女兒感到失望。她教女兒煮飯、洗衣，改善走路的姿勢，怎樣微笑和看人臉色，甚至教女兒照鏡子研究面目表情。這對於一直沒有母親照顧和教育張愛玲來說，無疑是一種折磨。而且母親的經濟能力有限，早在張愛玲被父親軟禁時就告誡過她，跟著父親肯定是有錢的，可是跟了母親就只能過沒錢的日子。這使得張愛玲第一次考慮有關金錢的問題，經過反覆衡量，張愛玲就「立刻決定了」〔註 11〕和她「一直是用一種羅曼蒂克的愛來愛著」〔註 12〕的母親一起生活。但是和母親共同生活後，她不得不在母親經濟困窘的情況下問她要錢，為此經常發生摩擦。在這種境況之下，張愛玲不停地自責以及壓抑對母親的不滿，她在

〔註 9〕　張愛玲：《私語》，《流言》，北京十月文藝出版社，2012 年版，第 120 頁。

〔註 10〕　張愛玲：《天才夢》，《流言》，北京十月文藝出版社，2012 年版，第 2 頁。

〔註 11〕　張愛玲：《我看蘇青》，《流言》，北京十月文藝出版社，2012 年版，第 240 頁。

〔註 12〕　張愛玲：《童言無忌》，《流言》，北京十月文藝出版社，2012 年版，第 101 頁。

屋頂上來回走動，覺得自己是像是被裁判著的充滿罪惡感的孩子，在自誇和自鄙之間掙扎著，在張愛玲心目中一直代表光明美好的母親的家，變成「不復柔和的了」〔註 13〕。她自認爲是一個古怪的孩子，雖然自小就被人們視爲天才，好像這種天分是她存在的唯一目標〔註 14〕。這樣一個無法適應現實生活的笨拙女孩，同時又是自小博覽群書、擅長寫作和畫畫的才華橫溢的女子，自鄙與自誇在她精神上不停地交戰，使她備受煎熬。這些矛盾不斷地在張愛玲的心底糾纏著，沉澱著，好像一粒種子在煎熬中等待著那絢爛盛開的時刻。

　　一直到 1939 年，張愛玲參加倫敦大學入學考試得到第一名，有機會實現自己的夢想去英國讀大學，卻因歐戰不得不在 1939 年轉入香港大學直至 1941 年太平洋戰爭爆發，港大停課。1942 年，張愛玲回到已經處於淪陷時期的上海，轉學到聖約翰大學文學系四年級，此時張愛玲和在新加坡的母親失去了聯繫，沒有了母親在經濟上的支持，張愛玲只好半工半讀，但終因無法支撐下去，她讀了兩個多月就輟學了。從此開始了她賣文爲生的生涯。此時的上海文壇，由於日軍和汪精衛僞政府的嚴厲管控而陷於「蕭條期」〔註 15〕，直至 1942 年汪僞政府支持的《古今》出版以及《雜誌》的復刊，帶動了上海文壇的「復蘇期」〔註 16〕。1943 至 1944 年上海的政局漸趨於相對的穩定，《紫羅蘭》、《人間》、《天地》等雜誌相繼出版，上海文壇進入了一種「繁榮期」〔註 17〕，這是「一個低氣壓的時代，水土特別不相宜的地方」〔註 18〕，但此時的文學創作環境卻相對比較寬鬆，給了張愛玲這樣的「奇花異卉」〔註 19〕探出頭來的機會。就像柯靈說的，「我扳著指頭算來算去，偌大的文壇，哪個階段

〔註13〕張愛玲：《私語》，《流言》，北京十月文藝出版社，2012 年版，第 125 頁。

〔註14〕參見張愛玲：《天才夢》，《流言》，北京十月文藝出版社，2012 年版，第 1 頁。

〔註15〕嚴紀華：《看張‧張看——參差對照張愛玲》，秀威信息科技有限公司，2007 年版，第 18 頁。

〔註16〕嚴紀華：《看張‧張看——參差對照張愛玲》，秀威信息科技有限公司，2007 年版，第 18 頁。

〔註17〕嚴紀華：《看張‧張看——參差對照張愛玲》，秀威信息科技有限公司，2007 年版，第 18 頁。

〔註18〕傅雷：《觸及了鮮血淋漓的現實》，原題爲《論張愛玲的小說》，季季、關鴻編，《永遠的張愛玲——弟弟、丈夫、親友筆下的傳奇》，學林出版社，1996 年版，第 139 頁。

〔註19〕傅雷：《觸及了鮮血淋漓的現實》，原題爲《論張愛玲的小說》，季季、關鴻編，《永遠的張愛玲——弟弟、丈夫、親友筆下的傳奇》，學林出版社，1996 年版，第 139 頁。

都安放不下一個張愛玲，上海的淪陷，才給了她機會。日本侵略者和汪精衛政權把新文學傳統一刀切斷了，……這就給了張愛玲提供了大顯身手的舞臺。……張愛玲的文學生涯、輝煌鼎盛的時期只有兩年（一九四三～一九四五）。」〔註20〕

　　1942 年底她首先在英文報《泰晤士報》發表了一些劇評和電影評論，1 月在《二十世紀》發表了《中國人的生活和時裝》，這本雜誌是爲滯留亞洲的外籍人士所辦。張愛玲隨後又發表了《妻子·狐狸精·孩子》、《活著》、《婆媳之間》、《妖魔神仙》等英文評論，受到主編梅特涅的高度讚賞，認爲和她的同胞們不同之處是，張愛玲從來不會將中國的事物看做是理所當然的；正是因爲她對自己國家的人民和文化有著一種深刻的好奇心，使得她具有一種特殊的能力，可以向外國人去生動地詮釋自己國家的民俗和文化。〔註21〕而且她的英文水平也受到肯定「流暢雅麗，略帶一點維多利亞末期文風」〔註22〕。但這只是張愛玲小試牛刀，她眞正的目標是「出名要趁早」，在上海文壇揚名立萬。

　　1943 年 5 月，張愛玲帶著自己的兩部中文小說《第一爐香》、《第二爐香》去拜訪當時著名的作家周瘦鵑。他掌燈夜讀，爲張愛玲的文學才華所震撼。他非常欣賞這兩部小說，感覺張的作品頗有英國作家毛姆（Somerset Maugham）的風格，另外還有《紅樓夢》的一些味道。〔註23〕他決定在其主編的《紫羅蘭》月刊第二期刊出了張愛玲的成名作《沉香屑——第一爐香》，並且寫了一篇文章《寫在紫羅蘭前面》，介紹認識張愛玲的經過，對其文學才華表示了高度的讚賞，並向讀者「鄭重地發表」。6 月發表了《第二爐香》，引起文壇震動、名聲大噪，成爲上海最紅的作家，各大報刊雜誌競相向她約稿。1943 年 10 月，張愛玲陸續在袁殊任社長的走綜合文藝路線的《雜誌》發表小說十篇、散文十二篇。關於《雜誌》的背景，「是袁殊、吳誠之等地下黨員經

〔註20〕柯靈：《偌大的文壇，哪個階段都安放不下她》，季季、關鴻，《永遠的張愛玲——弟弟、丈夫、親友筆下的傳奇》，學林出版社，1996 年版，第 199～200 頁。
〔註21〕參見〔日〕邵迎建：《張愛玲的傳奇文學與流言人生》，臺北市：秀威信息科技，2012 年 9 月出版，第 45 頁。
〔註22〕鄭樹森：《張愛玲與二十世紀》，《聯合文學》第 2 卷第 5 期，1987 年版，摘自邵迎建，《張愛玲的傳奇文學與流言人生》，臺北市：秀威信息科技，2012 年版，第 45～46 頁。
〔註23〕參見〔日〕邵迎建：《張愛玲的傳奇文學與流言人生》，臺北市：秀威信息科技，2012 年版，第 46 頁。

中國共產黨上海地下黨的同意，針對汪偽《古今》創刊的動向，爲了與日偽爭奪文化陣地而進行的。」〔註24〕張愛玲發表了包括《茉莉香片》、《傾城之戀》、《金鎖記》，《年輕的時候》、《花凋》、《紅玫瑰與白玫瑰》、《殷寶灩送花樓會》、《等》、《留情》、《創世紀》十篇小說。1943 年夏天，柯靈受聘於商業性雜誌《萬象》，7 月張愛玲出現在柯靈面前，當時張愛玲穿著絲質碎花旗袍，說她有一篇小說要請他過目，這部小說就是後來發表在《萬象》上的《心經》，她還專門爲小說畫了插圖〔註25〕。11 月發表了《琉璃瓦》，1944 年發表了《連環套》。兩人關係融洽，後來張愛玲還寫信告訴柯靈，說平襟亞願意給她出一本小說集，向柯靈徵詢意見。柯靈勸說她等待時機，不要急於發表作品，憑她的卓越才華一定可以功成名就，但張愛玲沒有聽從他的意見，覺得應該趁這個機會發表更多的作品〔註 26〕。很快她的首部小說《傳奇》由《雜誌》出版。

1943 年 10 月蘇青在上海淪陷區創辦了《天地》，她同時身兼作者、編輯和社長，獲得了女性話語權。而在 1943 到 1945 年期間，蘇青呼籲女性作者投稿「執筆者無論是農工商學官也好，是農工商學官的太太也好，只要他們（或她們）肯投稿，便無不歡迎。」〔註 27〕使這本刊物成爲中國歷史上罕見的一個名副其實由女性掌控的媒體。〔註28〕《天地》的題材主要是關於家庭、女性和兒童等方面的。蘇青應該是對張愛玲有一定影響力的人物，她出生在一個富庶的家庭，在嫁給一個富家子之後做了家庭主婦，爲了發洩由於生女孩遭到的不公待遇而開始文學創作。蘇青的丈夫曾是一名律師，在失業後因不能承擔養家的責任而與蘇青離婚。失去了依靠的蘇青帶著三個孩子，挑起一家之主的重擔，不得不爲打開生路而拼搏，用一支筆向社會傾述女性的痛

〔註 24〕〔日〕邵迎建：《張愛玲的傳奇文學與流言人生》，臺北市：秀威信息科技，2012 年版，第 26 頁。

〔註 25〕參見柯靈：《偌大的文壇，哪個階段都安放不下她》，季季、關鴻，《永遠的張愛玲——弟弟、丈夫、親友筆下的傳奇》，學林出版社，1996 年版，第 194 頁。

〔註 26〕參見柯靈：《偌大的文壇，哪個階段都安放不下她》，季季、關鴻，《永遠的張愛玲——弟弟、丈夫、親友筆下的傳奇》，學林出版社，1996 年版，第 195 頁。

〔註 27〕〔日〕邵迎建：《張愛玲的傳奇文學與流言人生》，臺北市：秀威信息科技 2012 年版，第 29 頁。

〔註 28〕參閱邵迎建：《張愛玲的傳奇文學與流言人生》，臺北市：秀威信息科技 2012 年版，第 39～40 頁。

苦。〔註 29〕她的散文集《浣錦集》和自傳體小說《結婚十年》在上海獲得極大的成功，多次再版。在淪陷區這樣一個特殊的環境之下，忙於革命救國的男作家們失去了活力，給了女作家們一個出頭的機會，張愛玲、蘇青、潘柳黛、關露等一批女作家就是在那時大出風頭，呈現出一種陰盛陽衰的局面。1943 年 11 月張愛玲在《天地》發表了《封鎖》。蘇青寫了《救救孩子》，張愛玲則發表了《造人》。隨後還發表了她書寫親身經歷和抒發內心感受的散文《燼餘錄》和《私語》等。張愛玲在《我看蘇青》中說，只有把她和蘇青相提並論，她才是心甘情願的。

　　1944 年張愛玲在胡蘭成創辦的《苦竹》發表了《鴻鸞禧》。到 1944 年 9 月，張愛玲的小說已經在上海大紅大紫，她成為上海當時最紅的作家之一，此時《雜誌》出版社出版了張愛玲的小說集《傳奇》，發行四天後就銷售一空。1945 年 1 月散文集《流言》由中國科學出版公司出版，一個月中就再版了三次。1943 至 1945 短短兩年時間有這樣輝煌的成績，眞是令人驚歎不已！除了《傳奇》，張愛玲還發表了《連環套》、《創世紀》，但水準和《傳奇》相比就差了一些。

　　1944 年底張愛玲將《傾城之戀》由小說改編成一部舞臺劇，共演出了兩個月，77 場，引起了極大的反響，可以說此刻她的創作生涯達到了登峰造極的程度。此時正如傅雷在他的《論張愛玲的小說》中所說，「在一個低氣壓的時代，水土特別不相宜的地方，誰也不存什麼幻想，期待文藝園地裏有奇花異卉探出頭來。」〔註 30〕他認爲張愛玲的小說便給人這樣的感覺，更稱《金鎖記》爲「我們文壇最美的收穫之一」〔註 31〕。也許《傾城之戀》中的一段話可以說明張愛玲這一時期傳奇般的經歷：「在這不可理喻的世界裏，誰知道什麼是因，什麼是果？誰知道呢？也許就因爲要成全她，一個大都市傾覆了……」〔註 32〕香港的淪陷成全了白流蘇，這段話顯然也適用於張愛玲，是上海的淪陷成全了張愛玲，使她在這一時期的上海文壇大放異彩。

〔註 29〕〔日〕邵迎建：《張愛玲的傳奇文學與流言人生》，臺北市：秀威信息科技 2012
　　　　年版，第 39 頁。
〔註 30〕傅雷：《觸及了鮮血淋漓的現實》，原題爲《論張愛玲的小說》，季季、關鴻，
　　　　《永遠的張愛玲——弟弟、丈夫、親友筆下的傳奇》，學林出版社，1996 年版，
　　　　第 139 頁。
〔註 31〕傅雷：《觸及了鮮血淋漓的現實》，原題爲《論張愛玲的小說》，季季、關鴻，
　　　　《永遠的張愛玲——弟弟、丈夫、親友筆下的傳奇》，學林出版社，1996 年版，
　　　　第 146 頁。
〔註 32〕張愛玲：《傾城之戀》，《傾城之戀》，北京十月文藝出版社，2012 年版，第 201
　　　　頁。

　　隨著名聲越來越大，張愛玲開始出席各類文藝活動，多由姑姑或炎櫻作陪，尤其是炎櫻，張愛玲穿著炎櫻設計的奇裝異服，在各種場合大出風頭。1943 年 11 月張愛玲出席朝鮮女舞蹈家「崔承禧二次來滬」歡迎會。1944 年 3 月 16 日，《雜誌》社召開「女作家座談會」，參加會議的還有蘇青、潘柳黛、吳嬰之、關露、汪麗玲等人。1944 年 8 月 26 日，因爲《雜誌》出版《傳奇》小説集，銷路極佳，爲此特別召開「《傳奇》集評茶會」，由吳江楓、炎櫻、張愛玲、譚正璧、蘇青等人出席。1945 年 7 月《雜誌》舉辦「納涼會記」座談會，由金熊白、李香蘭、張愛玲、炎櫻等人參加。這類文藝活動多談風月，不談政治，但在那時國難當頭，全國人民同仇敵愾，漢賊忠奸立判的大時代裏，張愛玲與日本人甚至親日的文人相談甚歡還是令許多人感到不快甚至反感。以至後來，張愛玲雖然發函拒絕出席「大東亞文學者大會」，但仍無法避免人們對她政治立場的懷疑和批判。

　　這一時期的張愛玲，抓住了眞正屬於自己的、可一不可再的機會，興奮地説，「出名要趁早！來得太晚的話，快樂也不那麼痛快……快，快，遲了來不及了，來不及了！」〔註33〕1943 年到 1945 年是張愛玲創作生涯中最輝煌燦爛的時刻，在這一時期，她也遇到了對她一生產生重大影響的胡蘭成。胡蘭成任職於汪僞政府，也頗有文學才華。1943 年 12 月，胡蘭成讀了張愛玲在《天地》上發表的《封鎖》，他「才看了一二節，不覺身體坐直起來」〔註34〕，爲張愛玲的文學才華所折服，並撰文介紹故事梗概，他認爲這部小説像一串精緻的項鍊那麼美。並且從蘇青那裡得到地址去張愛玲的住處拜訪。蘇青説「張愛玲不見人的」〔註35〕。胡蘭成從門洞遞進去一張字條。隔了一天的中午，張愛玲的電話卻來了。第一次見面兩人長談五個小時，幾次來往，張愛玲徹底墜入了情網。胡蘭成撰文《評張愛玲》讚美張愛玲「是一枝新生的苗……這新鮮的苗帶給人間以健康與明朗的，不可摧毀的生命力」〔註36〕。他們在

〔註33〕張愛玲：《傳奇再版的話》，《流言》，北京十月文藝出版社，2012 年版，第 163 頁。

〔註34〕胡蘭成：《民國女子》，《永遠的張愛玲——弟弟、丈夫、親友筆下的傳奇》，學林出版社，1996 年版，第 72 頁。

〔註35〕胡蘭成：《民國女子——張愛玲記》，《今生今世》，中國長安出版社，2013 年版，第 138 頁。

〔註36〕胡蘭成：《她是個人主義者》，原題爲《評張愛玲》，季季、關鴻，《永遠的張愛玲——弟弟、丈夫、親友筆下的傳奇》，學林出版社，1996 年版，第 121 頁。

1944 年 8 月結婚，炎櫻爲媒證，張愛玲 23 歲，胡蘭成 38 歲。兩人並未舉行婚禮，由胡蘭成寫了婚書，正式結爲了夫婦。新婚燕爾的兩人，甜蜜得如膠似漆，連出去遊玩都沒有興趣，胡蘭成對這段婚姻是這樣描述的，「我與張愛玲結婚已二年，現亦仍像剛做了三朝夫妻，新郎和新娘只合整日閨房相守……我凡與她在一起，總覺得日子長長的。」〔註37〕而張愛玲對這段婚姻有這樣的說法，「張愛玲說自己對丈夫的情感，多半也因丈夫欣賞她之文才，又給她文學上的挑戰……又會欣賞她的華服，但是她熱戀的丈夫，結果還是背棄了她。」「他離開我之後，我就將心門關起，從此與愛無緣了」（據張愛玲好友愛麗絲所述）〔註38〕。不知是否受祖父張佩綸與祖母李菊藕老夫少妻幸福婚姻的影響，或是因從小缺乏父愛，張愛玲的芳心被這個年長自己許多的男人所俘獲。在這期間，張愛玲創作了小說《紅玫瑰與白玫瑰》、《桂花蒸：阿小悲秋》、《留情》、散文有《私語》、《自己的文章》、《童言無忌》等。可能也是因爲這段戀情的影響，令張愛玲的心扉徹底敞開，她將從前以虛構的小說形式處理的個人生活史中的糾葛，用與熟朋友談心的方式向讀者娓娓道出〔註39〕。《童言無忌》和《私語》就是一個極好的例子。此時張愛玲的文學創作也達到了她的巔峰狀態。

二、迷惘與惶恐（1945～1952）

　　1945 年 8 月抗戰勝利，一種不安的氣氛彌漫了整個文壇，作家們都陷於一種恐懼的狀態之中，此時他們都不再進行創作，上海文壇由「繁榮期」進入了「衰落期」〔註40〕。

　　眾所周知，張愛玲是非常喜愛上海的，她在《自己的文章》中說「我喜歡上海」，在《詩與胡說》中說，「我就捨不得中國——還沒離開家已經想家了」〔註41〕，在《中國的日夜》中，她驕傲地寫道，自己快樂地走在祖國的太陽下。即使在後來她去了美國，一直奮鬥著希望可以搬到紐約居住，因爲「我喜歡紐約，大都市，因爲像上海。郊外的風景使我覺得悲哀。坐在車上，

〔註37〕胡蘭成：《今生今世》，中國長安出版社，2012 年版，第 253 頁。
〔註38〕周芬伶：《哀與傷—張愛玲評傳》，上海遠東出版社，2007 年版，第 37 頁。
〔註39〕〔日〕邵迎建：《張愛玲的傳奇文學與流言人生》，臺北：秀威信息科技，2012 年版，第 150 頁。
〔註40〕嚴紀華：《看張・張看——參差對照張愛玲》，秀威信息科技有限公司，2007 年版，第 18 頁。
〔註41〕張愛玲：《詩與胡說》，《流言》，北京十月文藝出版社，2012 年版，第 136 頁。

行過曠野，渺無人煙，給我的感觸也是一種荒涼。我還是喜歡走在人多的地方。」〔註42〕雖然在上海時，她也曾遭到批評，傅雷對《金鎖記》有極高的評價「我們文壇最美的收穫之一」〔註43〕，但對她的《傾城之戀》和《連環套》卻提出毫不留情的批評，他認為《傾城之戀》對人物對生活都描繪得不夠深刻，作品過於輕浮〔註44〕，對《連環套》的批評則更加嚴厲，「人物的缺少真實性，全部彌漫著惡俗的漫畫氣息，更是把 taste 看成了腳下的泥⋯⋯」〔註45〕對張愛玲其他作品則評價為「遺老遺少和小資產階級，全都為男女這惡夢所苦⋯⋯煩惱、焦急、掙扎，全無結果，惡夢沒有邊際，也就無從逃避⋯⋯」〔註46〕《萬象》老闆平襟亞又在《海報》上發表了《一千元的灰鈿》說張愛玲多拿了一千元的稿費，連張愛玲中學時的中文老師汪宏聲也寫了篇《記張愛玲》提起張愛玲就讀中學時將一篇作文充兩篇的往事。另外是同為作家的潘柳黛對張愛玲的嘲弄，她認為張愛玲時時提起自己是李鴻章的曾外孫女，「對於她自己的身懷『貴族血液』，卻是『引以為榮』」，她戲言道這關係好比大海裏淹死了一隻雞，上海人喝著海裏的水，卻稱自己正在喝雞湯。〔註47〕張愛玲用《自己的文章》來對付傅雷的嚴詞批評，對於同行的嘲諷和攻擊，她只是說「潘柳黛是誰？我不認識她。」〔註48〕雖然後來在香港，張愛玲對鄺文美說過，「她（潘柳黛）的眼睛總是使我

〔註42〕 殷允芃：《生命有它的圖案，我們唯有臨摩》，原題為《訪張愛玲女士》，季季、關鴻，《永遠的張愛玲——弟弟、丈夫、親友筆下的傳奇》，學林出版社，1996年版，第 327 頁。

〔註43〕 傅雷：《觸及了鮮血淋漓的現實》，原題為《論張愛玲的小說》，季季、關鴻，《永遠的張愛玲——弟弟、丈夫、親友筆下的傳奇》，學林出版社，1996 年版，第 146 頁。

〔註44〕 參見傅雷：《觸及了鮮血淋漓的現實》，原題為《論張愛玲的小說》，季季、關鴻，《永遠的張愛玲——弟弟、丈夫、親友筆下的傳奇》，學林出版社，1996年版，第 149 頁。

〔註45〕 傅雷：《觸及了鮮血淋漓的現實》，原題為《論張愛玲的小說》，季季、關鴻，《永遠的張愛玲——弟弟、丈夫、親友筆下的傳奇》，學林出版社，1996 年版，第 151 頁。

〔註46〕 傅雷：《觸及了鮮血淋漓的現實》，原題為《論張愛玲的小說》，季季、關鴻，《永遠的張愛玲——弟弟、丈夫、親友筆下的傳奇》，學林出版社，1996 年版，第 149 頁。

〔註47〕 參見潘柳黛：《記張愛玲》，于青、金宏達編，《張愛玲研究資料》，海峽文藝出版社，1994 年版，第 63～64 頁。

〔註48〕 潘柳黛：《記張愛玲》，于青、金宏達編，《張愛玲研究資料》，海峽文藝出版社，1994 年版，第 64 頁。

想起『涎瞪瞪』這幾字。」〔註49〕但這些批評和指責並未讓她想過離開上海。

1945 年日本投降後，胡蘭成匆匆逃亡，在這期間張愛玲曾經到他藏身之地溫州探望過他。胡蘭成在武漢辦報紙期間和年僅十六歲的小護士周訓德發生戀情，令張愛玲十分傷心。對於外界的批評和誤解，她可以置之不理，但胡蘭成的濫情和不忠，卻令張愛玲陷入極度的痛苦之中，她質問胡蘭成「你與我結婚時，婚帖上寫現世安穩，你不給我安穩？」〔註50〕當張愛玲要胡蘭成在小周和她之間做出選擇，面對胡蘭成不置可否的態度時，唯有淒涼地對他說，既然你不肯，我也只好離開了，我不會自尋短見但也不會再愛別人了，只是就這樣枯萎了。後來又知道胡和陪他一起去溫州的范秀美已經同居。到一九四七年六月十日，張愛玲徹底放棄了這段感情，她在信中對胡蘭成說她已經不喜歡他了，叫他不要找她也不要再寫信了。〔註51〕

因為胡蘭成的關係，張愛玲不斷地被攻擊為漢奸，她不得不寫文章為自己辯駁。在這段時間，為了避開政治迫害，張愛玲不得不停止了小說創作，開始了電影劇本的創作，《不了情》、《太太萬歲》是這一階段的作品，頗受大眾的歡迎。一九四七年，張愛玲在《傳奇》增訂本中提及關於自己被攻擊的事情，一年來經常被誣衊為漢奸，但是自己的作品從來不曾涉及到政治，她認為唯一的原因可能是「大東亞文學會」曾發函邀請她，被她拒絕了，可是報上的名單仍然有她的名字。雖然經歷了這些打擊和挫折，張愛玲仍然選擇留在她所深深熱愛的上海。1945 年 3 月，張愛玲在與炎櫻對話的《雙聲》中說，自己是個很隨和的人，她的一個朋友說，雖然你目前反對共產主義，也許將來共產的時候你會成為最為活躍的人物〔註52〕，她更擔心的是「將來穿什麼衣服？」在那時，她只是覺得迷惘，對政治不甚敏感，只關心將來是否還能隨心地穿戴打扮和享有獨立生活的權利。

但事實卻是，1942 年毛澤東在《延安座談會講話》中提到，「內容愈反動的作品而愈帶藝術性，就愈能毒害人們，就愈應該排斥。」〔註53〕這就為日

〔註49〕張愛玲、宋淇、鄺文美著：宋以朗主編，《張愛玲私語錄》，皇冠出版社（香港）有限公司，2010 年版，第 123 頁。
〔註50〕胡蘭成：《今生今世》，中國長安出版社，2012 年版，第 260 頁。
〔註51〕參見胡蘭成：《今生今世》，中國長安出版社，2012 年版，第 293 頁。
〔註52〕參見張愛玲：《雙聲》，《流言》，北京十月文藝出版社，2012 年版，第 217 頁。
〔註53〕蘇偉貞：《孤島張愛玲》，三民書局股份有限公司，2002 年版，第 74～75 頁，趙無眠，《文革大年表》，香港：明鏡出版社，1996 年版，第 49 頁。

後中國共產黨統治中國後樹立了文學創作的方向。抗戰勝利後，1947 年 4 月，張愛玲在唐大郎、龔之方出版的《大家》雜誌上發表了《華麗緣》，5 月、6 月發表了《多少恨》。1947 年 11 月，她還在唐龔二人成立的山河圖書公司出版了《傳奇》增訂版。1947 年 5 月，上海《小日報》連載了張愛玲的小說《鬱金香》。1949 年夏衍出任軍管會的文管會副主任，負責上海的文化工作，要求龔之方、唐大郎組織一個小報班底，向讀者提供具娛樂性又無低級趣味的內容，於是 1949 年《亦報》創刊。1950 年，張愛玲在《亦報》連載發表了《十八春》，內容仍然是描寫亂世中的男女糾葛和家庭關係，只是在最後加了一個「光明的尾巴」，男女主人公都到東北參加革命建設。1951 年發表《小艾》，是以梁京為筆名，此前張愛玲從未用過筆名，似乎不想讓讀者知道這是她的作品。張愛玲這一時期創作的小說風格和前期大為迥異，有歌頌新中國光明前景的明顯的左傾跡象。想來也可反映當時文人舉步維艱的創作處境，正如王德威所言「生存在『歷史的夾縫』中，自由創作，談何容易。」〔註 54〕這可能是張愛玲為了適應新的環境所不得不做出的改變。而後來張愛玲在 1968 年將《十八春》修改為《惘然記》，在《皇冠》上連載，1969 年改名為《半生緣》，去掉了那個違心的「光明的尾巴」。

而對於《小艾》，張愛玲是這樣說的，她很不喜歡這部小說，小艾像在美的新移民那樣妄想發達，但在解放後悵然笑道，現在沒有可能了。〔註 55〕可見這兩部作品似乎都是張愛玲為了附和當時政治形勢的違心之作，她在 1949 年之後沒有立刻離開上海，並發表了左傾的作品，說明她當時仍然是對政治不甚敏感，並努力地去適應新的環境，向新中國靠攏。她曾經在《〈亦報〉的好文章》中表示自己對《亦報》的喜愛，她盛讚《亦報》看上去眉目清秀、令人感覺賞心悅目〔註56〕。這段時期，《亦報》這種小報的存在曾給了張愛玲一絲還可能留在上海寫作和生活的希望。但她的心情仍是迷惘和惶惑不安的。並且讀者對《小艾》的反應非常冷淡，和《十八春》當年大受讀者歡迎的情景形成了很大的反差。

〔註 54〕 〔美〕王德威：《重讀張愛玲的〈秧歌〉與〈赤地之戀〉》，楊澤編，《閱讀張愛玲》，麥田出版股份有限公司，1999 年版，第 136 頁。

〔註 55〕 參見張愛玲：《關於小艾》，《重訪邊城》，北京十月文藝出版社，2012 年版，第 158 頁。

〔註 56〕 參見張愛玲：《〈亦報〉的好文章》，陳子善，《作別張愛玲》，文匯出版社，1996 年版，第 264 頁。

夏衍因爲讀過張愛玲的小說集《傳奇》，極爲欣賞她的才華。1949年後，夏衍在上海文藝界主持工作，提名張愛玲參加第一屆上海文代會，估計張愛玲也想藉此機會看看形勢發展如何。並且夏衍還讓張和上海文藝代表團一起參加蘇北的土改工作兩個多月。張愛玲參加文代會時「坐在後排，旗袍外面罩了件網眼的白絨線衫……那時全國最時髦的裝束，是男女一律的藍布或灰布中山裝……」〔註57〕這種與眾不同的裝束讓柯靈也覺得是「高處不勝寒」，他在《遙記張愛玲》一文中說道「『全國解放』，在張愛玲看來，無疑是災難」。〔註58〕雖然夏衍極爲愛才，他告訴柯靈想請張愛玲做電影編劇，因某些人不贊成，只有暫時擱置。柯靈還沒來得及把這個消息告訴張愛玲，她已離開上海去了香港，夏衍聽後惋惜不止。

此時的政治環境開始發生轉變。1951年4月，當時的文壇大肆批判電影《武訓傳》，要求文藝界「樹立無產階級的思想領導」，來進行思想和文學創作方面的改造。12月「三反」、「五反」等各項運動如火如荼地展開了。後來又進入了幾十年的不斷的殘酷「運動」之中。描寫人性的作品被視爲「資產階級的瘋狂攻擊」，大批作家被打倒批鬥。此時張愛玲的處境如何？心境又如何？她爲何在信中對胡適說「我這次離開上海的時候很匆促」〔註59〕？張愛玲於1952年離開上海去了香港，其中的原因，張愛玲的姑父李開弟是這樣解釋的，「政府一直沒有安插愛玲，老作家夏衍雖有心而力不足。愛玲不能坐困上海嘛，於是申請赴港，也批准了。夏衍後來曾託人帶信給姑姑，希望愛玲能爲《大公報》、《文匯報》寫點文章，可是姑姑說，愛玲離開上海前，兩人曾約好不通信，所以無從通知起。」〔註60〕1952年3月，在《亦報》上連載的周作人的散文《魯迅衍義》被中止。張愛玲也因此失去了發表作品的園地。這一致命的打擊使她不能發表作品，更失去了唯一可以生活的手段。此時的張愛玲經濟頗爲拮据，和姑姑一起搬到較爲簡陋的卡爾登公寓，而姑姑可能在經濟上幫助過她。就這樣張愛玲帶著迷惘和惶恐的心情離開了心愛的上

〔註57〕 柯靈：《偌大的文壇，哪個階段都安放不下她》，季季、關鴻，《永遠的張愛玲——弟弟、丈夫、親友筆下的傳奇》，學林出版社，1996年版，第198頁。

〔註58〕 柯靈：《偌大的文壇，哪個階段都安放不下她》，季季、關鴻，《永遠的張愛玲——弟弟、丈夫、親友筆下的傳奇》，學林出版社，1996年版，第198頁。

〔註59〕 張愛玲：《憶胡適之》，《重訪邊城》，北京十月文藝出版社，2012年版，第19頁。

〔註60〕 陳怡眞：《到底是上海人》，季季、關鴻，《永遠的張愛玲——弟弟、丈夫、親友筆下的傳奇》，學林出版社，1996年版，第171頁。

海，告別了她曾經閃耀輝煌的上海文壇。而《亦報》也在她離開後不久就停刊了。

　　張愛玲的選擇顯然是明智的，《亦報》的主編龔之方的一番話也說明了這一點，「其實張愛玲決定一九五二年出國是很機智的選擇，否則一九五七年反右那一關，她就可能受不了，更何況是後來的文化大革命？」〔註61〕在張愛玲給夏志清的信說道，「女主角脾氣很像我」，說明《浮花浪蕊》中的洛貞就是張愛玲的寫照，裏面透露出張愛玲的真實想法，「她想是世界末日前夕的感覺。共產黨剛來的時候，小市民不知厲害，兩三年下來，有點數了。這是自己的命運交到了別人手裏之後，給在腦後掐住了脖子。」〔註62〕由此可以體會張愛玲當時的心情是多麼的惶恐和不安。她和姑姑約好不通信不聯繫也是為了保護姑姑，可見當時她已預感到未來可能發生的事情。柯靈也說，「以她的出身，所受的教育和她的經歷，她離開祖國是必然的，不可勉強。試想，如果她不離開，在後來的『文化革命』中，一百個張愛玲也被壓碎了。但是，再大的天才離開自己土地，必然要枯萎。張愛玲的光輝耀眼而短暫。張愛玲的悲劇也可以說是時代的悲劇。」〔註63〕雖然她熱愛自己的祖國，曾在 1944 年發表的散文《詩與胡說》中說，生活在自己可愛的國家，即使在髒亂和憂傷的環境中，還是能夠從中發現許多寶貴的東西，她這樣愛自己的國家，不願離開自己的國家，最後還是被迫離去，從此再未踏上中國的土地。

第二節　香港時期（1952～1955）：過渡與困惑

　　講到張愛玲的香港時期，也不得不提起她在香港的求學階段，一九三六年她在母親的安排下參加了倫敦大學的入學考試〔註64〕，並考取了第一名的殊榮。隨後因為歐戰的突然爆發，她無法入讀倫敦大學，唯有改入香港大學。在香港大學就學期間的生活細節，並無很多史料。讀者多是從她的散文《燼餘錄》瞭解到她在香港大學就學的一些情況。在港大學習期間，對她影響深

〔註61〕張子靜、季季：《我的姊姊張愛玲》，臺北市：時報文化，1996 年版，第 229 頁。

〔註62〕張愛玲：《浮花浪蕊》，《怨女》，北京十月文藝出版社，2012 年版，第 293 頁。

〔註63〕江迅：《柯靈追憶張愛玲》，陳子善編，《作別張愛玲》，文匯出版社，1996 年版，第 203 頁。

〔註64〕參見張愛玲：《對照記》，《重訪邊城》，北京十月文藝出版社，2012 年版，第 218 頁。

遠的人有兩位，一位是中文系的許地山教授，他以落華生爲筆名創作了許多優秀的文學作品。也是五四運動的中心人物之一。據黃康顯和邵迎建的考證，張愛玲曾師從許地山。張愛玲的散文《更衣記》和《中國人的宗教》都可窺見受到許地山的影響；張愛玲的英文作品《中國人的生活與時裝》（CHINESE LIFE AND FASHIONS）也受到許地山《近三百年來底中國女裝》一些影響。另外一位是歷史教授佛朗士，張愛玲認爲他研究歷史很有自己獨特的看法。〔註65〕蘇偉貞認爲，從這裡就可以解釋張愛玲在《洋人看京戲》、《忘不了的畫》、《談音樂》、《談看書》等散文中涉及人種學、西洋美術、音樂的段落由來。〔註66〕「可是他死——最無名目的死」〔註67〕。因爲太平洋戰爭爆發，弗朗士應徵當兵，在一天黃昏因爲沒有聽到哨兵的問話而被槍殺〔註68〕，一個才華橫溢深得張愛玲尊敬的教授就這樣死在自己人的槍下，讓張愛玲更加體會到生命的不可思議，對這「不可理喻」的時代更多了一層體會。

　　在香港大學讀書期間，張愛玲結識了她一生中的摯友法蒂瑪（Fettima），張愛玲爲她取了一個中文名字炎櫻。炎櫻性格開朗，敢於批判現實生活中不合理的地方，她的行爲也驚世駭俗，戰爭令人恐懼，可是當「流彈打碎了浴室的玻璃窗，她還在盆裏從容地潑水唱歌。」〔註69〕就是這樣一個和內向自卑的張愛玲性格迥異的炎櫻，卻成爲她一生的知己和摯友。兩人都喜歡文學、擅長畫畫。張愛玲後來在上海成爲當時最紅的作家時，炎櫻開始陪張愛玲出席各種公開場合，並爲她設計服裝。張愛玲還將炎櫻的一些作品《女裝，女色》、《生命的顏色》、《死歌》等翻譯成中文。邵迎建認爲，張愛玲小説中出現的形形色色的混血兒，外國人，無不是她這一時期觀察和思考持續的結果。

　　張愛玲在香港大學就讀期間發奮讀書，以優異的成績獲得學校的獎學金。一九四零年四月，張愛玲投稿《西風》月刊，以《我的天才夢》獲得名譽獎第十三名。可以說此時的張愛玲躊躇滿志，對自己的未來充滿希望和美好的憧憬，她因成績優異拿到兩個學科的獎學金，在畢業之後還可能

〔註65〕參見張愛玲：《燼餘錄》，《流言》，北京十月文藝出版社，2012 年版，第 52頁。
〔註66〕蘇偉貞：《孤島張愛玲》，三民書局股份有限公司，2002 版，第 50 頁。
〔註67〕張愛玲：《燼餘錄》，《流言》，北京十月文藝出版社，2012 版，第 52 頁。
〔註68〕參見張愛玲：《燼餘錄》，《流言》，北京十月文藝出版社，2012 版，第 51 頁。
〔註69〕張愛玲：《燼餘錄》，《流言》，北京十月文藝出版社，2012 版，第 50 頁。

被送到英國去繼續深造。〔註 70〕但一九四一年十二月八日，香港大學大考的第一天，日軍攻陷香港，香港人經歷了十八天的圍城期。香港大學停課了，學生們都被迫離開學校，參加守城工作來解決吃住的問題。〔註 71〕張愛玲此時的心情是多麼沮喪，因爲戰爭學校所有的文件都要被銷毀〔註72〕。努力用功讀書並沒有換來美好的前程，在現實面前，唯有低頭。爲了生活張愛玲去了戰時醫院做護士。在戰爭中人的自私怯懦暴露無遺，讓張愛玲對人在面臨災難時的恐懼無奈和自私怯懦的行爲理解得更爲深刻。1942 年春張愛玲匆匆結束了她在香港大學的學生生涯，回到了上海，開始了她傳奇輝煌的人生。

香港淪陷，上海淪陷，抗戰勝利，1949 年新中國成立，張愛玲在迷惘、狂喜、惶惑、恐懼中經歷了戰爭、成名、避難、政治風雲的不斷變化，她感歎道「時代是倉促的，還有更大的破壞要來。有一天我們的文明，不論是昇華還是浮華，都要成爲過去。」〔註73〕

經歷了在文壇上輝煌燦爛的兩年，和抗戰勝利以及新中國成立後充滿迷惘和惶惑的七年，一九五二年張愛玲再次來到了香港，再回到香港她竟然有種「從陰間回到陽間，有一種使命感」〔註74〕。張愛玲八月到香港大學復學，十一月去日本尋找好友炎櫻，希望可以找到去美國的機會，隨後返回香港。開始她寄居於女青年會，翻譯美國新聞處交給她的一些英文小說，如海明威的《老人與海》、華盛頓・歐文的《無頭騎士》等。而此時鄺文美也用筆名替同一家機構翻譯作品，兩人曾爲同事就是由此而來的。其實張愛玲對翻譯小說並沒有很大的興趣，她甚至說，現在即使是讓她翻譯關於牙醫方面的書，也會勉強去做的〔註75〕。但其中也有張愛玲欣賞的作品，如海明威的《老人

〔註70〕 參見張愛玲：《我看蘇青》，《流言》，北京十月文藝出版社，2012 年版，第 242頁。

〔註71〕 參見張愛玲：《我看蘇青》，《流言》，北京十月文藝出版社，2012 年版，第 50～56 頁。

〔註72〕 參見張愛玲：《我看蘇青》，《流言》，北京十月文藝出版社，2012 年版，第 242頁。

〔註73〕 張愛玲：《傳奇再版的話》，《流言》，北京十月文藝出版社，2012 年版，第 163頁。

〔註74〕 張愛玲：《浮花浪蕊》，《怨女》，北京十月文藝出版社，2012 年版，第 303 頁。

〔註75〕 參見張愛玲、宋淇、鄺文美著：宋以朗主編，《張愛玲私語錄》，皇冠出版社（香港）有限公司，2010 年版，第 25 頁。

與海》〔註 76〕。對張愛玲來說香港不過是她去美國的一個過渡期，翻譯工作也不過是爲了謀生的一種手段，而文學創作才是她的夢想。她也希望借在香港的創作打開去美國之路的大門。

張愛玲和宋淇、鄺文美夫婦因此機緣相識，從此成爲她「最好的朋友」〔註 77〕。張愛玲曾在信中說，因爲幾天前寫作而想起一些往事，不由自主地又在自己的腦子裏向鄺文美解釋很多事情〔註 78〕（1992 年 2 月 25 日），由此可見兩人的親密程度。1957 年鄺文美爲幫助宣傳由張愛玲編劇、宋淇製片的電影《情場如戰場》在香港上演，特地撰文《我所認識的張愛玲》發表於《國際電影》上。張愛玲致信鄺文美，「你在電影雜誌上寫的那一篇，卻使我看了通體舒泰，忍不住又要說你是任何大人物也請不到的 offical spokesman〔官方代言人〕。當然裏面並不是全部外交辭令，根本是眞摯的好文章，『看如容易卻艱辛』我想必不知不覺間積了什麼德，才有你這樣的朋友。」〔註 79〕（1957 年 9 月 5 日）她還將這篇文章寄給身在英國，因爲手術失敗將不久於人世的母親，希望母親會爲女兒的成就而老懷安慰。〔註 80〕張愛玲是多麼珍惜和鄺文美之間的這份情誼，彼此欣賞惺惺相惜的感覺，由此可見一斑。

在鄺文美的眼裏，張愛玲並不如外間傳說那麼「孤芳自賞」，「行止隱秘」、「拒人於千里之外」，她其實是「多麼的風趣可愛，韻味無窮……在陌生人面前，她似乎沉默寡言，不擅辭令；可是遇到只有二三知己時，她就恍如變成另一個人，談笑風生，妙語如珠，不時說出令人難忘的警句來。」〔註 81〕她認爲眞正相知的朋友好像一面鏡子，將大家性格中最美好的那一面顯現出來〔註 82〕。

〔註 76〕參見張愛玲、宋淇、鄺文美著：宋以朗主編，《張愛玲私語錄》，皇冠出版社（香港）有限公司，2010 年版，第 14～15 頁。

〔註 77〕參見張愛玲、宋淇、鄺文美著：宋以朗主編，《張愛玲私語錄》，皇冠出版社（香港）有限公司，2010 年版，第 5 頁。

〔註 78〕張愛玲、宋淇、鄺文美著：宋以朗主編，《張愛玲私語錄》，皇冠出版社（香港）有限公司，2010 年版，第 290 頁。

〔註 79〕張愛玲、宋淇、鄺文美著：宋以朗主編，《張愛玲私語錄》，皇冠出版社（香港）有限公司，2010 年版，第 167 頁。

〔註 80〕參見張愛玲、宋淇、鄺文美著：宋以朗主編，《張愛玲私語錄》，皇冠出版社（香港）有限公司，2010 年版，第 1～2 頁。

〔註 81〕參見張愛玲、宋淇、鄺文美著：宋以朗主編，《張愛玲私語錄》，皇冠出版社（香港）有限公司，2010 年版，第 12 頁。

〔註 82〕參見張愛玲、宋淇、鄺文美著：宋以朗主編，《張愛玲私語錄》，皇冠出版社（香港）有限公司，2010 年版，第 12 頁。

在香港期間，張愛玲一邊從事翻譯工作，一邊創作英文小說《秧歌》（The Rice-Sprout Song）。張愛玲對這部小說寄予了很大的希望，因為是初次創作英文小說，對成功與否並沒有把握，在寄到美國經理人那裡和被出版商接受的過程中，張愛玲唯有焦急地等待。為此宋淇夫婦找出從上海帶來的一本牙牌簽書，為她求卦。〔註83〕張愛玲居然很欣賞這本牙牌簽書，從此出書、出門、求吉凶都要靠它。

《秧歌》出版後許多報刊都有佳評，尤其是《紐約時報》，還有《星期六文學評論》和紐約的另一大報 Herald Tribune〔《先驅論壇報》〕刊出好評文章，可以說是「好評如潮」。張愛玲最看重的《時代》的評論也是甚為嘉許。雖然《秧歌》的第一版很快售完，但在美國小說界，一冊小說如果不能躋身暢銷書之列，就要遭受淘汰，書商根本不考慮再版印行，雖然後來香港有人取得再版權，印數極少，我們也沒有見到。〔註84〕一九五四年四月《秧歌》中文版在《今日世界》上連載，同年七月出版單行本。

在香港期間，張愛玲住在女青年會一間陋室中，房間陳設異常簡陋，連一張書桌也沒有，她只能在床邊的小茶几上寫稿。她不願意添置家具也不喜歡買書，因為「一添置了這些東西，就彷彿生了根。」〔註85〕並且為了避開有人來訪，她特意託宋淇夫婦幫她在宋家附近一條橫街租了一間斗室居住。這一期間，她主要在創作《赤地》，據她說因為大綱是事先定好的，沒辦法發揮自己的想像力，所以寫得十分吃力。〔註86〕這段時間，宋淇夫婦經常去探望她，尤其是鄺文美，兩人十分投緣，總有說不完的話。但《赤地之戀》的創作並不順利，《張愛玲私語錄》中有記載，「寫《赤地之戀》，好的東西放得太多或太長，我就有點噤。怕賣不掉……」，「這幾天總寫不出，有如患了精神上的便秘」，雖然如此，張愛玲對她創作還是非常投入的，「故事（《赤地之戀》）要寫得複雜，因為人生本是複雜的。如迷魂陣，使人不知不覺鑽

〔註83〕參見張愛玲、宋淇、鄺文美著：宋以朗主編，《張愛玲私語錄》，皇冠出版社（香港）有限公司，2010年版，第28頁。

〔註84〕張愛玲、宋淇、鄺文美著：宋以朗主編，《張愛玲私語錄》，皇冠出版社（香港）有限公司，2010年版，第29～30頁。

〔註85〕張愛玲、宋淇、鄺文美著：宋以朗主編，《張愛玲私語錄》，皇冠出版社（香港）有限公司，2010年版，第30頁。

〔註86〕參見張愛玲、宋淇、鄺文美著：宋以朗主編，《張愛玲私語錄》，皇冠出版社（香港）有限公司，2010年版，第30頁。

了進去。」〔註87〕張愛玲認爲她寫《赤地之戀》是「舊瓶裝新酒」，吃力、冤枉，而且這本書「校對一塌糊塗」，又「印得一塌糊塗」，幸虧那時張愛玲正爲了《秧歌》在美國出版而很開心，否則火氣更大。〔註88〕

　　《赤地之戀》寫完後，張愛玲並無信心，於是又用牙牌簽書求得一簽：勳華之後。降爲輿臺。安分守己。僅能免災。〔註89〕事實上，美國出版商果然對此書沒有興趣，最後找到本港的出版商香港天風出版社於一九五四年出版，印了中文版和英文版，中文版還有銷路，而英文版因爲印刷水準不高，也沒有宣傳，所以銷路不佳。通過這次的經歷，張愛玲堅定了自己的信念，決不寫她不喜歡、不熟悉的人物和故事。在香港期間，張愛玲還在宋淇的安排下和當時的著名影星李麗華見過一次面，因爲李麗華對張愛玲慕名已久，希望請張愛玲幫她的公司編劇。李麗華盛裝打扮，說話也特別斯文，在宋淇家等了很久，張愛玲才「施施然而來」。坐了沒多久，張愛玲就託詞有事，連宋淇夫婦準備的茶點也沒吃就告辭了。因爲那個時候，張愛玲正集中精力全心全意地寫《赤地之戀》，並且在準備移民美國，根本沒心思寫劇本。〔註90〕

　　這兩部小說被認爲是帶有反共色彩，是張愛玲創作的右傾文學作品。一九五四年秋，張愛玲將《秧歌》寄給胡適，獲得胡適的高度讚譽，「這本小說，從頭到尾，寫的是『飢餓』，——也許你曾想到用『餓』做書名，寫得眞好，眞有『平淡而近自然』的細緻工夫」。〔註91〕但《赤地之戀》卻未像《秧歌》那樣在美新處機關刊物《今日世界》上連載。不知是否如平鑫濤所言「其背後的確有一番曲折」或是美新處並不滿意這部作品，沒有達到反共的效果？可能因爲書裏面有「另一輛囚車裏是張勵扮的蔣介石」，「黎培里是勾結蔣政府的特務」等的句子。似乎不是反共而是反蔣，不是美新處要的效果。所以

〔註87〕參見張愛玲、宋淇、鄺文美著：宋以朗主編，《張愛玲私語錄》，皇冠出版社（香港）有限公司，2010 年版，第 51 頁。

〔註88〕參見張愛玲、宋淇、鄺文美著：宋以朗主編，《張愛玲私語錄》，皇冠出版社（香港）有限公司，2010 年版，第 51～52 頁。

〔註89〕張愛玲、宋淇、鄺文美著：宋以朗主編，《張愛玲私語錄》，皇冠出版社（香港）有限公司，2010 年版，第 31 頁。

〔註90〕參見張愛玲、宋淇、鄺文美著：宋以朗主編，《張愛玲私語錄》，皇冠出版社（香港）有限公司，2010 年版，第 31～32 頁。

〔註91〕張愛玲：《憶胡適之》，季季、關鴻，《永遠的張愛玲——弟弟、丈夫、親友筆下的傳奇》，學林出版社，1996 年版，第 227 年版。

他們就沒有連載，以免流傳得太廣。

　　蘇偉貞認為《秧歌》和《赤地之戀》是張愛玲第二次去香港的三年中「最美的收穫」。而且這兩部小說也不像《十八春》和《小艾》那樣後來都進行了大幅的刪改，也許表面是授權之作，其實張愛玲還是擁有很大的自主創作的權利，所以並非如外界評論是張愛玲的違心之作。但柯靈對這兩部作品的評價很低，「這是兩部壞作品，我很為張愛玲惋惜。她寫了這樣兩篇虛假的作品，意味著與祖國決裂了。張愛玲是極其聰明的，當發現香港也不是她發展之地，她又去了美國。」〔註92〕

　　因為這兩部作品，在那時張愛玲被視為「反共作家」，但對於這種誤解，張愛玲一直覺得非常不忿。「在那個時期，任何揭發中國大陸生活的創作，都被視為反共作品並得到鼓勵和支持。很多作家都是依靠想像來寫作，作品不免虛假和只是淪為政治工具。張愛玲的《秧歌》和《赤地之戀》是她當年對解放後在上海生活記憶的一種文學上的創作。」〔註93〕陳芳明覺得《秧歌》和《赤地》真正要描繪的其實是人性，在各方面都極其困窘的條件下，人和人之間的關係是如何變得扭曲和醜陋無比的。其實，這兩部作品正是對當時虛假的反共作品的一種諷刺。

第三節　美國時期（1955～1995）：探索與執著

　　1955年秋天張愛玲搭乘「克利夫蘭總統號郵輪」離開香港去美國，生活了四十多年，從此再未離開過。和宋淇夫婦也沒有再見過面，但他們的友誼卻越來越牢固。船到日本，她給宋淇夫婦來信說，在船上和他們離別後她一直在哭泣，上次離開香港時感覺很快樂，但這次離開卻覺得非常不捨和悲傷〔註94〕。從此他們就以書信往來，張愛玲認為世事千變萬化，什麼都靠不住，唯一可信任的是極少數的幾個人，還叮囑宋淇夫婦有時間就寫信給她〔註95〕。

〔註92〕江訊：《柯靈追憶張愛玲》，陳子善編，《作別張愛玲》，文匯出版社，1996年版，第202頁。

〔註93〕陳芳明：《張愛玲與臺灣》，陳子善編，《作別張愛玲》，文匯出版社，1996年版，第23頁。

〔註94〕參見張愛玲、宋淇、鄺文美著：宋以朗主編，《張愛玲私語錄》，皇冠出版社（香港）有限公司，2010年版，第33頁。

〔註95〕張愛玲、宋淇、鄺文美著：宋以朗主編，《張愛玲私語錄》，皇冠出版社（香港）有限公司，2010年版，第33頁。

1956 年 3 月 13 日，張愛玲和賴雅相識於美國新罕布什爾州的麥克道威爾文藝營。張愛玲和賴雅彼此產生好感，感情發展迅速，8 月 14 日兩人正式結婚。賴雅 65 歲，比張愛玲的父親年紀還要大，而且兩人的思想信仰完全不同，張愛玲因爲對新政府的恐懼而逃離大陸，嚮往西方的民主和自由，而賴雅卻是三四十年代的知名左翼文人，一直保持著左翼「理想主義」的心態，是馬克思主義的信徒，在五十年代的冷戰氣氛中，「賴雅逐漸成爲被冷落的人物」〔註 96〕。和張愛玲結婚時，賴雅的身體狀況不佳，雖仍然堅持寫作，但經濟狀況並不好。賴雅根本沒有經濟方面的能力可以給她安穩的生活，但是張愛玲和上次一樣，爲了愛情不顧一切，也許其中也有身在異國他鄉，因孤寂無靠需要慰藉的原因吧。

從賴雅的日記來看，他們相互依賴，感情很深。〔註 97〕賴雅照顧平日的生活，而張愛玲則專心寫作，生活是平靜安寧的。張愛玲在電話上告訴炎櫻，「This is not a sensiable marriage, but it's not without passion」〔註 98〕（這婚姻說不上明智，卻充滿激情）。張愛玲曾去信宋淇夫婦說「婚後生活美滿」，並且還告訴他們「我和 Ferd 常常談著手邊稍微寬裕點就到歐洲東方旅行……相信幾年內我們會見面。那一定像南京的俗語：鄉下人進城，說得嘴兒疼。」〔註 99〕但是世事難料，張愛玲很快感覺到寫作、經濟和賴雅的健康給她帶來的巨大壓力。1956 年 10 月張愛玲完成了《粉淚》（Pink Tear），寄出後張愛玲因擔心作品是否被接受而感到巨大的壓力，之後賴雅又中風，令她幾乎精神崩潰。到 1957 年賴雅情況穩定，但 5 月《粉淚》卻被出版公司退回，這對張愛玲是一個巨大的打擊。張愛玲在給夏志清的信中說道，Knopf 是所有的退稿信件中言辭最激烈的，他們認爲小說中所有的人物都非常可怕令人厭惡，假使舊中國好像小說中描繪的那樣，那不是共產黨都變成了人民的救世主……如果這小說有人出版，不知批評家怎麼說……此外只好試試英國。〔註 100〕而張愛玲

〔註 96〕鄭樹森：《張愛玲與賴雅》，季季、關鴻，《永遠的張愛玲——弟弟、丈夫、親友筆下的傳奇》，學林出版社，1996 版，第 337 頁。

〔註 97〕周芬伶：《哀與傷—張愛玲評傳》，上海遠東出版社，2007 年版，第 70 頁。

〔註 98〕張愛玲、宋淇、鄺文美著：宋以朗主編，《張愛玲私語錄》，皇冠出版社（香港）有限公司，2010 年版，第 157 頁。

〔註 99〕張愛玲、宋淇、鄺文美著：宋以朗主編，《張愛玲私語錄》，皇冠出版社（香港）有限公司，2010 年版，第 36 頁。

〔註 100〕參見夏志清：《張愛玲給我的信件》，聯合文學出版社股份有限公司，2013 年版，第 22～23 頁。

也感覺到東西方的文化差異，她在給夏志清的信中表達了這種信息，她覺得自己有種感覺，就是對於那些對東方文化特別感興趣的人，他們所欣賞和嚮往的恰恰是她最想拆穿和揭露的。〔註101〕正如夏志清所言，要瞭解爲什麼當年張愛玲在美國不吃香，此信是個很重要的文獻。〔註102〕

而此時母親的病情讓她更加憂心，張愛玲專門寫信給母親並附有 100 美金。但母親不久就過世，留給她一隻裝滿古董的箱子，張愛玲內心充滿了悲傷，兩個月後才有勇氣打開母親的遺物。賴雅覺得那女士去世之後，悲傷仍徘徊不去，尤其是愛玲母親的照片，她的嘴唇那樣富於生命力，彷彿還活著一般，賴雅說：「照片就像一部小說。」〔註103〕而張愛玲的寫作仍在繼續，她將《粉淚》改寫成《北地胭脂》（Rouge of the North）。據夏志清所說，張愛玲認爲《粉淚》、《金鎖記》之所以銷路不好，因爲「英文本是在紐英倫鄉間寫的，與從前的環境距離太遠，影響很壞」〔註104〕。雖然《北地胭脂》（The Rouge of the North）最後由英國倫敦凱塞爾（Cassell&Company 出版社出版，但反映平平，並無相關的書評介紹，只有一些報紙有簡短說明介紹。

此時的張愛玲和賴雅過著普通夫妻寧靜平凡的生活，和賴雅女兒菲絲一家人也常來常往，但張愛玲一直不忘自己的寫作事業可以在美國有番作爲，並爲目前的狀況感到憂心忡忡。7 月 30 日，張愛玲在午睡後，爲一個夢感到屈辱，她夢見一個有名的作家，但他卻不認識她。這個夢讓她哭得很凶……〔註105〕在這期間，張愛玲爲麥卡錫的公司作翻譯有一筆不錯的收入，宋琪在香港爲她提供的編劇工作也爲她帶來穩定收入，這時他們的生活暫時安定下來。1960年張愛玲正式成爲美國公民後，開始有了重振旗鼓的想法。她想到香港多寫幾個劇本，並順便去臺灣搜集一部小說《少帥》的創作資料。〔註106〕但賴雅

〔註101〕參見夏志清：《張愛玲給我的信件》，聯合文學出版社股份有限公司，2013 年版，第 26 頁。

〔註102〕參見夏志清：《張愛玲給我的信件》，聯合文學出版社股份有限公司，2013 年版，第 23 頁。

〔註103〕周芬伶：《哀與傷—張愛玲評傳》，上海遠東出版社，2007 年版，第 73 頁。

〔註104〕夏志清：《張愛玲給我的信件》，聯合文學出版社股份有限公司，2013 年版，第 14 頁。

〔註105〕周芬伶：《哀與傷—張愛玲評傳》，上海遠東出版社，2007 年版，第 74 頁。

〔註106〕張愛玲著：鄭遠濤譯，《少帥》，皇冠出版社（香港）有限公司，2014 年版，第 203 頁，「其實我那兩個非看不可的地方，臺灣就是一個，我以前曾告訴你想寫張學良故事，……我想到臺中或臺南近土人的村鎮住兩個星期，看看土人與小城生活。（我有個模糊的念頭土人與故事結局有關。）」（張愛玲致鄺文

卻接受不了張愛玲想改變目前安穩生活的想法，自結婚以來的幾年裏，兩人的婚姻生活應該說是幸福的，但張愛玲更希望能實現自己在西方世界的寫作夢想。她在 1961 年 10 月飛到臺灣，在麥卡錫的安排下，和臺灣的一些仰慕她很久的年輕作家們會面，其中有王禎和、陳若曦、白先勇等。並暫住王禎和家，由王禎和陪同她遊玩。正當張愛玲沉浸在遊歷臺灣美景的愉悅之中，卻從麥卡錫那裡傳來賴雅中風的消息。她不得不立即飛往香港寫電影劇本，賺取回程機票和未來的生活費。

　　張愛玲在香港的寫作並不順利，據她寫給賴雅信中說，自己一邊修改稿子一邊等待酬勞，已經辛勞工作了好幾個月，累得像頭狗，然而卻沒有得到應有的報酬〔註 107〕。還要不斷安撫賴雅，「目前請不要對我超級敏感……如果你因爲擔心我而生病的話，豈不是破壞了一切嗎？」〔註 108〕因爲拿不到酬勞，心高氣傲的張愛玲唯有被迫向宋琪借錢，而《紅樓夢》的劇本寫好了卻沒有打算拍攝，並且還被認爲趕時間而寫得馬虎，而在這期間，她的眼睛出血，經濟又極度窘迫。她在月下致信賴雅「他們已不是我的朋友……」她一個人在黑暗中徘徊著，唯有在信中向賴雅傾述自己在港的孤獨和無助〔註 109〕。「他們」應是宋琪夫婦，可能因爲誤會產生矛盾，這次香港之行使張愛玲身心俱疲，在賴雅的不斷催促之下，張愛玲於 1962 年 3 月 16 日離開香港飛往華盛頓。雖然在香港受到很大的挫折，張愛玲仍然對未來抱有極大的希望，感覺在下一年會時來運轉，「明年初只要一轉運，我們便一起遷居紐約。我很心急要交上六三年的大運——這是瘋話，也是我唯一的精神支柱——所以明年春左右就要完成《少帥》小說。」（張愛玲致賴雅 1963 年 2 月 10 日）

　　回到美國之後，她繼續爲電影公司寫劇本，並開始著手準備寫《少帥》的資料。在香港放映的，一九六一年十一月的《南北和》續集《南北一家親》；一九六三年十月二日首映的《小兒女》；一九六四年七月首映的《一曲難忘》，同年九月首映的《南北喜相逢》都是出自張愛玲之手。據鄭樹森所說，「這些

美 1961 年 10 月 2 日）
〔註 107〕參見周芬伶：《哀與傷—張愛玲評傳》，上海遠東出版社，2007 年版，第 80 頁。
〔註 108〕周芬伶：《哀與傷—張愛玲評傳》，上海遠東出版社，2007 年版，第 80 頁。
〔註 109〕參見周芬伶：《哀與傷—張愛玲評傳》，上海遠東出版社，2007 年版，第 81 ～82 頁。

劇本的寫作，可能和當時賴雅體弱多病，手頭拮据有關」〔註110〕。事實的確如此，賴雅在短時間內又住進醫院，張愛玲也會不時受到一些如牙痛等小病的折磨。這段時間雖然有些小狀況，但總的來說是平靜的。但不久賴雅因為散步時跌倒而臥床不起。更壞的事情接連發生，一直支持香港電懋電影公司的陸運濤在空難中喪生，公司解散，宋淇也要另謀出路，張愛玲也就失去了她主要的經濟來源。兩人的版稅收入和賴雅的社會福利金無法維持最低生活水準，雖然張愛玲在此期間的一篇作品《重訪邊城》（A Return to the Frontier）得到不到三百美元的稿酬，但仍無法應付日常生活，無奈之下，她唯有和賴雅搬到政府廉價屋的黑人區。依靠麥卡錫提供的翻譯工作以及改寫劇本維持生計。這段平靜的生活終因賴雅在街上跌了一跤，導致最終癱瘓在床，大小便失禁而被打破了。張愛玲在照顧一個重症病人的同時還要繼續她的翻譯工作。張愛玲為了實現自己的寫作夢想，申請了俄亥俄州牛津邁阿密大學（Miami University in Oxford，Ohio）的駐校作家。1966 年 9 月赴任之前，張愛玲託付賴雅的女兒霏絲照顧他，但很快霏絲也因能力有限又將賴雅交回給張愛玲，張愛玲唯有帶著病重的丈夫赴任。邁阿密大學是這樣介紹她的，「一流的中國女作家，邁阿密的駐校作家」〔註111〕。該大學只提供公寓和極少的車馬費，沒有固定薪水，而張愛玲在該校並不擔任教職，只是需要定期和學生及教師溝通。但此時的張愛玲除了埋頭於自己的創作，照料癱瘓病重的丈夫之外，根本謝絕一切社交活動。

　　一九五七年至一九六四年間，外界只知道張愛玲寫了一些劇本和英文散文《重訪邊城》，短篇小說 Stale Mates（《五四遺事》）。其實據張愛玲和宋淇夫婦的通信可知，張愛玲還在寫一部兩卷的英文作品，她寫信告訴宋淇這部小說開頭兩章寫港戰，第三章寫在上海的童年生活，第八章又回到港戰，然後回到上海，之後的章節寫她和胡蘭成的故事（張愛玲致宋淇 1957 年 9 月 5 日）。一九六一年張愛玲又致信宋淇夫婦，這部小說的名字是 The Book of Change《易經》，按照最初的大綱已寫了一半，但因為很長所以想讓它獨立出書，估計還有兩個月就能全部完成（張愛玲致宋淇 1961 年 2 月 21 日）。到了一九六三年，張愛玲想把《易經》和《雷峰塔》譯成中文，並希望能出版，但又沒有信心。

〔註110〕鄭樹森：《張愛玲與賴雅》，季季、關鴻，《永遠的張愛玲——弟弟、丈夫、親友筆下的傳奇》，學林出版社，1996 年版，第 337 頁。
〔註111〕司馬新：《張愛玲在美國》，上海文藝出版社，1996 年版，第 132 頁。

最後她決定要翻譯《易經》，先翻譯上部《雷峰塔倒了》，但是又擔心中文世界的讀者是否會對她的這些童年往事有興趣。因為熟悉張愛玲散文集《私語》的讀者可能會對小說中相類似的情節感到厭倦和不耐煩，而且小說裏並沒有羅曼蒂克的愛情故事。但對於用英文改寫卻充滿信心，她認為英文世界的讀者會接受這部小說（張愛玲致宋淇 1963 年 6 月 23 日）。所以張愛玲這部小說實際是寫給英文世界的讀者看的，是希望通過描寫自己的「童年瑣事」打開在美的英文創作大門。但是張愛玲「把它東投西投，一致回說沒有銷路。」。一九六三年七月二十一日，她又致信宋琪夫婦說，Dick（理查德‧麥卡錫）找到了一個不怕虧本的有錢人，想請他幫她出版《易經》，但麥卡錫也賣不出去，令張愛玲很灰心。〔註 112〕張愛玲最後並沒有把這兩部小說翻譯成中文，她曾致信夏志清說有本書叫 20th Century Authors（二十世紀作家），他們寫信叫張愛玲寫個自我介紹，於是張愛玲借這個機會告訴他們，自己有兩部小說因為語言障礙外的阻隔而賣不出去（1965 年 12 月 31 日）。現在我們知道，這兩部書裏面有太多的關於張愛玲的私隱以及有映射之意的人物和事件。1995 年 9 月，張愛玲在美國去世，她生前指定的遺囑執行人林式同先生在張愛玲的遺物中找到了 The Fall of the Pagoda 和 The Book of Change 這兩部小說的手稿，按照張愛玲的遺囑寄到了宋家。〔註 113〕為什麼這兩部小說沒有在張愛玲生前出版？雖然她在書信中埋怨賣不掉，但從未說過寫得壞，也許這兩部書就是為了迎合英語世界的讀者，卻不幸以失敗告終。

由此可知在 1955 至 1967 年期間，張愛玲在英文創作方面可以說是受到很大的打擊，《秧歌》的銷路並不是那麼好，《赤地之戀》也無人願意出版。她到美國後一直在用英文改寫《金鎖記》，即《粉淚》，1956 年 5 月卻被司克利卜納公司退稿。這對她的打擊是十分巨大的，並因此而病倒。之後她主要的收入來源是為「美國之音」編寫廣播劇。之後張愛玲又用英文改寫為《北地胭脂》，再用中文改寫，在英國出版。1966 年經再次改寫的《怨女》中文版在香港《星島日報》上連載。並改寫小說《十八春》為《半生緣》。可以說，這一時期是張愛玲試圖打入美國文壇的一場艱苦的探索，但顯然這場探

〔註 112〕參見「你們看見 Dick McCarthy 沒有？《易經》他始終賣不掉，使我很灰心。」（張愛玲致宋琪夫婦 1964 年 5 月 6 日）
〔註 113〕參見張愛玲著：趙丕慧譯，《雷峰塔》，北京十月文藝出版社，2011 年版，第 5 頁。

索最後以失敗告終。還有她的另一部英文小說，由於其中的人物眾多，而外國讀者又弄不清楚中國人的姓名，所以沒有銷路，但假如是用中文寫的話，又擔心小說中的人物恐怕會有被影射的嫌疑，所以張愛玲不想輕易地將其翻譯成中文。〔註 114〕據宋淇所言這篇小說的主題和故事情節都很有吸引力，卻無緣發表，實在無奈。〔註 115〕據馮晞乾的考證，這部愛情小說應是《少帥》。

　　一九六四年五月六日張愛玲致信宋淇夫婦，「少帥故事寫好的部分他（指理查德・麥卡錫）和 Rodell 看了都不喜歡，說歷史太 confusing〔混亂〕，Rodell 說許多人名完全記不清。……三年來我的一切行動都以這小說為中心……」張愛玲花了三年的工夫寫《少帥》，雖然要「全盤推翻」，但她「仍舊往下寫著」〔註 116〕。這個故事張愛玲從一九五六年開始構思，也只是一九六三年左右寫得比較快樂，到後來就灰心得寫不下去。〔註 117〕到一九八二年宋淇致信張愛玲「你那篇小說不寫也罷，給你一說，我才瞭解到牽涉如此之大。最近臺灣傳記文學連載長文：西安事變回憶；中共據說也發表了他們手上的資料……更犯不著捲進去，何況看你的口氣，對男主角不同情，寫出來也不會討好。我起先以為故事有點像『傾城之戀』：一件驚天動地的大事成就了一段愛情，但沒有想到這件大事影響到國運和億萬生靈」〔註 118〕（1982 年 4 月 2 日）。到了一九九一年政治形勢發生了變化，「張學良於三月初獲得自由」，宋淇又致信張愛玲「文美和我都記起你一度有意寫一冊以他的事蹟為中心的小說，後因有『礙語』，所以只好擱置。……想你不一定再有精力來重拾舊山河，或許寫篇文章以誌其經過也可一解心中的結」〔註 119〕（1991 年 3 月 14 日）。而張愛玲卻說自己對於寫張學良完全沒有了興趣，認為他只不過是個坐大轎

〔註114〕參見張愛玲、宋淇、鄺文美著：宋以朗主編，《張愛玲私語錄》，皇冠出版社（香港）有限公司，2010 年版，第 33 頁。

〔註115〕參見張愛玲、宋淇、鄺文美著：宋以朗主編，《張愛玲私語錄》，皇冠出版社（香港）有限公司，2010 年版，第 33 頁。

〔註116〕張愛玲著：鄭遠濤譯，《少帥》，皇冠出版社（香港）有限公司，2014 年版，第 208 頁。

〔註117〕參見張愛玲著：鄭遠濤譯，《少帥》，皇冠出版社（香港）有限公司，2014 年版，第 211 頁。

〔註118〕張愛玲著：鄭遠濤譯，《少帥》，皇冠出版社（香港）有限公司，2014 年版，第 214 頁。

〔註119〕張愛玲著：鄭遠濤譯，《少帥》，皇冠出版社（香港）有限公司，2014 年版，第 214 頁。

車的自由主義者，令人討厭。〔註120〕（1991 年 4 月 14 日）所以，我們可以看出張愛玲開始是對《少帥》抱著很高的期望，希望靠它在美國一炮而紅，但寫了大半後，出版人卻認為人名太多，歷史又很混亂，自此張愛玲就沒有熱情再寫下去，放在那裡許多年，最後連對張學良的興趣也沒有了，這部小說也就這樣放棄了。

張愛玲的重新崛起和引起中文世界的萬眾矚目應該得益於夏志清的《中國現代小說史》，夏志清用了比魯迅還長的篇幅來詳細分析張愛玲的小說，並稱她為「今日中國最優秀、最重要的作家」〔註121〕。他這樣評價張愛玲，「一方面有喬叟式享受人生樂趣的襟懷，可是在觀察人生處境這方面，她的態度又是老辣的、帶有悲劇感的。」〔註122〕夏志清對張愛玲前期創作的小說《金鎖記》和《茉莉香片》的寫作特色進行了詳細的分析。也很推崇張愛玲在香港創作的兩篇小說《秧歌》和《赤地之戀》，他認為「這兩本書的成就，都非常了不起，因為它們巧妙地保存了傳統小說對社會和自我平衡的關心」，而且並不只是運用一些粗糙簡單的宣傳口號，更沒有只是為了強調意識形態，而抹殺了對現實和人性的描寫〔註123〕，並對其所包含的藝術特色和精神內涵進行了詳細的分析。夏志清認為「《秧歌》在中國小說史已經是本不朽之作」，而《金鎖記》顯然是中國有史以來，最偉大的一部中篇小說。〔註124〕夏志清可以說是第一個扮演積極推動張愛玲「國際化」的學者。〔註125〕

而張愛玲的摯友宋淇也為了她的事業幾乎用盡了所有的時間和精力。「朋友勸我一直為人打算，而忽略了自己出書不免太不為自己著想了。」〔註126〕（宋淇致張愛玲 1974 年 8 月 17 日）話雖如此，但宋淇依然事事為張愛玲打

〔註120〕參見張愛玲著：鄭遠濤譯，《少帥》，皇冠出版社（香港）有限公司，2014 年版，第 215 頁。

〔註121〕夏志清著：劉紹銘等譯，《中國現代小說史》，香港中文大學出版社，2015 年版，第 293 頁。

〔註122〕夏志清著：劉紹銘等譯，《中國現代小說史》，香港中文大學出版社，2015 年版，第 296 頁。

〔註123〕參見夏志清著：劉紹銘等譯，《中國現代小說史》，香港中文大學出版社，2015 年版，第 314 頁。

〔註124〕參見夏志清著：劉紹銘等譯，《中國現代小說史》，香港中文大學出版社，2015 年版，第 300 頁。

〔註125〕蘇偉貞：《孤島張愛玲》，三民書局股份有限公司，2002 年版，第 81 頁。

〔註126〕張愛玲、宋淇、鄺文美著：宋以朗主編，《張愛玲私語錄》，皇冠出版社（香港）有限公司，2010 年版，第 203 頁。

算，「大概《續集》的序不容易寫，而自己漸漸老邁，不復有當年的銳氣。有時想想這樣做所爲何來？自己的正經事都不做，老是爲他人做嫁衣裳，可是如果我不做，不會有另一個人做，只好義不容辭，當仁不讓地做了。」（宋淇致陳礫華 1974 年 10 月 18 日）宋淇爲了幫助張愛玲出書，不得不放下自己的寫作，「這個月來爲了這五本書忙得我將《怡紅院四大丫鬟》一文停寫，沒有辦法，弄濕了頭，只好做下去。這一陣老態畢呈，趁現在還能做事之時，辦了也好。」〔註127〕（宋淇致張愛玲 1990.8.14）

而張愛玲和皇冠的老闆平鑫濤的相識則給了她後半生穩定的生活。一九六五年，平鑫濤在香港遇到了宋淇，兩人一見如故，據平鑫濤回憶，宋淇「很熱心地推薦了好幾位香港的作家給我，尤其是張愛玲。」〔註128〕平鑫濤說，「聽到張愛玲的名字，我覺得又親切，又高興，出版她的作品，絕對是一個很大的榮幸。」〔註129〕一九六六年四月，《怨女》由皇冠出版，由此展開了長達三十多年的合作關係。其中大家覺得困惑的是，爲什麼皇冠出版了張愛玲所有的書，唯獨缺了她在香港寫的《赤地之戀》呢？這本書一直未能在臺灣和大陸出版，是因爲「小說中描寫共產黨員辱罵國民黨政府，在當時的書刊檢查制度之下難獲通過，若大幅刪改那些敏感的部分又傷害了原著的精神」〔註130〕。平鑫濤覺得很爲難，這時有另一家出版社接洽張愛玲，她就答應了。但實際是那家出版社「刪改了那些敏感部分」才得以出版的。後來皇冠代張愛玲解決了法律糾紛，收回了《赤地之戀》的版權，並在一九九一年五月由皇冠出版社出版，而《張愛玲全集》的典藏版在同年七月出版。

1966 年由夏志清推薦，張愛玲參加了印第安納大學比較文學系主任福倫茲（Horst Frenz）教授主辦的中西文學關係研討會，和莊信正相識。張愛玲「高而細的身材」，「走起路來予人『飄飄欲仙』的感覺」〔註131〕。她根據自己的

〔註127〕張愛玲、宋淇、鄺文美著：宋以朗主編，《張愛玲私語錄》，皇冠出版社（香港）有限公司，2010 年版，第 280 頁。
〔註128〕彭樹君：《張愛玲與「皇冠」》，季季、關鴻，《永遠的張愛玲——弟弟、丈夫、親友筆下的傳奇》，學林出版社，1996 年版，第 301 頁。
〔註129〕彭樹君：《張愛玲與「皇冠」》，季季、關鴻，《永遠的張愛玲——弟弟、丈夫、親友筆下的傳奇》，學林出版社，1996 年版，第 301 頁。
〔註130〕彭樹君：《張愛玲與「皇冠」》，季季、關鴻，《永遠的張愛玲——弟弟、丈夫、親友筆下的傳奇》，學林出版社，1996 年版，第 303 頁。
〔註131〕莊信正：《三十年半師半友》，季季、關鴻，《永遠的張愛玲——弟弟、丈夫、親友筆下的傳奇》，學林出版社，1996 年版，第 356 頁。

實際經驗談香港的電影業情況。她帶英國口音的英語流利而典雅，講話亦莊亦諧，幽默起來若無其事而又妙語如珠。〔註 132〕莊信正從此開始了和張愛玲30 年半師半友的友誼。據莊信正所言，張愛玲對於住處是從不講派頭，只要方便就行，衣著也屬於保守派。家具也都是買廉價而簡單的，搬家時不至成為累贅。

　　張愛玲由夏志清推薦於 1967 年 9 月抵達劍橋，在賴氏女子學院所設立之研究所（Radcliffe for Independent Study）專心翻譯晚清小說《海上花列傳》。她帶著病重的丈夫赴任。1967 年 10 日，賴雅去世，張愛玲失去了這一生最愛她最關心她的人，從此開始了遠離塵世孤絕的生活。據周芬伶的說法是，張愛玲過著與世隔絕的生活，而她的創作也就不可能從美國本土搜集到素材，所以她唯有埋首於中國古典文學〔註 133〕。賴雅的去世對張愛玲是一個巨大的打擊，但她選擇堅強面對，在 1968 年對採訪她的殷允芃說，「人生的結局總是一個悲劇，但有了生命就要活下去」〔註 134〕，對於寫作她更是執著，「只要我活著，就要不停地寫。我寫得很慢。寫的時候，全心全意的浸在裏面，像個懷胎的婦人，走到哪兒就帶到哪兒。」〔註 135〕寫作是她的生命，而作品就像是她的孩子，更是她堅強活下去的精神支柱，雖然「往往是樂不抵苦」的。就像她自己說的「我常常覺得我像是一個島」〔註 136〕，孤獨卻又自由，擁有自己的一方天地。張愛玲熱愛寫作，她寫作的時候，非常高興，寫完以後，簡直是「狂喜」！〔註 137〕

〔註 132〕莊信正：《初識張愛玲》，陳子善編，《作別張愛玲》，文匯出版社，1996 年版，第 153 頁。

〔註 133〕參見周芬伶：《哀與傷—張愛玲評傳》，上海遠東出版社，2007 年版，第 89 頁。

〔註 134〕殷允芃：《生命有它的圖案，我們唯有臨摹》，原題爲《訪張愛玲女士》，《永遠的張愛玲——弟弟、丈夫、親友筆下的傳奇》，學林出版社，1996 年版，第 327 頁。

〔註 135〕殷允芃：《生命有它的圖案，我們唯有臨摹》，原題爲《訪張愛玲女士》，《永遠的張愛玲——弟弟、丈夫、親友筆下的傳奇》，學林出版社，1996 年版，第 327 頁。

〔註 136〕殷允芃：《生命有它的圖案，我們唯有臨摹》，原題爲《訪張愛玲女士》，《永遠的張愛玲——弟弟、丈夫、親友筆下的傳奇》，學林出版社，1996 年版，第 330 頁。

〔註 137〕水晶：《夜訪張愛玲》，季季、關鴻，《永遠的張愛玲——弟弟、丈夫、親友筆下的傳奇》，學林出版社，1996 年版，第 320 頁。

　　1969 年張愛玲擔任加州大學伯克利中國研究院研究中心的高級研究員。據夏志清說，此項研究計劃由陳世驤教授主持。夏志清的哥哥夏濟安去世後，由莊信正接任。「張愛玲名氣如此之大，我不寫推薦信，世驤自己也願意聘用的。」〔註 138〕可是夏志清的好意，並沒有給張愛玲帶來新的轉機，因為「世驤兄嫂歡喜熱鬧，偏偏愛玲難得到他家請安，或者陪他們一起去中國城吃飯」。〔註 139〕而且張愛玲也不按正常的上班時間去中心，她總是黃昏才去，並習慣晚上工作到深夜，和從前的寫作時間一樣。據當時也在加大研究中心工作的李渝說，「她總是在大家都下班以後，才像幽靈一樣的出現在空無一人的辦公室裏……偶而我也會看見她穿著深色衣服，幽靈一樣，倉惶地掙扎過熱鬧繽紛燦爛的大街……」〔註 140〕這樣以來就很難和同事見面與溝通，本來就不善交際的張愛玲變得更孤僻了，後來又因學術報告未能達到研究中心主任陳世驤的要求，發生爭執而被陳解聘。這對自尊心很強的張愛玲打擊很大，從此她便開始了避世的生活。張愛玲到北加州後一直不適應，身體狀況不佳，所以決定搬到洛杉磯。1955 年來美國後，在夏志清等朋友的幫助之下，她年年都有一份薪水或獎金，可以供她寫作、翻譯之用。但 1971 年搬到洛杉磯後，她就再也找不到工作，也領不到獎金了。身體狀況也是每況愈下。她曾在給夏志清的信上說「我自己是寫三封信就是一天的工作，怎麼會怪人寫信不勤，而且實在能想像你忙的情形。」〔註 141〕（1976 年 7 月 28 日）據鄭樹森在《張愛玲與賴雅》一文中提到，一九七一年，哈佛大學的詹姆士‧萊恩（James Lyon）教授為了研究布萊希特而求見張愛玲，但一直未能見到張，最後要在夜間等候張愛玲的出現。見面之後雖然張愛玲的態度也很親切，但最後兩人的溝通還是以書信的方式進行，張愛玲「雅好孤獨，可見一斑」〔註 142〕。

　　于梨華曾在七十年代邀請張愛玲去她所任教的大學演講，張愛玲應邀前

〔註 138〕夏志清：《超人才華，絕世淒涼》，陳子善編，《作別張愛玲》，文匯出版社，1996 年版，第 63 頁。

〔註 139〕夏志清：《超人才華，絕世淒涼》，陳子善編，《作別張愛玲》，文匯出版社，1996 年版，第 63 頁。

〔註 140〕李渝：《跋扈的自戀》，陳子善編，《作別張愛玲》，文匯出版社，1996 年版，第 79 頁。

〔註 141〕夏志清：《張愛玲給我的信件》，聯合文學出版社股份有限公司，2013 年版，第 246 頁。

〔註 142〕鄭樹森：《張愛玲與賴雅》，季季、關鴻，《永遠的張愛玲——弟弟、丈夫、親友筆下的傳奇》，學林出版社，1996 年版，第 335 頁。

往，在演講中她讀了事前準備好的稿子，她的英文字正音潤，很地道。有人發問也是十分清晰和簡明扼要地回答，並且不懼冷場。演講結束，她謝絕了于梨華的晚餐邀請，只是去咖啡室要了一杯香草冰淇淋蘇打，據于梨華描述，高杯冰淇淋蘇打來時，她露齒一笑，那神情完全像孩童驟獲最切想的玩具一般。〔註143〕令于梨華印象深刻，難以忘懷。張愛玲不怕市聲的嘈雜，因爲她熱愛塵世的生活，那些吵鬧聲和各種氣味、景色、感覺雖給了她無盡的創作靈感，她卻不願意和世人接觸。但當于梨華在州大所開的課程中需要《秧歌》和《北地胭脂》兩書時，張愛玲卻毫不猶豫地把她私藏的十幾本《秧歌》全部送給了于梨華，還將自己到英國購買的《北地胭脂》也送給她。這是張愛玲對欣賞她的後輩所作出的回報。在 1968 年給于梨華的信中寫道，「我到臺灣去的可能性不大，臺灣有許多好處都是我不需要的，如風景、服務、人情美之類。我需要的如 privacy，獨門獨戶，買東西方便，沒有傭人，在這裡生活極簡單的人都可以有，港臺都很難……從出了學校到現在，除逃難的時期外，一直過慣了這種生活，再緊縮點也還行。寂寞是心境關係，在臺灣如找我的人多些，也只有多得罪人……」〔註144〕張愛玲從此開始了她獨居避世的生活，其創作也進入了更加自我的狀態，應該說她這一階段的小說都是她自我經歷和自我心境的一種描述和創作，這種創作態勢一直延續著直到她離世。其實早在她十八歲發表的《天才夢》中，「在沒有人與人交接的場合，我充滿了生命的歡悅。」〔註145〕從這裡可以瞭解到其實張愛玲是很享受孤獨，享受不被打擾的生活。這也完全吻合了她大隱於市的心境。〔註146〕

　　雖然張愛玲不想去臺灣居住或暫時停留，但是臺灣與她的關係卻是密切相關。有相關的研究者說，雖然張愛玲從未和臺灣這塊土地有過任何的聯繫，但她和她作品的魅力深深吸引了臺灣，她被奉爲臺灣文壇的女神，受到諸多作家和讀者們的尊敬和膜拜，這也算是臺灣文學史上的一個奇蹟。〔註147〕說

〔註143〕於梨華：《來也匆匆……》，陳子善編，《作別張愛玲》，文匯出版社，1996 年版，第 183 頁。

〔註144〕于梨華：《來也匆匆……》，陳子善編，《作別張愛玲》，文匯出版社，1996 年版，第 184 頁。

〔註145〕張愛玲：《天才夢》，《流言》，北京十月文藝出版社，2012 年版，第 3 頁。

〔註146〕李季：《張愛玲的晚年生活》，陳子善編，《作別張愛玲》，文匯出版社，1996 年版，第 235 頁。

〔註147〕參見古繼堂：《臺灣小說發展史》，遼寧教育出版社，春風文藝出版社，1989 年版，第 129 頁。

起張愛玲在臺灣的影響就不得不提起夏濟安，他時任臺灣大學外文系教授。1956 年夏濟安爲他創刊的《文學雜誌》向他的弟弟夏志清約稿。夏志清就將他剛剛完成的《中國現代小說史》的張愛玲部分的章節寄給了夏濟安。夏濟安再譯成中文，就是現在我們看到中文版的《張愛玲的短篇小說》和《評〈秧歌〉》，登載在《文學雜誌》上。夏濟安的學生白先勇、陳若曦、王文興等都由此開始研讀張愛玲的作品。他們後來都成爲了知名作家，「他們自認在創作方面也受了她的影響。」〔註148〕

1971 年 6 月水晶訪問了張愛玲，並寫了一篇專訪《蟬——夜訪張愛玲》。1973 年水晶發表了《張愛玲的小說藝術》，運用西方文藝理論來分析張愛玲的小說，此書還加上了《蟬——夜訪張愛玲》一文。這本書是繼夏志清的《現代小說史》之後，第一部關於張愛玲的研究專著，引起廣泛關注。除了水晶，唐文標的張愛玲研究也非常令人矚目，他花費十年的時間在全世界各地的大學收集張愛玲在上海時期的舊作，並進行深入研究。令人感到奇怪的是，他一面批判張愛玲的小說是有毒的「罌粟花」，一面好像那些吸毒者一樣，深陷張愛玲的小說中無法自拔。唐文標狂熱地陷入到對張愛玲小說作品的迷戀中，他的《張愛玲研究》和《張愛玲雜碎》也成爲張愛玲研究的另一種聲音，同樣不能爲人們所忽視。

在六十年代的臺灣，有一批作家開始模仿張愛玲的創作風格，如蘇偉貞、白先勇、施淑青等臺灣著名作家，他們的作品都在一定程度上受到張愛玲的影響。水晶、唐文標、齊邦媛、余光中等學者都曾發表大量論文或相關文章來論述張愛玲的作品。張愛玲已成爲了臺灣文學創作之母，王德威所稱的「祖師奶奶」。王德威認爲「相對於前些年大陸學界神話魯迅之舉，張愛玲的旋風在臺港更多了一份自發式的親切感。」臺灣的女作家施叔青說「《張愛玲短篇小說集》是我的聖經。」〔註149〕定居美國的學者鄭樹森與瑞典皇家學院院士、諾貝爾文學獎評委馬悅然在談論到中國作家可能獲得諾貝爾獎的人選時，馬悅然認爲張愛玲「的確不錯」，並肯定了張在中文世界的地位。可見張愛玲在臺灣的文學地位是至高無上的。

〔註148〕夏志清：《〈張愛玲的小說藝術〉序》，《張愛玲的小說藝術》，邵迎建，《張愛玲的傳奇文學與流言人生》，臺北：秀威信息科技，2012 年版，第 247 頁。

〔註149〕李昂：《我們三個姐妹與張愛玲》，陳子善編，《作別張愛玲》，文匯出版社，1996 年版，第 27 頁。

對於外界的高度讚譽，張愛玲並不以爲然，只是孜孜埋頭於自己的文學創作。在水晶的採訪中，張愛玲對他說，自己是一個非常頑強的人，現在努力寫作也是爲了完成自己以前的心願〔註150〕。的確，到美國的十幾年，張愛玲不斷地嘗試、探索，試圖打入美國文壇，雖然不斷地遭遇到挫折和失敗，但她仍不放棄，這種頑強的精神的確令人佩服。正像水晶所說「薄薄的紗翼雖然脆弱，身體纖維的質地卻很堅實，潛伏的力量也大」〔註151〕，一隻小小的蟬，身體裏卻蘊含著巨大的能量，這正是張愛玲的寫照。

1975 年到 1985 年，她的創作主要集中在《小團圓》上。張愛玲在信中對夏志清說，「我這一向一直在忙著寫個長篇《小團圓》，寫了一半。」〔註152〕（1975 年 7 月 19 日）「我年前正在趕寫《小團圓》，忙昏了，此後再添寫。」〔註153〕（1976 年 3 月 9 日）「你定做的那篇小說就是《小團圓》，而且長達十八萬字。」〔註154〕（1976 年 3 月 15 日）。其實《小團圓》早已完稿，但由於這本小說自傳性太強，牽涉的人物眾多，所以《小團圓》一直沒有出版，估計在不斷地修改之中，1976 年她在給夏志清的信中提到，「我那篇《小團圓》需要改寫，相當麻煩」〔註155〕（1977 年 6 月 29 日）。後來她又說「《小團圓》擱下了，先寫短篇小說。」〔註156〕（1977 年 11 月 11 日）這樣一改就是二十幾年，在張愛玲生前都沒有面世。雖然她曾在 1993 年去信皇冠出版社，擔心《對照記》與《小團圓》一起出會太厚價錢太貴，所以決定還是先出版《對》，並且說自己一定會盡快寫完《小》，同時也擔心這部小說裏有很多《私語》的內容，讀者會因此覺得是「炒冷飯」，還告知這部小說的內容比她的散文更深

〔註150〕水晶：《夜訪張愛玲》，季季、關鴻，《永遠的張愛玲——弟弟、丈夫、親友筆下的傳奇》，學林出版社，1996 年版，第 320 頁。

〔註151〕參見水晶：《蟬——夜訪張愛玲》，《替張愛玲補妝》，濟南：山東畫報出版社，2004 年版，第 24 頁。

〔註152〕夏志清：《張愛玲給我的信件》，聯合文學出版社股份有限公司，2013 年版，第 232 頁。

〔註153〕夏志清：《張愛玲給我的信件》，聯合文學出版社股份有限公司，2013 年版，第 238 頁。

〔註154〕夏志清：《張愛玲給我的信件》，聯合文學出版社股份有限公司，2013 年版，第 240 頁。

〔註155〕夏志清：《張愛玲給我的信件》，聯合文學出版社股份有限公司，2013 年版，第 252 頁。

〔註156〕夏志清：《張愛玲給我的信件》，聯合文學出版社股份有限公司，2013 年版，第 262 頁。

入。〔註157〕她前後修改了二十幾年，但還是沒有在她生前出版。從張愛玲信裏的內容可以知道這是一部涉及到她個人私隱以及關於她的家族史的帶有自傳性質的小說。既然會被讀者認爲「炒冷飯」，她爲什麼還要寫這部小說呢？是否因爲胡蘭成曾在他的《今生今世》專闢一章《民國女子張愛玲》來描寫張愛玲和他們的婚姻。張愛玲對此很不滿，在信中對夏志清說，「胡蘭成書中講我的部分纏夾得奇怪，他也不至於老到這樣不知從哪裏來的quote 我姑姑的話，幸而她看不到，不然要氣死了。後來來過許多信，我要是回信勢必『出惡聲』」〔註158〕，「三十年不見，大家都老了——胡蘭成會把我說成他的妾之一，大概是報復，因爲寫過許多信來我沒回信。」〔註159〕（1975 年 12 月 10 日）周芬伶認爲她寫《小團圓》可能是爲了自己澄清這段恩怨。

張愛玲在美國奮鬥了四十年，翻譯、廣播劇、英文小說，但一直無法打入美國文壇的主流，在小說創作方面，她一直堅持寫自己熟悉和深知的故事，絕不貿然迎合市場的口味。在美國文壇的挫敗，讓她更追溯自身的傳統。〔註160〕在她最輝煌燦爛的時候，曾經在《寫什麼》一文中說過，「我認爲文人該是園裏的一棵樹，天生在那裡的，根深蒂固，越往上長，眼界越寬，看得更遠，要往別處發展，也未嘗不可以，風吹了種子，播送到遠方，另生出一棵樹，可是那到底是艱難的事。」〔註161〕這番話似乎預言了張愛玲離開上海之後的命運。張愛玲這顆專屬於上海文學土壤的種子卻被風吹到香港漂流了三年，最後在美國落地生根，雖然有些水土不服，但這棵樹仍然堅毅地、執著地探索著，在這陌生的土地上艱難地長成了一棵大樹，卻和以前的風格大相徑庭，但她還是張愛玲，和從前有些不同的張愛玲。

1972 年之後，張愛玲再也沒有出現在公眾視線中，只是埋頭寫作。1973

〔註157〕參見周芬伶：《哀與傷—張愛玲評傳》，上海遠東出版社，2007 年版，第 93 頁。

〔註158〕夏志清：《張愛玲給我的信件》，臺灣《聯合文學》13 卷第 7 期，第 61～62 頁，周芬伶，《哀與傷—張愛玲評傳》，上海遠東出版社，2007 年版，第 64 頁。

〔註159〕夏志清：《張愛玲給我的信件》，聯合文學出版社股份有限公司，2013 年版，第 234 頁。

〔註160〕周芬伶：《哀與傷—張愛玲評傳》，上海遠東出版社，2007 年版，第 99 頁。

〔註161〕張愛玲：《寫什麼》，《流言》，北京：北京十月文藝出版社，2012 年版，第 130 頁。

年她發表了《初詳紅樓夢》（皇冠），重新出版《連環套》、《卷首玉照及其他》
（《幼獅文藝》月刊），《創世紀》（《文季》季刊）。水晶的《張愛玲的小說藝
術》也在當年出版。1974 年在《時報》副刊張愛玲發表了《談看書》和《談
看書後記》，顯示了她晚年與眾不同的讀書品味。1976年《張看》由皇冠出版
社出版，胡蘭成的《今生今世》也在這一年出版。1977 年，張愛玲的《紅樓
夢魘》出版，這部書是張愛玲花費了十年時間研究考證「中國第一部以愛情
爲主題的長篇小說」──《紅樓夢》而寫成的。《赤地之戀》1978 年由慧龍出
版社出版，1979 年她發表了《色，戒》、《浮花浪蕊》、《相見歡》，1981 年《國
語本海上花注譯》出版，張愛玲將其由吳語翻譯成普通話，她稱這部描寫妓
院生活的作品「主題其實是禁果的果園，填寫了百年前人生的一個重要空白」
〔註162〕的愛情小說。1983 年唐文標的《張愛玲卷》出版，1987 年《餘韻》出
版。1988 年《續集》由皇冠出版社出版，張愛玲說「書名《續集》是繼續寫
下去的意思。雖然也並沒有停止過，但近年來寫得少，刊出後常有人沒看見，
以爲我擱筆了。」〔註163〕

　　這一階段，張愛玲經常患感冒，而且每次都要好長時間才能康復，牙齒
也是長期需要看醫生。她的骨頭也很脆弱，曾經被人撞到肩部骨折。1984 年
6 月至 1988 年 2 月這段時間她又受到跳蚤的嚴重困擾，爲了躲開跳蚤，她只
能不停地搬來搬去。而且這樣不斷地搬遷讓她丟失了不少物品，甚至把《海
上花》的英文譯稿都丟失了，三四年的心血都付之東流了。和夏志清等摯友
的通信也是斷斷續續，在給夏志清的信中我們可以瞭解她的一些生活狀態：
她經常都忙著搬家，連最親近的朋友們的信件都沒有時間看，經常有些信放
了幾年之後才拆開來看。〔註164〕直到 1988 年病情好轉才爲《續集》寫續告知
讀者她仍在繼續寫作。在 1995 年 5 月 2 日，夏志清收到張愛玲的最後一封信，
她說自己一直都感冒臥床，還要不斷地看牙醫，所以除了賬單等緊急信件，
其他的包括好友夏志清和炎櫻的信都沒時間拆看。〔註165〕（1994 年 5 月 2 日）

〔註162〕張愛玲：《續集》，臺北：皇冠出版社，1986 年版，第 66～67 頁。
〔註163〕張愛玲：《續集自序》，《重訪邊城》，北京十月文藝出版社，2012 年版，第 159 頁。
〔註164〕參見夏志清：《張愛玲給我的信件》，聯合文學出版社股份有限公司，2013 年版，第 340～341 頁。
〔註165〕參見夏志清：《張愛玲給我的信件》，聯合文學出版社股份有限公司，2013 年版，第 388 頁。

即使是這樣，張愛玲也不願意別人翻譯她的作品，據夏志清所說，劉紹銘同葛浩文合編的一本中國現代文學讀本，想錄用哥大有位學生翻譯的《封鎖》。〔註166〕但張愛玲卻回絕了，認為這種違背她心願的事情她是絕對不會做的〔註167〕。可見張愛玲是多麼愛惜自己的作品，愛惜自己的聲譽。

　　而夏志清在張愛玲去世後，對張愛玲進行了新的定位和評價：張愛玲前期的作品，連她自己並不欣賞的早期寫作的某些小說，仍然是很有韻味……但即使最精彩的那篇小說《色，戒》原也是1950年間寫的……夏志清認為張愛玲近30年來的創作能力在衰退中，因此「我們公認她是名列四、五名的現代中國小說家就夠了，不必堅持她為『最優秀最重要的作家』」。〔註168〕在2013年出版的《張愛玲給我的信件》中，夏志清曾這樣評價張愛玲的感情生活對她後期創作的影響，因為知道張愛玲曾於七十年代中去紐約打胎，「一個女人即使不愛孩子，怎捨得把自己的骨肉打掉？我猜她是經濟不許可，照顧多病的丈夫已很不容易，自己必須工作，那有餘力養孩子？打胎後沒有調養，日後影響工作成績，創作力」，夏志清認為，「愛玲的才華，晚年沒有發揮，是嫁了兩個壞丈夫」〔註169〕。

　　1979年張愛玲通過好友宋琪和已闊別27年的姑姑取得了聯繫，姑姑還住在當年和張愛玲同住的上海黃河路長江公寓，她的《十八春》和《小艾》就是在這裡創作的。姑姑一直住在這裡直到去世。後來這棟極其普通的公寓成了張迷們的朝聖之地。1989年5月4日，張愛玲給姑姑的信中提到她在過街時被人撞倒，右肩骨裂。所以一個月都沒有開信箱，導致姑姑的掛號信無人領取。同年8月20日，張愛玲又去信姑姑，告訴姑姑自己長期服用的草藥失效，並染上了跳蚤引起的皮膚病。因為上次被撞倒而跌破肩骨，要不停地做體操、水療來恢復。眼睛也有毛病，等著看醫生。雖然自己的身體狀況很差，但還是惦記著姑姑，因為當時姑姑已經身患絕症，張愛玲在信中問「姑姑可好些了？」，並且殷切地表示「讓我能做點事，也稍微安

〔註166〕參見夏志清：《超人才華，絕世淒涼》，陳子善編，《作別張愛玲》，文匯出版社，1996年版，第65頁。

〔註167〕參見夏志清：《超人才華，絕世淒涼》，陳子善編，《作別張愛玲》，文匯出版社，1996年版，第66頁。

〔註168〕參見夏志清：《超人才華，絕世淒涼》，摘自陳子善編，《作別張愛玲》，文匯出版社，1996年版，第61～62頁。

〔註169〕夏志清：《張愛玲給我的信件》，聯合文學出版社股份有限公司，2013年版，第100頁。

心點。」〔註170〕此時的張愛玲已經病魔纏身，但還是惦記著當年如母親般關心和照顧著她的姑姑。張愛玲並非外界所猜測的那樣孤僻無情，與世隔絕。這兩封給姑姑的信雖然令人感到有些淒涼，卻透露著一種暖暖的情意。除了姑姑，張愛玲還和弟弟張子靜取得了聯繫，但她也只是淡淡地說「傳說我發了財，又有一說是赤貧。其實我勉強夠過……沒能力幫你的忙，是真覺得慚愧，唯有祝安好」〔註171〕，可見張愛玲對弟弟的冷漠和生疏。雖然這樣，張子靜在《懷念我的姊姊張愛玲》還是說「她對我也很關心」〔註172〕，因為張愛玲在信中說「你延遲退休最好了，退休往往與健康有害。退休了也頂好能找點輕鬆點的工作做。」〔註173〕但張愛玲卻不願意在經濟上對弟弟施以援手，只是出於禮貌致以簡單的問候。

　　1991 年，張愛玲的姑姑張茂淵在上海去世。在最後的幾年，張愛玲傾注全力在《對照記》的寫作中，1994 年《對照記》出版，並獲《時報》頒發特殊成就獎。這本書裏共有照片 54 幅，是張愛玲以及她的家族成員、親友、朋友的照片。張愛玲曾在《姑姑語錄》中描述過姑姑，而使姑姑張茂淵也名留青史。張愛玲在一部圖文對照的《對照記》中「把一個家道中落的官宦之家勾勒出來，幾代人的恩怨情仇，歷歷如在眼前。」〔註174〕張愛玲、梁京、Eileen Chang、張愛玲，這些名字的變化也透露出張愛玲在中國政治風雲的變化中，堅韌不拔的努力和在尋求認同中的探索。她在最後的作品《對照記》中，花了大量篇幅描寫自己的祖父祖母，述說自己對血緣親情的留戀，在生命即將走到盡頭，對於在海外漂流了幾十年的張愛玲來說，只有這種對祖父母和家人的愛和留戀之情才能讓暮年的她得到一絲安慰。「我沒趕上看見他們，……他們只靜靜地躺在我的血液裏，等我死的時候再死一次。我愛他們。」〔註175〕

〔註170〕陳子善：《張愛玲未發表的家書》，摘自陳子善編，《作別張愛玲》，文匯出版社，1996 年版，第 219～220 頁。

〔註171〕張子靜：《懷念我的姊姊張愛玲》附錄，陳子善編，《作別張愛玲》，文匯出版社，1996 年版，第 241 頁。

〔註172〕張子靜：《懷念我的姊姊張愛玲》陳子善編，《作別張愛玲》，文匯出版社，1996 年版，第 240 頁。

〔註173〕張愛玲致張子靜（1989.1.12），陳子善編，《作別張愛玲》，文匯出版社，1996 年版，第 241 頁。

〔註174〕陳輝揚：《對照記》，摘自陳子善編，《作別張愛玲》，文匯出版社，1996 年版，第 222 頁。

〔註175〕張愛玲：《對照記》，《重訪邊城》，北京十月文藝出版社，2012 年版，第 216 頁。

張愛玲離開故土，割斷了和親人的血緣親情，在陌生的國度渡過了四十多年，最終找到了自己的歸宿，回到自己生命的起源，在對祖父母的懷念中感受親情的溫暖，在他們的愛中可以安息了。

　　1991 年，張愛玲在美國請建築師林式同作其遺囑執行人，林是她在美比較親近的好友之一。林式同曾說過他對張愛玲並非「崇拜」，因為他根本就沒有讀過她的書，對文學也不瞭解，但是對她的生活方式卻是非常「佩服」的。也許正是共同的生活態度使林式同贏得了張愛玲的信任。1995 年 9 月 8 日，75 歲的張愛玲在她洛杉磯的公寓裏悄然長逝。根據張愛玲的遺囑，將骨灰撒於空曠的原野。據彭樹君《張愛玲與「皇冠」》一文中說，林式同撤銷了原定的張愛玲的告別儀式，因為在遺囑中張愛玲說不需要舉行任何儀式，另一方面，他也相信以張愛玲的個性，寧願是安安靜靜地離去。〔註176〕9 月 30 日，林式同、張錯、高張信生、高全之、張紹遷、許媛翔等人將骨灰撒在太平洋裏，送別了張愛玲。

〔註176〕彭樹君：《張愛玲與「皇冠」》，季季、關鴻，《永遠的張愛玲——弟弟、丈夫、親友筆下的傳奇》，學林出版社，1996 年版，第 302 頁。

第二章　張愛玲後期小說創作中的思想變動

第一節　政治姿態：從疏離政治到審視政治

一、男女間的小事情

　　五四新文化運動以後，文學創作強調的是關於啓蒙、革命和鬥爭的因素，單純描寫兒女私情的作品就會被視爲完全不合時宜的主題，和那些重大的主題和題材相比較而言，單純描寫婚姻和戀愛的情節，會讓作家有種分量不足之感。而描寫飲食男女的故事也說不上高級，甚至可以說完全是屬於個人生活的範疇，極其的微不足道。只有把它們當作是衝擊舊的封建禮教的一枚炸彈，或者是進入到革命＋戀愛這種公式中去的時候，才具有眞正描寫的價值。〔註1〕顯然，張愛玲與這種主流文學可以說是格格不入的，她在《自己的文章》裏說自己只樂於書寫男女之間的小事情，在她的小說裏沒有戰爭和革命的情節，她認爲男女在戀愛中比在戰爭和革命中更具有一種素樸和奔放的感覺〔註2〕。可以說婚姻戀愛幾乎構成了《傳奇》全部小說的故事情節，言男女之情貫穿她的全部創作的一條線索〔註3〕。她不問時事、不問政治，

〔註1〕參見余斌：《張愛玲傳》，海南出版社，1993年版，第335頁。
〔註2〕參見張愛玲：《自己的文章》，《流言》，北京十月文藝出版社，2012年版，第94頁。
〔註3〕余斌：《張愛玲傳》，海南出版社，1993年版，第335頁。

只是專注於寫作，忠於自己的感覺，從未想過要寫一部時代紀念碑式的作品來提高自己的名望。張愛玲筆下的男女之情不同於一般新文學家所謳歌的「戀愛」，她認為男女之情不一定要提升到浪漫理想的境界才能獲得肯定和表現的權利，她所極力要表現的並不是戀愛超凡脫俗的那一面，而是它所具備的人間性。〔註4〕

香港的戰爭促使張愛玲寫了七篇關於香港的傳奇故事，《第一爐香》，《第二爐香》，《心經》，《琉璃瓦》，《茉莉香片》，《封鎖》，《傾城之戀》。雖然這幾篇小說的背景都是上海，但張愛玲在《到底是上海人》說，這是她為上海人寫的「香港傳奇」。可能正是在香港的生活經歷，特別是戰爭期間的所見所聞激發了張愛玲創作的激情和靈感，使她可以在短期之內創作出如此多精彩絕倫的作品。小說中充滿了人們對現實生活的妥協和無奈，充斥著男女間的愛情、婚姻、家庭紛爭等瑣屑之事。

唯一涉及到戰爭的只有《封鎖》和《傾城之戀》。但在《封鎖》中，戰爭只是一個很遙遠模糊的背景而已。因為戰爭電車暫時被封鎖了，有婦之夫呂宗楨和大學英文助教翠遠在電車上相遇了，這一刻，兩人變成了沒有社會身份只是單純的一對男女，在這短暫的時刻他們竟然產生了戀情。就在兩人幾乎要互訂終身之時，封鎖解除了，一切都消失了，兩人又回到了現實之中。於是在封鎖期間所發生的一切，就等於什麼也沒有發生，只是整個上海打了個盹，做了一個不合情理的怪夢。〔註5〕此刻沒有人想到國家民族的存亡，他們關心的只是個人安危，以及在戰爭環境造成的特殊時刻調調情，暫時忘記現實的煩憂。他們不是好人，也不是壞人，只不過是有血有肉的真人。「他們互相取暖，相濡以沫，只因為外面的世界發生了動亂」〔註6〕。在那個時代，要求「作家寫出開朗、積極、樂觀的『好人』。張愛玲並不聽從這樣的主流文藝觀，她寧可寫出『真人』，真正具備了人性的人物」〔註7〕，像呂宗楨和翠遠。

〔註4〕 參見余斌：《張愛玲傳》，海南出版社，1993年版，第336頁。

〔註5〕 參見張愛玲：《封鎖》，《傾城之戀》，北京十月文藝出版社，2012年版，第159頁。

〔註6〕 陳芳明：《亂世文章與亂世佳人》，季季、關鴻，《永遠的張愛玲——弟弟、丈夫、親友筆下的傳奇》，學林出版社，1996年版，第399頁。

〔註7〕 陳芳明：《亂世文章與亂世佳人》，蔡鳳儀，《華麗與蒼涼：張愛玲紀念文集》，臺北市：皇冠文學出版有限公司，1996年版，第240頁。

　　相比較之下，《傾城之戀》的戰爭背景是很近的，但是張愛玲並未具體描寫戰爭的場景，只是描寫一對世俗男女互相算計博弈的愛情戰爭。和《封鎖》的發生地是上海不同，《傾城之戀》是發生在上海和香港兩個城市的，這是一個「雙城記」的故事。上海代表著傳統保守，而香港代表著洋化開放。白流蘇這樣一個來自傳統大家族的女性，想擺脫舊式的、腐朽的家庭，找到自己的出路，唯有逃離上海，去到香港這樣一個開放動盪並混雜著中西方文化的城市。她遇到了富有的花花公子范柳原，范也似乎確實有意於她。從開始的小心戒備到後來的豁出去，流蘇經歷了內心的掙扎，她想要的是婚姻和穩定的生活依靠，而范柳原想要的只是遊戲人生，流蘇不過是他一時的心頭之好，他並沒有想過和她天長地久，對他而言「婚姻是長期的賣淫」〔註8〕。兩人不停地較量，流蘇也不停地在和自己較量，在保守和開放之間掙扎著。流蘇不得已做了柳原的情婦，他給她租了房子，然後就準備離開香港去英國了，回不回來還是個問題，流蘇只有無奈地接受這樣的命運而別無他選。

　　但具有戲劇性的是，這個時候戰爭爆發了，柳原不得不回到她的身邊，兩人出乎意料地結婚了！當「戰爭真真實實地入侵了生活，……居然把白流蘇的愛情夢給圓實了。雖然戰爭殘酷，帶來生活經濟的蕭條緊縮，然而卻暫時穩定了愛欲的浮動不安。這樣的得失、虛實正洩露出人生的荒謬與弔詭」〔註9〕。對於流蘇來說，這樣動亂的時局下，什麼金錢、房子、地老天荒都是靠不住的東西，唯有她的生命以及共同生活的這個男人才是真正可靠的。〔註10〕這場戰爭，毀滅的不只是城市、建築、性命，也毀滅了許多傳統的價值道德觀念。在白流蘇的眼中，民族戰爭並不是那麼迫切，男女之間的戰爭才真正是攸關性命。〔註11〕陳芳明認為，在中國全力抗戰的時候，張愛玲不但反抗父權封建禮教，也抗拒這種氣勢宏大的抗日戰爭的局面〔註12〕。張愛玲不理外面的世界發生了什麼，只是專注於小人物們的家長里短，男男女女們的愛

〔註8〕　張愛玲：《封鎖》，《傾城之戀》，北京十月文藝出版社，2012年版，第187頁。
〔註9〕　嚴紀華：《看張‧張看——參差對照張愛玲》，秀威信息科技有限公司，2007年版，第60頁。
〔註10〕　參見張愛玲：《傾城之戀》，《傾城之戀》，北京十月文藝出版社，2012年版，第199頁。
〔註11〕　陳芳明：《毀滅與永恆——張愛玲的文學精神》，蔡鳳儀，《華麗與蒼涼：張愛玲紀念文集》，臺北市：皇冠文學出版有限公司，1996年版，第234頁。
〔註12〕　參見陳芳明：《亂世文章與亂世佳人》，季季、關鴻，《永遠的張愛玲——弟弟、丈夫、親友筆下的傳奇》，學林出版社，1996年版，第400頁。

情遊戲和鬥爭，小市民在亂世中的掙扎和妥協，日常生活的瑣瑣碎碎。她無意寫出宏偉的「時代的紀念碑」式的作品，只願意書寫男女之間的小故事。張愛玲一九四六年前創作的小說裏沒有戰爭和革命的情節，因爲她始終認爲人在戀愛中的時候，是比他們在戰爭和革命的時候，更爲素樸、也更爲放恣的。所以，上海淪陷毀掉了一個城市，無數人失去家園、失去生命，無數人在哀鴻遍野的戰爭中哭嚎著，但卻誕生了一個傳世的作家張愛玲。「戰爭還原了這對紅塵男女的素樸，這是跟情慾開的一個複雜的玩笑」〔註 13〕，殘酷的戰爭和大毀滅成全了年長色衰近乎絕望的離婚婦白流蘇，也成就了才華橫溢的上海小女子張愛玲在中國文學的一段傳奇和不朽的文學史地位。

　　張愛玲的其他故事大部分也是講些男女之間的小事情。《第一爐香》講述的是一對男女葛薇龍和喬琪喬的故事。葛薇龍不能抵抗物欲的引誘，也不能抵禦情慾的誘惑，只是三個月的工夫，她對於姑媽家的富貴生活「已經上了癮」〔註 14〕，並且不可理喻地愛上了好像「石膏像一般」〔註 15〕的混血兒喬琪喬。薇龍無法拒絕姑媽要求她幫她「弄人」，也無法抗拒喬琪喬的引誘。雖然她「明明知道喬琪不過是一個及其普通的浪子，沒有什麼可怕」，但「可怕是他引起的她那不可理喻的蠻暴的熱情」〔註 16〕，「她對愛認了輸」〔註 17〕。薇龍在走與留之間掙扎著，「她五分鐘換一個主意……躺在床上滾來滾去，心裏像油煎似的。」〔註 18〕而浪蕩子喬琪告訴薇龍，「我不能答應你結婚，我也不能答應你愛，我只能答應你快樂。」〔註 19〕已被情慾衝昏頭腦的薇龍「竭力地在他的黑眼鏡裏尋找他的眼睛，可是她只看見眼鏡裏反映的是她自己的

〔註 13〕嚴紀華：《看張·張看——參差對照張愛玲》，秀威信息科技有限公司，2007年版，第 77 頁。

〔註 14〕張愛玲：《第一爐香》，《傾城之戀》，北京十月文藝出版社，2012 年版，第 35頁。

〔註 15〕張愛玲：《第一爐香》，《傾城之戀》，北京十月文藝出版社，2012 年版，第 26頁。

〔註 16〕張愛玲：《第一爐香》，《傾城之戀》，北京十月文藝出版社，2012 年版，第 47頁。

〔註 17〕張愛玲：《第一爐香》，《傾城之戀》，北京十月文藝出版社，2012 年版，第 35頁。

〔註 18〕張愛玲：《第一爐香》，《傾城之戀》，北京十月文藝出版社，2012 年版，第 48頁。

〔註 19〕張愛玲：《第一爐香》，《傾城之戀》，北京十月文藝出版社，2012 年版，第 36頁。

影子，縮小的，而且慘白的」〔註20〕，薇龍被情慾打敗了！最後薇龍嫁給了喬琪喬，等於賣給梁太太和喬琪喬，「整天忙著，不是替喬琪喬弄錢，就是替梁太太弄人」〔註21〕。這對男女戰爭較量的結果是：女的抵抗不了情慾和物慾的誘惑最後墮落了，而男的娶她只是爲了她可爲他賣身賺錢。這是多麼奇怪的一段男女關係啊！

　　《第二爐香》，講述的是英國人羅傑和他的新娘愫細的故事，羅傑是華南大學教授和舍監，滿心歡喜地迎娶他美麗的新娘愫細，他認爲自己是一個傻子，因爲「娶這麼一個稚氣的夫人」〔註22〕。但是誰讓他愛她呢？在新婚之夜愫細從新房逃出，向華南大學的學生和上司控訴羅傑是個「畜生」。令羅傑沒想到的是，他的新婚妻子對男女之事居然一竅不通，她把羅傑正常的生理反應和行爲當做了禽獸的行爲。羅傑唯有幻想著和她一起去日本或夏威夷度蜜月，「他可以試著給她一點愛的教育」〔註23〕。但羅傑的岳母卻帶了女兒四下裏去拜訪朋友，讓大學裏所有的人甚至香港中等以上的英國人家全都知道了羅傑是個「禽獸」，羅傑爲社會輿論所迫走投無路，最後打開煤氣走上了不歸路。這是一個「髒的故事，可是人總是髒的；沾著人就覺著髒」〔註24〕，更是一個悲哀的故事。

　　《心經》中的許小寒愛上了自己的親生父親峰儀，她向峰儀表白自己的愛，「女人對於男人的愛，總得帶點崇拜性」〔註25〕，「我是一生一世不打算離開你的」〔註26〕，面對這種不倫之戀，峰儀也很自責，「小寒，我們不能這樣下去了」，但是小寒卻不想放棄，「我不放棄你，你是不會放棄我的」〔註27〕。他們深愛著對方，但這畢竟是不倫之戀，最後峰儀選擇了和小寒的同學綾卿

〔註20〕張愛玲：《第一爐香》，《傾城之戀》，北京十月文藝出版社，2012年版，第37頁。

〔註21〕張愛玲：《第一爐香》，《傾城之戀》，北京十月文藝出版社，2012年版，第50頁。

〔註22〕張愛玲：《第二爐香》，《傾城之戀》，北京十月文藝出版社，2012年版，第57頁。

〔註23〕張愛玲：《第二爐香》，《傾城之戀》，北京十月文藝出版社，2012年版，第73頁。

〔註24〕張愛玲：《第二爐香》，《傾城之戀》，北京十月文藝出版社，2012年版，第55頁。

〔註25〕張愛玲：《心經》，《傾城之戀》，北京十月文藝出版社，2012年版，第129頁。

〔註26〕張愛玲：《心經》，《傾城之戀》，北京十月文藝出版社，2012年版，第130頁。

〔註27〕張愛玲：《心經》，《傾城之戀》，北京十月文藝出版社，2012年版，第133頁。

同居，因爲綾卿和小寒容貌相似。小寒接受不了這個事實，她質問峰儀「我有什麼不好？我犯了什麼法？我不該愛我父親，可是我是純潔的！」〔註 28〕這熾熱但卻不爲世俗道德所容忍的愛情是不能長久的。這種男女之愛也夠驚世駭俗的吧！

還有《年輕的時候》裏潘汝良和俄國女子沁西亞之間的似愛非愛的關係；《花凋》中川嫦和她未婚夫章雲藩之間現實的、短暫的戀情；《紅玫瑰白玫瑰》中佟振保和紅玫瑰嬌蕊以及白玫瑰煙鸝之間的情愛糾葛；《殷寶灩送花樓會》中殷寶灩和羅潛之之間的不倫師生戀；《留情》中米晶堯和淳于敦鳳這對再婚夫婦的婚姻瑣事；《連環套》裏廣東養女霓喜和她姘居的三個男人的故事；《創世紀》中瀠珠和毛耀球之間的感情糾葛等等均是講些男女之間的小事情，並未涉及到歷史和政治事件，它們是和政治疏離的。

張愛玲的看法是，男女戀愛婚姻是最能體現人性的深刻性，是人類生命起源的本質所在。雖然當時寫這類小說的作家也很多，但他們不是單一地寫羅曼蒂克的愛情，就是將男女婚姻戀愛中出現的問題都歸結爲是外部社會環境和封建禮教所造成的。他們對於男女之間情感細緻入微的刻畫和愛情本質的探討根本不屑一顧，好像一些新文學作家的作品，如巴金的《家》、《春》、《秋》，楊沫的《青春之歌》等。和同樣愛寫男女之情的鴛鴦蝴蝶派小說家們靠杜撰纏綿悱惻的傳奇式的愛情故事，用癡男怨女的眼淚和哀情遮掩了人生的本來面目和真實的人性相比，張愛玲的書寫更能夠展示人生和人性的真相，更能展現人生的本色，無論怎樣人都不能逃離感情和欲望的束縛，這應該就是張愛玲所挖掘的人性的真諦〔註 29〕，盲目的情慾始終是導致悲劇的一個重要因素。如余斌所說，張愛玲的作品多是深刻細緻地描寫男女之間的感覺、試探、摩擦和痛苦，這些情節顯然構成了她故事的骨幹。她在傳奇中探尋普通人的故事，在男女情愛中聆聽日常的人生迴響〔註 30〕。

顯然，和同樣以深刻揭示人性著稱、并曾被大陸神化的新文學作家的領軍人物魯迅相比，張愛玲的作品是遠離政治的。但兩人的共同點是他們都對人生感到絕望。魯迅的風格是敢於直面血淋林的人生，因而顯得憂憤和悲壯；而張愛玲因爲陷入絕望無法自拔，轉而專注於世俗的物質細節，因而形成蒼

〔註 28〕張愛玲：《心經》，《傾城之戀》，北京十月文藝出版社，2012 年版，第 141 頁。
〔註 29〕余斌：《張愛玲傳》，海南出版社，1993 年版，第 116 頁。
〔註 30〕參見余斌：《張愛玲傳》，海南出版社，1993 年版，第 336 頁。

涼的寫作風格。〔註31〕陳芳明認爲，魯迅的風格近乎熱，張愛玲的文體趨於冷，都可以在他們的時代背景找到解釋。〔註32〕胡蘭成是這樣評價這兩位二十世紀中國文學史上成就卓著的作家：魯迅顯然是犀利地面對政治的，因此他的風格是絕望的，彷徨的，批判的；張愛玲則是遠離政治而走向人間的，因此她的風格是親切的，同時也是蒼涼的，她要的是現實而又安穩的人生。〔註33〕魯迅的作品是帶有政治性的，他的創作是爲了國家、民族、人民，是「以革階級權利的命爲使命的主體與自體在現實中感知到的『個人的無治主義』的消長起伏的文學。」〔註34〕而張愛玲的作品是具有「神性」和「婦人性」，是疏離政治的，她將個人與社會的矛盾衝突，轉換爲家的內在差異，男人和女人的內在差異。張愛玲曾這樣來說明超人和女人的神性，「……超人永遠是個男人。……而我們的文明是男子的文明。……超人是純粹理想的結晶，而『超等女人』則不難於實際中求得。」張愛玲認爲女人是人類最普遍的，代表了一年四季，代表了土地飲食和繁殖，她說「如果有這麼一天我獲得了信仰，大約信的就是奧涅爾《大神勃朗》一劇中的地母娘娘」〔註35〕。在張愛玲的《桂花蒸　阿小悲秋》裏的阿小就是一個類似地母娘娘那樣的人物。

　　北京大學的余凌認爲「張愛玲運用的是一種非意識形態的話語」，她基本上沒有涉及到關於政治和革命鬥爭的題材。她主要著重於描寫城市中中產以上的小市民們的日常生活和生存狀態。那時也有很多作家寫關於愛情婚姻的主題，但他們不是單純寫愛情就是將一切矛盾衝突都歸結到社會制度上，對於人性和情感本身則毫不在意。〔註36〕而張愛玲不同，她所要表現的不是戀愛超凡脫俗的一面，而恰恰是它的人間性，其小說中的男女主人公們的戀愛就是他們世俗生活的一部分。透過竊竊私語、絮絮叨叨地講述亂世中男男女

〔註31〕 參見劉再復：《張愛玲的小說與夏志清的〈中國現代小說史〉》，劉紹銘、梁秉鈞、許子東編，《再讀張愛玲》，Oxford University Press，2002 年版，第 37 頁。

〔註32〕 陳芳明：《毀滅與永恆——張愛玲的文學精神》，蔡鳳儀，《華麗與蒼涼：張愛玲紀念文集》，臺北市：皇冠文學出版有限公司，1996 年版，第 228 頁。

〔註33〕 參見胡蘭成：《評張愛玲》，邵迎建，《張愛玲的傳奇文學與流言人生》，臺北：秀威信息科技，2012 年版，第 237 頁。

〔註34〕 〔日〕邵迎建：《張愛玲的傳奇文學與流言人生》，臺北：秀威信息科技，2012 年版，第 237 頁。

〔註35〕 張愛玲：《談女人》，《流言》，北京十月文藝出版社，2012 年版，第 67 頁。

〔註36〕 參見余斌：《張愛玲傳》，海南出版社，1993 年版，第 335 頁。

女的小故事，來告訴她的讀者們：「人在戀愛的時候，是比在戰爭或革命的時候更素樸、也更放恣的」〔註37〕。而真正打動了眾多讀者的，是生存在那「可愛又可哀」的戰亂年代的一個孤寂的女子的感性又豐富的內心世界，是那個時代的普通人所承載的太過沉重的負荷，是這些男男女女們在亂世中仍能把握和體會微小的人生快樂的生活態度。

正如張愛玲在《寫〈傾城之戀〉的老實話》一文中所說，她更欣賞參差對照的寫作手法，因這種寫法更加真實可信。就像香港的戰爭並未讓白流蘇成為革命志士，而范柳原也未因為婚姻而變成聖人，他還是那個風流倜儻的浪蕩子。所以他們的婚姻雖然是庸俗的，同時也是健康的，這就是他們的結局。〔註38〕並不是人人都會走上革命道路，投身革命洪流，因為「極端病態與極端覺悟的人究竟不多」，畢竟這個世界上庸人和俗人是占絕大多數的，「時代是這麼沉重，不容易那麼就大徹大悟」〔註39〕，就事論事，他們也只能如此，只是凡間的紅男綠女。顯然，張愛玲其人其文是對民族國家論述的逆反，諸多作品顯示了她對於（男性）歷史的不信任，以及她對當代民族國家論述的反抗與疏離態度。〔註40〕而張愛玲的作品之所以能夠魅力四射，是由於她迴避了當時流行的才子佳人小說和以革命英雄啟蒙救世為主題的題材〔註41〕，而專注於「男女之間的小事情」。

二、向「左」轉：《十八春》和《小艾》

眾所周知，張愛玲曾在《自己的文章》中提到自己避寫戰爭革命，她喜歡參差對照的寫法，因為她知道在歷史的滾滾洪流中，英雄兒女畢竟是極少數的，多數的紅男綠女們都是跌跌撞撞「不徹底」地活了過來。所以她很肯定地說「『時代紀念碑』那樣的作品，我是寫不出來的，也不打算嘗

〔註37〕 張愛玲：《自己的文章》，《流言》，北京十月文藝出版社，2012 年版，第 94 頁。
〔註38〕 參見張愛玲：《寫〈傾城之戀〉的老實話》，季季、關鴻，《永遠的張愛玲——弟弟、丈夫、親友筆下的傳奇》，學林出版社，1996 年版，第 259～260 頁。
〔註39〕 張愛玲：《自己的文章》，《流言》，北京十月文藝出版社，2012 年版，第 92 頁。
〔註40〕 馬春花：《發明張愛玲、重寫文學史與後革命中國》，林幸謙，《張愛玲——傳奇·性別·譜系》，聯經出版事業股份有限公司，2012 年版，第 169～170 頁。
〔註41〕 參見陳芳明：《毀滅與永恆——張愛玲的文學精神》，蔡鳳儀，《華麗與蒼涼：張愛玲紀念文集》，臺北市：皇冠文學出版有限公司，1996 年版，第 229 頁。

試」〔註42〕。但她在中國解放後的 1951 年發表了《十八春》，這部小說是張愛玲首次嘗試用左翼文學的方式來寫作。水晶在《夜訪張愛玲》中說，《十八春》是用梁京的筆名發表的，當年在上海《亦報》上連載，引起了很大的反響。〔註43〕據張愛玲說，有個跟曼楨有著同樣遭遇的女子，從報社得到她的地址，竟然尋到她住的公寓來了，倚門大哭，讓張愛玲手足無措，還好後來姑姑出來把那女子勸走。〔註44〕

　　《十八春》講述的是一對男女沈世鈞和顧曼楨的愛情故事。世鈞和曼楨是一家工廠的同事，兩人情投意合並視對方為終身伴侶。曼楨有一個做舞女的姐姐顧曼璐，因為家境貧寒，曼璐不得不出來做舞女養活一家大小，和自己所愛的人慕瑾分手，最後人老珠黃嫁了個流氓混混祝鴻才。因為曼璐做過舞女的緣故，曼楨和世鈞的愛情遭到沈家的反對。後來曼璐為了籠絡丈夫，設計讓祝鴻才強姦自己的妹妹，並把她軟禁起來。世鈞來找曼楨，卻被曼璐欺騙說曼楨已經和慕瑾結婚了。世鈞萬念俱灰之下娶了從小一起長大的富家女翠芝。後來曼楨生下了一個男孩，在病友的幫助之下逃了出去。但當她想去找世鈞時卻聽說他已經結婚了。曼楨後來為了兒子榮寶又嫁給了祝鴻才。另外還有一條線，是世鈞的好友叔惠和翠芝一見鍾情，但因為門第的緣故，叔惠沒有勇氣向翠芝表白。解放後，叔惠回到了上海，思想發生了很大的變化，積極參加革命建設，還娶了解放區的女工程師。而曼楨解放後也努力學習和工作。在叔惠的感召下，世鈞、翠芝、曼楨都準備去東北參加革命建設。

　　這個故事本是一個亂世中的哀情故事，整個故事情節都顯得淒婉動人。但張愛玲在結尾處加上了解放後兩對男女受到新中國的感召，一起到東北參加革命建設的情節。這是張愛玲首次涉及政治的作品，而且具有左傾意識。我們都知道，後來張愛玲去了美國，把《十八春》改為了《半生緣》，去掉了那個光明的尾巴，恢復了張愛玲小說的本色。在《十八春》中，並沒有無產階級特色的人物，世鈞和翠芝是富家子弟，曼楨和叔惠雖屬於平民百姓，但他們還有自己的職業。這裡面許叔惠的思想覺悟最高，張愛玲加入了一些

〔註42〕 張愛玲：《自己的文章》，《流言》，北京十月文藝出版社，2012 年版，第 93 頁。

〔註43〕 參見水晶：《夜訪張愛玲》，季季、關鴻，《永遠的張愛玲——弟弟、丈夫、親友筆下的傳奇》，學林出版社，1996 年版，第 311 頁。

〔註44〕 參見水晶：《夜訪張愛玲》，季季、關鴻，《永遠的張愛玲——弟弟、丈夫、親友筆下的傳奇》，學林出版社，1996 年版，第 311 頁。

政治佐料，叔惠經常表達對國民黨政府的不滿。解放後，叔惠回到上海，他的形象也發生了很大改變，因為在車上打瞌睡，他的頭髮顯得很亂，穿著也十分簡樸，身穿一套已經洗成雪青色的人民裝，「他現在對於穿衣服非常馬虎，不像從前那樣顧影自憐了」〔註45〕。這個外部形象顯然符合左翼文學作品中的先進分子。叔惠還勸說世鈞振作起來好好為國家做一些事情，並勸說翠芝參加街道的婦聯工作，說以她的聰明很快思想就會搞通了。〔註46〕在翠芝向他表白舊情難忘後，他也毫不猶豫地拒絕了。顯然，叔惠是「張愛玲小說少見的無個性缺點的男性」〔註47〕，符合左翼文學中男主角的要求，而曼楨也在解放後「對於工作和學習都非常努力」〔註48〕，要報考會計到東北去服務。

而祝鴻才是惡有惡報，最後在逃亡的路上翻船淹死在海裏。另外，小說裏還有控訴國民黨反動統治的情節，日本兵進城後指定了地方上十個紳士出來維持治安，他們雖百般不情願，但在刺刀尖威逼下也唯有妥協，其中包括曼楨的小叔顧希堯。誰知這維持會成立了沒兩天，國民黨軍隊就反攻過來，他們一進城就把那十個紳士槍斃了。小說還提到世鈞的經濟狀況，因為國民黨的金融政策失敗而造成他損失了大量金錢。〔註49〕這顯然是控訴國民黨政府金融政策的失敗給人民生活帶來的慘痛後果。

慕瑾也在最後出現了，講述了自己經過思想改造後獲得新生的經過，「我是對政治從來不感興趣的⋯⋯政治決定一切。你不管政治，政治要找上你。」〔註50〕這番言語好像正是張愛玲心裏想說的話，她一貫的文學主張是避開政治潮流，在其作品裏沒有戰爭、沒有革命，她一貫的信念是人性的偏執和情慾的盲目注定了悲劇的發生〔註51〕，而這部小說給人的印象是惡人陷害加巧合事件捉弄的結果，更多的是國民黨黑暗統治造成的。一向疏離政治的張愛玲在新中國成立之後還是不得不和政治沾上邊，給她的小說加上一條光明的尾巴。小說最後暗示慕瑾和曼楨有結合的可能性，結尾更是所有人都一起去

〔註45〕張愛玲：《十八春》，江蘇文藝出版社，1986 年版，第 313 頁。
〔註46〕參見張愛玲：《十八春》，江蘇文藝出版社，1986 年版，第 332 頁。
〔註47〕高全之：《〈小艾〉的無產階級文學實驗》，《張愛玲學》，臺北：麥田，城邦文化出版。2011 年版，第 136 頁。
〔註48〕張愛玲：《十八春》，江蘇文藝出版社，1986 年版，第 319 頁。
〔註49〕參見張愛玲：《十八春》，江蘇文藝出版社，1986 年版，第 316 頁。
〔註50〕張愛玲：《十八春》，江蘇文藝出版社，1986 年版，第 356 頁。
〔註51〕余斌：《張愛玲傳》，海南出版社，1993 年版，第 235 頁。

東北參加革命建設。這是一個皆大歡喜的結局，也符合當時的政治潮流和主張。魏紹昌認爲，張愛玲後來將《十八春》改寫爲《半生緣》，把小說結尾幾對青年男女都「投身到革命的熔爐中去追求出路」〔註52〕刪掉了，但他還是覺得「《十八春》比較眞實可信，更能體現出作者起初所抱的態度」〔註53〕。叔紅（桑弧）也曾在《與梁京談〈十八春〉》一文中引用了張愛玲的話分析曼璐這個人，「當然，曼璐爲了慕瑾，對曼楨也有一些誤會和負氣的成份，但最主要的理由還是應該從社會的或經濟的根源去探索的。但舊社會既然害了無數的人，最應該詛咒的還是那個不合理的制度。」〔註54〕這種說法顯然並不符合張愛玲一貫的從人性和心理的角度去分析人物的特點，從另一角度也可以看出，張愛玲在當時文網森嚴的大趨勢之下，如何舉步維艱、小心翼翼地改變自己的寫作風格以適應當時的社會大環境。從一九六六年張愛玲給夏志清的兩封信中可以看出她的眞實想法，「在大陸曾寫 potboiler『十八春』在小報連載後出過單行本」〔註55〕，「那部 potboiler 長篇幾乎有四百頁長，最末五十頁需刪改，還是等你抵港後寄給你。如向平提起，可說是故事性強的多角戀愛故事，以一九四幾年的上海南京爲背景，無政治性。」〔註56〕在信中張愛玲稱《十八春》爲 potboiler（糊口之作），並且說後面需要刪改，強調這是一個多角戀愛的故事，無政治性。由此我們可以瞭解到張愛玲爲何在去美國後將《十八春》刪改爲《半生緣》的原因了。

《小艾》講述的是席家女傭小艾的故事。小艾是個孤兒，被席家買來做丫頭。自小就被主人五太太打罵，連家裏的傭人也欺負她。後來被五老爺景藩強暴，懷了孕，遭五太太打罵一頓之後，又被三姨太憶妃暴打流了產。之後和印刷廠工人金槐相戀，離開席家和金槐結了婚。金槐跟著印刷廠搬到香港，香港淪陷後又去了重慶，抗戰勝利後回到上海。解放後，他們的生活有了很大的改善，小艾的病也得到了很好的治療，最後還懷上了孩子。

〔註52〕魏紹昌：《在上海的最後幾年》，季季、關鴻，《永遠的張愛玲——弟弟、丈夫、親友筆下的傳奇》，學林出版社，1996年版，第175頁。

〔註53〕魏紹昌：《在上海的最後幾年》，季季、關鴻，《永遠的張愛玲——弟弟、丈夫、親友筆下的傳奇》，學林出版社，1996年版，第175頁。

〔註54〕余斌：《張愛玲傳》，海南出版社，1993年版，第244頁。

〔註55〕夏志清：《張愛玲給我的信件》（一九六六年十月二日），聯合出版社股份有限公司，2013年版，第64頁。

〔註56〕夏志清：《張愛玲給我的信件》（一九六六年十月三日），聯合出版社股份有限公司，2013年版，第66頁。

在這部小說的後半部分，具有了較爲強烈的政治色彩。金槐抗戰勝利後回到了上海，內地的情況讓他很失望，國民黨政府貪污腐敗，金融政策不當，導致物價暴漲，老百姓的生活極爲艱難困頓。〔註57〕「那是蔣匪幫在上海的最後一個春天，五月裏就解放了」〔註58〕。此處的「蔣匪幫」也是帶有極強的蔑視感和強烈的政治傾向性。解放後的金槐非常熱心地學習，常常給小艾講解他學習到的知識，可是小艾是個非常現實的人，雖然喜歡聽金槐發議論，但是現在平穩的物價和安定的生活才眞正讓她覺得內心安寧，把以前的痛苦也慢慢忘卻了。〔註59〕窮人們都翻身做了主人，金槐的哥哥興奮地說，「現在我們眞翻身了，昨天去送一封信，電梯一直坐到八層樓上……從前哪裏坐得到」〔註60〕。第二年金福就辭掉生意，很興奮地還鄉生產去了，因爲鄉下要實行土改了。小艾因爲勞累過度血流不止被送到醫院，婦產科的醫生不僅態度好而且積極地給小艾進行手術治療。「小艾起初只是覺得那程醫生人眞好，……後來才發現那原來是個普遍的現象……」〔註61〕。小艾病好後不僅找到印刷所折紙的工作，還懷上嚮往已久的孩子。「她現在通過學習，把眼界也放大了，而且也明白了許多事。」〔註62〕她想像著肚子裏的孩子長大時，「不知道是怎樣一個幸福的世界」〔註63〕。

這部小說顯然是一部帶有左傾色彩的小說，尤其是後半部分控訴國民黨政府給百姓造成的苦難，並且熱烈歌頌新中國成立後人們幸福安定的生活。正如劉再復所說，張愛玲在這部小說中表明了自己的政治態度：解放前是黑暗痛苦的深淵，解放後人民才得到幸福安寧的生活，用小艾的遭遇來提醒人們不要忘記「噩夢」似的吃人時代。〔註64〕高全之認爲「《小艾》是張愛玲最前衛、最重要的無產階級文學實驗」〔註65〕。在《十八春》中

〔註57〕 參見張愛玲：《小艾》，《鬱金香》，北京十月文藝出版社，2006 年版，第 318 頁。
〔註58〕 張愛玲：《小艾》，《鬱金香》，北京十月文藝出版社，2006 年版，第 311 頁。
〔註59〕 參見張愛玲：《小艾》，《鬱金香》，北京十月文藝出版社，2006 年版，第 318 頁。
〔註60〕 張愛玲：《小艾》，《鬱金香》，北京十月文藝出版社，2006 年版，第 319 頁。
〔註61〕 張愛玲：《小艾》，《鬱金香》，北京十月文藝出版社，2006 年版，第 323 頁。
〔註62〕 張愛玲：《小艾》，《鬱金香》，北京十月文藝出版社，2006 年版，第 324 頁。
〔註63〕 張愛玲：《小艾》，《鬱金香》，北京十月文藝出版社，2006 年版，第 324 頁。
〔註64〕 參見劉再復：《張愛玲的小説與夏志清的〈中國現代小説史〉》，劉紹銘、梁秉鈞、許子東，《再讀張愛玲》，Oxford University Press（China）Ltd，2002 年版，第 39 頁。
〔註65〕 高全之：《〈小艾〉的無產階級文學實驗》，《張愛玲學》，臺北：麥田，城邦文化出版。2011 年版，第 134 頁。

沒有無產階級的人物出現，而在《小艾》中，張愛玲開始順應潮流「站在無產階級的和人民大眾的立場」〔註66〕而寫作。在這部小說中的主要人物金槐和小艾都可以算作是無產階級的一份子。小艾認為「一個人要揚眉吐氣，大概非發財不行吧」〔註67〕。她不喜歡金槐講國家大事，因為他一說起來就要生氣。為了多賺錢，小艾去跑單幫、背米，最後累病了。這是未經過思想改造，小艾還保留著小資產階級的思想意識。到後來金槐給她講新民主義、社會發展史，小艾雖然聽了喜歡，但「卻不求甚解」〔註68〕。小艾是一個實際的人，解放後物價平穩、生活安定又有了「真的為人民服務」的醫院才讓小艾真正地認同了新的政權。而金槐就完完全全是一個無產階級的楷模人物，在上海淪陷前，他就冒險替各種愛國團體運送慰勞品到前線；娶了曾被姦污並身染疾病的小艾為妻；控訴國民黨投機囤積的惡行；解放後還熱心政治學習；他擔起養家活口的責任，悉心照顧身患疾病的小艾。金槐是張愛玲作品中唯一的一個完美男性，似乎符合左翼文學作品所塑造的高大全的人物形象。但這部小說並沒有徹底徹尾地貫徹無產階級的文學理論。

在小說的前半部，講述了小艾如何受到五太太、席景藩、三姨太的虐待和凌辱。應該說小艾和席景藩一家人之間的仇恨應屬於階級仇恨，但五太太對於小艾的虐待倒並不是基於階級鬥爭的立場，而是欺凌和妒忌，因為五太太長期得不到丈夫的心。雖然這部小說是明顯左傾的作品，但「這場無產階級文學實驗並沒有產生徹頭徹尾的普羅作品」〔註69〕，特別是五太太這個人物形象的塑造。她虐待小艾，仇視她。但並不是壞得一無是處，她非常贊成青年男女自由戀愛結婚，因為自己深受包辦婚姻的痛苦，總是希望他們可以享有婚姻自主〔註70〕，她照顧丈夫前妻留下的子女、孝敬婆婆、也樂於將自己的小玩意送給親戚朋友，善待曾經對她非常惡毒、已失寵的丈夫的姨太太。所以五太太並不是那種左翼作品中常常塑造的壞透了的階級敵人。五太太這

〔註66〕高全之：《〈小艾〉的無產階級文學實驗》，《張愛玲學》，臺北：麥田，城邦文化出版。2011年版，第136頁。

〔註67〕張愛玲：《小艾》，《鬱金香》，北京十月文藝出版社，2006年版，第270頁。

〔註68〕張愛玲：《小艾》，《鬱金香》，北京十月文藝出版社，2006年版，第318頁。

〔註69〕高全之：《〈小艾〉的無產階級文學實驗》，《張愛玲學》，臺北：麥田，城邦文化出版，2011年版，第139頁。

〔註70〕參見張愛玲：《小艾》，《怨女》，北京十月文藝出版社，2012年版，第53頁。

個形象的塑造，符合張愛玲擅長的參差對照的寫法，沒有善與惡，靈與肉的斬釘截鐵的對立。而且《小艾》的故事情節也是由強轉弱，正如張愛玲自己所說，「我非常不喜歡《小艾》。友人說缺少故事性，說得很對」〔註 71〕。陳子善對此有這樣的看法，《小艾》前面寫得非常順暢，但後半部分就有些力不從心，結尾也略顯倉促。〔註 72〕而且在這部小說裏並無階級鬥爭和清算的情節，也無壞得徹底的階級敵人。用高全之的話來說，這可能是「作者殷切恭維新政權的方式過於拘泥……拒絕肯定階級鬥爭」〔註 73〕。但總體來說，「無論在營造氣氛、刻畫人物性格所採取的手段，以及從作品中所顯示出來的敏感氣質等方面，與作者的其他成功作品相比，《小艾》還是體現了藝術風格的一致性」〔註 74〕。

　　這兩部作品都曾提到抗戰後國民黨金融政策的失敗，導致物價飛漲，並且肯定了解放後物價平穩、醫療系統爲人民服務、人民當家做主的新氣象。正如陳子善所說，《小艾》讓我們瞭解到當時的張愛玲曾在小說中，對新中國表現出某種程度的善意和歡迎，雖然這種聲音是比較微弱的〔註 75〕。當然也有另一種看法，認爲「上海陷共後，張愛玲的處境當不太樂觀。以張的冷靜、敏感，一定早已嗅到對她這種『小資產階級』不利的空氣，故文章不發表則已，要發表一定得表明立場，以掩護作品之意識形態，卻非內容所需，肯定言不由衷。……這一年四月，大陸展開肅反，搞得人心惶惶，張愛玲顯然有所顧忌、遲疑，作品最後才弄了一些保護色。揣想她勉強發表作品，也許是生活有些拮据。」〔註 76〕兩者的說法都有一定的道理和可能性，但無論怎樣，這兩部作品的確是張愛玲第一次開始審視政治、接近政治、書寫政治，並帶有較爲強烈左傾色彩的作品。

〔註71〕高全之：《〈小艾〉的無產階級文學實驗》，《張愛玲學》，臺北：麥田，城邦文化出版，2011 年版，第 143 頁。

〔註72〕參見陳子善：《張愛玲創作中篇小說〈小艾〉的背景》，《說不盡的張愛玲》，臺北：遠景出版事業有限公司，2001 年版，第 117 頁。

〔註73〕高全之：《〈小艾〉的無產階級文學實驗》，《張愛玲學》，臺北：麥田，城邦文化出版，2011 年版，第 143 頁。

〔註74〕陳子善：《張愛玲創作中篇小說〈小艾〉的背景》，《說不盡的張愛玲》，臺北：遠景出版事業有限公司，1995 年版，第 117 頁。

〔註75〕參見陳子善：《張愛玲創作中篇小說〈小艾〉的背景》，《私語張愛玲》，浙江文藝出版社，1995 年版，第 283 頁。

〔註76〕臺繼之：《另一種傳說——關於〈小艾〉重新面世之背景與說明》，臺北《聯合報》副刊，1987 年 1 月 18 日。

三、向「右」轉：《秧歌》和《赤地之戀》

　　一九五二年張愛玲到了香港，在香港創作的兩部小說《秧歌》和《赤地之戀》體現了她創作思想的另一個轉向——由「左」轉向了「右」。《秧歌》講述的是 1950 年發生在中國南方農村的一個故事。當時的歷史背景是「土改」運動和「抗美援朝」。故事講述了農民金根夫婦的故事，金根因爲土改分到土地並且當上勞模，但一家人仍然連基本的溫飽也解決不了。金根的妻子月香在上海做傭人，因爲聽聞鄉下的形勢一片大好而決定回鄉和家人團聚，結果卻發現村民們的生活極其困頓。爲了保留一點積蓄，爲了張羅一點糧食，爲了應付上面的軍屬年禮，金根夫婦和其他村民竭盡全力，但也無法得到起碼的溫飽，更無法完成任務。走投無路的村民們只有湧入糧倉，引發了最後的暴動。除此之外這個故事還有另外一個重要人物，上海來的劇作家顧岡下鄉體驗生活、收集素材要創作一部描述「大時代」的劇本。

　　這個故事的時代背景是新中國成立後的「土改」和「抗美援朝」。這是繼《十八春》、《小艾》之後，張愛玲又一次開始審視政治。一九五〇年六月中國共產黨召開第七屆三中全會，通過《中華人民共和國土地改革法》。「這是繼四七年的《土地法大綱》後，中共再一次落實糧食經濟政策。」〔註77〕土地改革的目標，是平均分配地權，其立即效應，即表現在飢餓問題的解決上。按照官方的說法，解放後的三年，中國農業生產總值每年以百分之十四的比例增長。〔註78〕從這些資料中得知當時農民的生活水平應該是大幅提高和改善的。但張愛玲的《秧歌》卻告訴我們，經過土改之後的農村，「未蒙其利，但先受其害」〔註79〕。金根和月香雖然辛苦勞作，卻連肚子也填不飽。頗具諷刺的是譚大娘，雖然嘴上歌頌政府，但她仍是一個地道的普通農民，知道糧食的重要性，爲了避開繳交軍屬年禮，她隱瞞了自己偷偷地養著一頭豬。

　　而金根和農民們搶糧也不過是爲了填飽肚子，「未必心懷反共大義……

〔註77〕陳明顯，張恒：《新中國四十年研究》，第 47～66 頁，王德威，《重讀張愛玲的〈秧歌〉與〈赤地之戀〉》，楊澤編，《閱讀張愛玲》，麥田出版股份有限公司，1999 年版，第 140 頁。

〔註78〕陳明顯，張恒：《新中國四十年研究》，第 91 頁，王德威，《重讀張愛玲的〈秧歌〉與〈赤地之戀〉》，楊澤編，《閱讀張愛玲》，麥田出版股份有限公司，1999 年版，第 140 頁。

〔註79〕王德威：《重讀張愛玲的〈秧歌〉與〈赤地之戀〉》，楊澤編，《閱讀張愛玲》，麥田出版股份有限公司，1999 年版，第 140 頁。

幹部王霖指他們爲間諜唆使，實在太抬舉他們了」〔註 80〕。在當時「海外『控訴』中共禍國殃民的寫作潮下，她關懷的勿寧是更卑微的問題：政權改變之後，升斗小民怎樣繼續穿衣吃飯。」〔註 81〕這眞是生活的鬥爭，家常的政治〔註 82〕。和譚大娘一樣，月香是個最實際的人〔註 83〕。在上海幫傭的三年讓她也帶了幾分上海小市民的氣息，「爲了荒年一家的溫飽，她的精刮算計、小奸小詐，甚至及於最親的人」〔註 84〕。月香像極了張愛玲所讚賞的蹦蹦戲花旦，她是生活的強者，面對艱險困境有種不屈服的頑強精神。她拒絕了她母親和小姑以及村民的借貸，盡可能的拖延繳交政府的稅項，甚至於金根要求吃一碗乾飯，她也要思來想去，最後煮了一鍋半乾不稀的飯。月香就是張愛玲筆下的地母娘娘，具有極其強悍的生命力，她是「最普遍的，基本的，代表四季循環，土地，生老病死，飲食繁殖。」〔註 85〕這強悍的生命力「不僅表露在一路張羅食物的韌性上，也表露在小說的高潮。是她，而不是她的男人，最後一把火燒掉了農村最神聖的所在——糧倉」〔註 86〕。用王德威的話來說，月香的悲劇是落實在「女」爲「食」亡〔註 87〕。

而這個故事還有另一條副線，在月香和村民們爲了溫飽而奮鬥的時候，作家顧岡正在苦思冥想他的偉大劇作，他下鄉是爲了體驗農村的生活，感受土改給人們帶來翻身得解放的種種新氣象，從而創作一部能體現土改偉大成就的劇作。但實際上，連他自己都在挨餓，而他在鄉村的所見所聞也讓他難以提筆創作。腦子天天想著的就是如何找東西吃，解決填飽肚子的問題。他

〔註 80〕 王德威：《重讀張愛玲的〈秧歌〉與〈赤地之戀〉》，楊澤編，《閱讀張愛玲》，麥田出版股份有限公司，1999 年版，第 141 頁。

〔註 81〕 王德威：《重讀張愛玲的〈秧歌〉與〈赤地之戀〉》，楊澤編，《閱讀張愛玲》，麥田出版股份有限公司，1999 年版，第 140 頁。

〔註 82〕 王德威：《重讀張愛玲的〈秧歌〉與〈赤地之戀〉》，楊澤編，《閱讀張愛玲》，麥田出版股份有限公司，1999 年版，第 140 頁。

〔註 83〕 張愛玲：《秧歌》，皇冠文化出版有限公司，2010 年版，第 39 頁。

〔註 84〕 王德威：《重讀張愛玲的〈秧歌〉與〈赤地之戀〉》，楊澤編，《閱讀張愛玲》，麥田出版股份有限公司，1999 年版，第 142 頁。

〔註 85〕 張愛玲：《談女人》，《流言》，北京十月文藝出版社，2012 年版，第 67 頁。

〔註 86〕 王德威：《重讀張愛玲的〈秧歌〉和〈赤地之戀〉》，楊澤編，《閱讀張愛玲》，麥田出版股份有限公司，1999 年版，第 142 頁。

〔註 87〕 參見王德威：《重讀張愛玲的〈秧歌〉和〈赤地之戀〉》，楊澤編，《閱讀張愛玲》，麥田出版股份有限公司，1999 年版，第 143 頁。

唯有編造一個假的故事，富農壞分子預謀炸毀水壩，最後這些壞分子被共產黨幹部領導下的村民制服了。「張愛玲藉此調侃文藝八股政策，到了呼之欲出的地步。」〔註88〕張愛玲在此處似乎也隱隱吐露了自己的心聲，《十八春》那條光明的尾巴，也是她不得已而為之的吧！所以在她遠走美國十幾年後仍然耿耿於懷，終於將其刪除並改寫，恢復了張愛玲創作風格的本來面貌。王禎和曾經不無惋惜地說，「她的《秧歌》寫得太好了，她應該多留在大陸寫『文革』，她是那麼觀察敏銳的人。」〔註89〕

　　在大陸學界很多人一直認為《秧歌》是一部反共的作品，其實並不是這麼簡單和絕對化的，因為這部小說裏面也有很多擁共的情節。比如，共產黨的部隊準備從一個村莊撤退時，軍隊的士兵們將借村民的東西歸還他們，到處聽到士兵們拍門歸還所借的物品，並安慰老百姓「大娘！……我們要回來的。」〔註90〕這是一支軍紀多麼嚴明，多麼愛惜人民的軍隊啊！還有在王同志的妻子沙明失蹤後，王同志隨部隊經過一所被損毀的舊房子時發現「樓窗裏有一個女孩子，伏在窗口向他望著……可以看出她是美麗的……她在那裡對他笑……」王同志誤以為那裡是當地妓院，想著這些女人簡直太蠢了，新四軍怎麼會對她們有興趣呢？〔註91〕這裡也表現了張愛玲對新四軍品格的一種讚賞。還有文中譚大娘的口頭禪:如果沒有毛主席怎麼會有我們的今天呢〔註92〕，無論張愛玲寫這些話的實際動機是什麼，還是起到客觀上宣傳的效果。諸如此類的擁共情節和話語在小說中還有很多。

　　張愛玲對王同志這個人物也是充滿同情的，並沒有像一般的反共作品，把王同志塑造成一個乾扁扁的反面人物。王同志在黨內是個「趕不上形勢」〔註93〕的人物，被調到鄉下擔任一個低下的職務。他對黨內的一般性政策絕對沒有意見，但對一些小事不滿，「政府官員的妻子永遠也做官，吃糧不管事，官銜還相當大……」〔註94〕北京等地建了很多氣派的大寺廟，而建寺廟的錢都

〔註88〕 王德威:《重讀張愛玲的〈秧歌〉和〈赤地之戀〉》，楊澤編，《閱讀張愛玲》，麥田出版股份有限公司，1999年版，第143頁。
〔註89〕 王禎和、丘彥明:《在臺灣的日子》，季季、關鴻，《永遠的張愛玲——弟弟、丈夫、親友筆下的傳奇》，學林出版社，1996年版，第249頁。
〔註90〕 參見張愛玲:《秧歌》，皇冠文化出版有限公司，2010年版，第81頁。
〔註91〕 參見張愛玲:《秧歌》，皇冠文化出版有限公司，2010年版，第89～90頁。
〔註92〕 參見張愛玲:《秧歌》，皇冠文化出版有限公司，2010年版，第70頁。
〔註93〕 參見張愛玲:《秧歌》，皇冠文化出版有限公司，2010年版，第93頁。
〔註94〕 參見張愛玲:《秧歌》，皇冠文化出版有限公司，2010年版，第93頁。

是當地農民辛辛苦苦種田換來的〔註95〕。王同志痛恨黨內的不良風氣，對農民也是持一種同情和憐惜的態度，說明王同志是一個內心很善良的人。「他常常感到憤懣……像一個孤獨的老年人被他唯一的朋友所侮蔑」〔註96〕，但也無可奈何，因為「他除了黨以外，在這世界上實在是一無所有了」〔註97〕。他其實也只不過是一個可憐蟲罷了！

《秧歌》雖然不能說是一部反共作品，但裏面確實有一些暴露農村土改弊端的情節，揭露了當時的政府在政策方面存在的一些問題，對農民施加過重的賦稅，導致村民們生活困頓，甚至陷於極度的飢餓之中。〔註98〕但它仍有醜化中國共產黨的情節，特別是最後農民因為飢餓和交不起給軍屬的年禮而擁進糧倉搶糧引發最終的暴亂，並被兵民開槍射殺的流血事件，被抓的農民還被嚴刑拷打逼迫承認罪行。這些的確是影響到中國共產黨的威望，另外就是小說裏，王同志在開槍射殺農民之後說，「我們失敗了……我們對自己的老百姓開槍」〔註99〕，是一種對共產主義理想破滅之後的悲哀。而且在小說結尾處形容鑼鼓聲好像用布蒙著似的，顯得非常微弱〔註100〕，也表明了作者對新中國農村土地改革的一種失望之情。從這些地方看出《秧歌》確實是一部帶右傾色彩的作品，但也並非一部反共小說，應該說是張愛玲「在香港用自由主義立場書寫兩岸政權都不喜歡的厭共怨共但未必仇共同時又混雜擁共內容的複雜作品」〔註101〕。

毋庸置疑在這部小說裏，張愛玲最為關注的仍然是人性，是人情世故，是人與人之間的關係〔註102〕。雖然和前期描寫男女間小事情的作品相比，這部小說算是「重大題材」，可是在這個故事裏大部分講述的還是日常生活的場景：夫妻關係，兄妹之間的情感，姑嫂之間的矛盾，鄰居間的糾葛，幹部與農民之間的矛盾等等。《秧歌》的大部分筆墨皆用於此，而刻畫此中人物心理

〔註95〕 參見張愛玲：《秧歌》，皇冠文化出版有限公司，2010年版，第93頁。

〔註96〕 參見張愛玲：《秧歌》，皇冠文化出版有限公司，2010年版，第93頁。

〔註97〕 參見張愛玲：《秧歌》，皇冠文化出版有限公司，2010年版，第93頁。

〔註98〕 參見古遠清：《國民黨為什麼不認為〈秧歌〉是反共小說》，新文學史料，中國期刊網，第46頁。

〔註99〕 參見張愛玲：《秧歌》，皇冠文化出版有限公司，2010年版，第169～170頁。

〔註100〕 參見張愛玲：《秧歌》，皇冠文化出版有限公司，2010年版，第202頁。

〔註101〕 古遠清：《國民黨為什麼不認為〈秧歌〉是反共小說》，新文學史料，中國期刊網，第47頁。

〔註102〕 余斌：《張愛玲傳》，海南出版社，1993年版，第261頁。

的微妙，捕捉到其中潛藏的戲劇性，最是張愛玲遊刃有餘的所在〔註103〕。

　　再來看看《赤地之戀》，這個故事是發生在五○年代的中國大陸。當時重大的歷史事件，「土改」、「三反」、及「抗美援朝」都成為《赤地之戀》的前景而非背景。《赤地之戀》的男主角劉荃是個剛剛畢業的大學生，被派往北方農村參加土改，面對土改的殘酷和血腥使他震驚而又無能為力。在鄉村，劉荃住在中農唐占魁家中，唐只是一個勤勉的中農，靠辛勤勞動和節衣縮食置辦了一些土地，劉荃向唐保證他的中農成分是不會遭到責罰的，但實際卻是村中無地主，唐被充當為地主壞分子而受到酷刑，最後被處死。還有鄉紳韓延榜和他的妻子被施以酷刑致死的過程更讓人不寒而慄。劉荃感到茫然無助，唯有和同伴黃娟之間的戀情給了他一些安慰。後來劉荃被調到上海參加「抗美援朝」的文宣工作，墮入解放日報資料組組長戈珊的情慾之網。黃娟回上海後，劉荃又因為上司趙楚在「三反」中被誣陷槍斃，而受其牽連被捕入獄。黃娟無奈之下求戈珊幫忙，結果戈珊利用一石二鳥之計騙黃娟投入新華社社長申凱夫的懷抱，劉荃才被救出。當劉荃得知黃娟為救他而捨棄了自己，萬念俱灰之下報名參加了志願軍遠赴朝鮮作戰，希望戰死沙場來解脫自己的痛苦。後來劉荃做了戰俘，被遣返時，選擇回到中國大陸做顛覆工作。

　　《赤地之戀》被很多大陸學者認為是奉命之作，是一部失實的反共作品，特別是在最後，和《十八春》一樣，也加了一條「光明」的尾巴，「他要回大陸去，離開這裡的戰俘，回到另一個俘虜群裏。只要有他這樣一個人在他們之間，共產黨就永遠不能放心」〔註104〕。而實際上，《赤地之戀》在臺灣出版也是頗為困難的。《赤地之戀》在香港至少有三個版本，最初是由香港天風出版社出版（一九五四）。一九七八年一月二十五日由臺灣三重市的慧龍版以及現在流通的皇冠版，都是淨化版。〔註105〕皇冠的平鑫濤對此有這樣的說明，這部小說中描寫共產黨員辱罵國民黨政府，甚至對先總統蔣公也頗有譏諷，在當時的書刊檢查制度之下難獲通過，如果去掉那些政治敏感的段落就會影響張愛玲本身想表達的意思，但張愛玲不了解這些情況，以為他們不想出版這本書，於是另外一家出版社找她的時候，就給了他們……結果那間出版公司也是刪改了那些敏感的部分才出版的，品質也不盡理想，所以張愛玲要求

〔註103〕余斌：《張愛玲傳》，海南出版社，1993年版，第261頁。

〔註104〕張愛玲：《赤地之戀》，皇冠文化出版有限公司，2010年版，第286頁。

〔註105〕參見高全之：《張愛玲學》，臺北：麥田，城邦文化出版，2011年版，第218頁。

他代她把出版權收回來……〔註106〕事實是這樣的，天風版第七章一段文字裏的「蔣介石」在皇冠版裏被改爲「反革命」，「隊伍又開始向前移動。劉荃和機關裏的一個通訊員一同推著一輛囚車，囚車裏是孔同志扮的杜魯門。另一輛囚車裏是張勵扮的蔣介石。」〔註107〕另外天風版的第九章第二段，「是他謁見蔣介石呈遞國書的時候拍攝的」，皇冠版則把「蔣介石」改爲「國民政府首腦」。諸如此類，臺灣的文宣部門認爲這是對蔣介石先生進行「諷刺」和「辱罵」。所以臺灣方面也並不認爲這是一部反共小說，反而裏面還有許多對蔣的不敬之詞。

　　書裏面還提到當時的一種風氣，很多女學生紛紛被勸說嫁給了革命多年的老幹部。崔平和趙楚在抗大讀書的時候同時愛上了一個女同學，兩人同時追求她，最後崔平勝利了。但是他只是個下級幹部沒有資格結婚，後來那個女同學由組織做媒嫁給了一個老幹部。所以劉荃也一直擔心著，黃娟也會被逼迫著嫁給老幹部。還有趙楚的愛人周玉寶和崔平的愛人賴金秀爲了爭一臺鋼琴大動干戈。周玉寶的家裏有「……雙人大床、兩用沙發、衣櫥、冰箱、電爐、無線電……單是電話就有兩架」〔註108〕，但是她的冰箱的門鈕上卻牽著麻繩，晾滿衣褲短襪，大鋼琴上擱著藍色鴨舌帽，這些細節都展示了那個時代的一些風貌，體現了一種人生味。

　　除此之外，《赤地之戀》中的許多畫面也頗有濃鬱的時代色彩，劉荃和他的同學們坐在卡車上情緒激昂地唱著歌「我們的中國這樣遼闊廣大」駛向他們即將大展拳腳的農村。在劉荃坐火車回上海時，聽到的高音喇叭，「廣播機裏的女人突然又銳叫起來：『偉大的──黃河──鐵橋──就要──到了！──偉大的──黃河──鐵橋──就要──到了！──大家──提高──警惕！保衛──黃河──鐵橋！』」〔註109〕這用以狀寫五十年代人們的一種特殊的精神狀態，傳遞那時亢奮而帶幾分誇張的氣氛，確實活靈活現〔註110〕。還有五一節的五十萬人大遊行，眞人扮演的戴著面具的杜魯門和反革命，賣小

〔註106〕參見彭樹君：《瑰美的傳奇・永恆的停格──訪平鑫濤談張愛玲著作出版》，收入《華麗與蒼涼──張愛玲紀念文集》，第180頁，高全之《張愛玲學》，臺北：麥田，城邦文化出版，2011年版，第218～219頁。
〔註107〕高全之：《〈赤地之戀〉的外緣困擾與女性敘述》，《張愛玲學》，臺北：麥田，城邦文化出版，2011年版，第219頁。
〔註108〕張愛玲：《赤地之戀》，皇冠文化出版有限公司，2010年版，第120頁。
〔註109〕張愛玲：《赤地之戀》，皇冠文化出版有限公司，2010年版，第110頁。
〔註110〕余斌：《張愛玲傳》，海南出版社，1993年版，第269頁。

吃的穿來穿去叫賣著油條花生之類，遊行者互相打趣逗樂等場面，都體現了
那個時代特有的一種味道。

　　相對於《秧歌》的「怨而不怒，描摹土改產生的暴力與傷害，止於慨歎
革命邏輯的非理性結果。主要人物包括幹部王霖，都有值得寬宥之處」〔註
111〕。《赤地之戀》中「則把善惡問題作戲劇化的凸顯：惡人當道，襯托出劉
荃與黃娟的無助」〔註112〕。在小説中，每個人都被捲入到政治鬥爭中，出賣
別人或被別人出賣，無論情人、夫妻、朋友、上下屬，無人可以全身而退。
她小説中的所有人物都是「既前進又落後，既愛國又叛黨」〔註113〕。無論前
半部的土改，還是後半部分的「三反」運動和「抗美援朝」，裏面的殘酷鬥爭
都讓人不寒而慄，前面已經詳述過，這裡不再重複。《赤地之戀》確實是一部
有反共情節的右傾作品，如劉荃在上海搞文宣時將圖片資料張冠李戴的情節
以及他在美軍的戰俘醫院裏受到人道主義的治療和照顧等，明顯是有為美軍
辯駁之意。前面說過，臺灣方面並不認為這是一部反共作品，在臺灣也要經
過刪改後才能出版。而且裏面一些殘酷鬥爭地主和錯化地主成分的中農被殘
忍處置的情節，以及黃娟為救劉荃犧牲自己的肉體等情節在中國大陸的一些
關於土改和文革的傷痕文學中都屢見不鮮。如朱西寧所說，「大陸開放後，如
雨後春筍的所謂傷痕文學、抗議文學，其暴露和批判種種運動負面乃至反面
的暗敗悲慘，激烈和憤恨實強過愛玲先生的『反共文學』千百倍，卻也都並
未被目為反共文學。」〔註114〕如盧新華的《傷痕》、張賢亮的《靈與肉》、古
華的《芙蓉鎮》、梁曉聲的《今夜有暴風雪》、王小波的《黃金時代》等都屬
於傷痕文學作品。所以，《赤地之戀》充其量也不過是一部較為真實地記錄了
土改過程的傷痕文學作品。「這兩部小説形似『反應時代與社會』的寫實主義
之作，然而單從她對整治人民的中共幹部如王霖、張勵、崔平之輩的悲情、
委屈、不得不生死之交也互鬥得那麼慘烈的種種所付予的相知與疼惜，即就
不止於寫實主義的有聞必錄的『反映』，她是不自覺便輻射出愛的生命之光，

〔註111〕王德威：《重讀張愛玲的〈秧歌〉與〈赤地之戀〉》，楊澤編，《閱讀張愛玲》，
　　　　　麥田出版股份有限公司，1999年版，第146頁。
〔註112〕王德威：《重讀張愛玲的〈秧歌〉與〈赤地之戀〉》，楊澤編，《閱讀張愛玲》，
　　　　　麥田出版股份有限公司，1999年版，第146頁。
〔註113〕王德威：《重讀張愛玲的〈秧歌〉與〈赤地之戀〉》，楊澤編，《閱讀張愛玲》，
　　　　　麥田出版股份有限公司，1999年版，第148頁。
〔註114〕朱西寧：《金塔玉牌——敬悼張愛玲先生》，《華麗與蒼涼：張愛玲紀念文集》，
　　　　　蔡鳳儀，1996年版，臺北市：皇冠文學出版有限公司，第215頁。

『照亮時代與社會』」。〔註115〕

　　的確，很多人認爲張愛玲寫《秧歌》和《赤地之戀》是受命而寫，甚至是爲了移民美國而做的違心之作。很多人論斷這兩部作品「既非出於自由意志，作品的文學價值也不高」〔註116〕。而張愛玲自己也曾說過，「寫《赤地之戀》（英文）眞怨。Outline〔大綱〕公式化──好像拼命替一個又老又難看的婦人打扮──要掩調她臉上的皺紋，吃力不討好。一樣替人化妝，爲什麼不讓我找個年青的美女做對象？」〔註117〕張愛玲給胡適的信中也曾提到《赤地之戀》，她說「因爲要顧到東南亞一般讀者的興味，自己很不滿意……我發現遷就的事情往往就是這樣」。〔註118〕據高全之訪問美新處處長麥卡錫時，說有些人認爲《秧》和《赤》是由美國新聞處要求張愛玲寫的，連《赤》的大綱也是他們提供的。但麥卡錫這樣回答，實際情況不是這樣的，當時他們是想讓張愛玲幫忙翻譯一些美國的文學作品，但她自己提出想寫小說，因爲有故事的素材。麥卡錫十分詫異張愛玲居然比在中國北部生活過的他還要了解當地的情況。他還說故事的大綱完全是由張愛玲自己完成的。〔註119〕不過因爲美新處資助張愛玲，所以麥卡錫會詢問寫作的進度，她也會和他們研究寫作的細節。而麥卡錫對《秧》開始的兩個章節非常讚賞，說自己都不能寫出如此優美的英文，他非常欣賞也很嫉妒她卓越的文學才華。〔註120〕臺灣作家朱西寧也認爲「愛玲先生只是後來不曾委屈自己去受命他人的，而若非出於自由心願，寫出《秧歌》等巨構，她又何必脫走故國，遠徙異邦！」〔註121〕通過以上分析，這兩部作品應是美新處資助，但由張愛玲自由創作的文學作品，

〔註115〕朱西寧：《金塔玉牌──敬悼張愛玲先生》，《華麗與蒼涼：張愛玲紀念文集》，蔡鳳儀，1996年版，臺北市：皇冠文學出版有限公司，第215頁。

〔註116〕朱西寧：《愛玲之愛》，季季、關鴻，《永遠的張愛玲──弟弟、丈夫、親友筆下的傳奇》，學林出版社，1996年版，第389頁。

〔註117〕張愛玲、宋淇、鄺文美著：宋以朗主編，《張愛玲私語錄》，皇冠出版社（香港）有限公司，2010年版，第51頁。

〔註118〕張愛玲：《憶胡適之》，《重訪邊城》，北京：北京十月文藝出版社，2012年版，第19頁。

〔註119〕參見高全之：《張愛玲與香港美新處》，《張愛玲學》，臺北市：麥田，城邦文化出版，2011年版，第253頁。

〔註120〕參見高全之：《張愛玲與香港美新處》，《張愛玲學》，臺北市：麥田，城邦文化出版，2011年版，第253頁。

〔註121〕朱西寧：《愛玲之愛》，季季、關鴻，《永遠的張愛玲──弟弟、丈夫、親友筆下的傳奇》，學林出版社，1996年版，第389頁。

但可能在創作過程中要參考美新處的一些建議和意見。

　　筆者認爲高全之的看法還是比較持平的，《秧歌》與《赤地之戀》的共產黨員著實散發著人性溫暖，他認爲在近代中國文學中，在戰亂中能夠以一種超越黨政，並且很中立的描述人性的作家，似乎沒有人可以超越張愛玲〔註122〕。司馬新曾經訪問過賴雅的女兒霏絲，裏面提到她曾經問張愛玲如何看待解放後的中國，張愛玲這樣說，「對一個女人來說，沒有一個社會比一九四九年前的中國還要糟」，司馬新認爲這當然並非表示她擁護共產主義，但證明她對新中國的看法很複雜，並不僅是「反共」而已。〔註123〕從《十八春》、《小艾》到《秧歌》、《赤地之戀》，從向左轉到向右轉，這種不斷地改變自己的寫作策略，也是不得已而爲之。張愛玲和那個時代的很多作家文人一樣，掙扎於歷史的縫隙當中，根本無法自由創作。〔註124〕馬春花是這樣看的，「無論是她在 1940 年代上海的淪陷區寫作，還是其於中共建國後不久的去國，當然還有其在《秧歌》和《赤地之戀》中表達的反共冷戰意識等等，或者皆說明她並不是以家國爲意的作家，所以我將她的寫作稱之爲「遺／移民寫作」，遺民是指時間上的穿越性，移民是指其空間上的跨越性，離散的時空經驗使她對於國族中心充滿疏離感，無論是傾國傾城、改朝換代，對她都沒有特別的意義」〔註125〕。

　　張愛玲在最當紅的時候，當很多人惋惜她那過人的才華卻只沉溺於癡男怨女的小世界中，她卻毅然決然地回答說，時代紀念碑那樣的作品她是寫不出來的。而解放後在中國大陸三年的生活經歷讓她改變了初衷，寫了《秧歌》和《赤地之戀》這樣兩部帶有濃厚政治色彩的小說。大陸學者余斌認爲，這兩部作品能否被稱爲時代紀念碑那樣的作品是見仁見智的事，但是它們顯然證明了，她完全有這個能力去描繪脈脈情愁的男女戀情之外的更大的世界。

〔註122〕參見高全之：《4 挫敗與失望》，《張愛玲學》，臺北市：麥田，城邦文化出版，2011 年版，第 378 頁。

〔註123〕司馬新：《雪泥鴻爪拼貼大師風貌──《張愛玲與賴雅》之外一章》，美國《新世界日報》「世界週刊」，一九九七年五月十一日、十八日、二十五日；引文見五月十八日，高全之，《張愛玲的政治觀》，《張愛玲學》，臺北市：麥田，城邦文化出版，2011 年版，第 192 頁。

〔註124〕參見王德威：《重讀張愛玲的〈秧歌〉與〈赤地之戀〉》，楊澤編，《閱讀張愛玲》，麥田出版股份有限公司，1999 年版，第 136 頁。

〔註125〕馬春花：《發明張愛玲、重寫文學史與後革命中國》，林幸謙，《張愛玲──傳奇‧性別‧譜系》，聯經出版事業股份有限公司，2012 年版，第 170 頁。

他還認為《秧》是一部寫得很完美的小說，《赤》雖然還有一些缺點，但也說明張愛玲完全有能力去描繪和把握時代氛圍，以及可以駕馭主題性題材的可能性。〔註126〕

第二節　生命意識：從絕望的反叛到生命價值的回歸

一、絕望的個性反叛

　　在張愛玲前期小說中，隨處可見的是清末的遺老遺少們和中產的小資產階級分子們，在噩夢中苦苦掙扎著。每個人都處於焦慮、憂愁和煩惱中，他們在絕望中掙扎，沒有一條光明大道可走，一切的努力都是徒勞的。對他們而言，只有無盡的折磨和痛苦，無論青春熱情、還是幻想希望，都絲毫沒有存身之處。川嫦喧鬧的家、七巧陰暗的客廳、流蘇破敗的屋子、坐滿了怨婦的推拿室，這些都是現實社會之一隅，上面還有一隻看不到的巨手重重地壓下來，壓痛了每個人的心房。〔註127〕這些遺老遺少們的世界是灰暗的、絕望的。如唐文標所說，「『張愛玲世界』是一個死世界，裏面的人物走著等死的路，而這世界本身也只有死的，不能再復活的結局」〔註128〕。沒有死的，也只是在無邊的痛苦和折磨中，做著絕望卻毫無用處的掙扎和反叛。

　　從《金鎖記》中我們看見了「沸騰的人間敗德劣行，塞滿了整箇舊家庭」〔註129〕。大家族裏人人忙著爭家產，男的狂嫖濫賭、抽鴉片、養姨太太，女的明爭暗鬥、攀比門第、爭風吃醋。七巧，一個貧苦出身開麻油店的年輕女孩，被貪圖富貴的哥嫂嫁給姚家殘疾的二爺做姨太太，殘廢的丈夫無法滿足她的情慾，最後被老太太扶正做了正室。丈夫死後七巧繼承家產，成為了一家之主。一般來說，大家族的女人至此也就守著家產安分守己，好好養大一對兒女，頤養天年了。但是七巧卻不是這樣，長年壓抑的情慾得不到滿足，

〔註126〕參見余斌：《張愛玲傳》，海南出版社，1993 年版，第 271 頁。

〔註127〕參見傅雷：《觸及了鮮血淋漓的現實》，原題為《論張愛玲的小說》，季季、關鴻，《永遠的張愛玲——弟弟、丈夫、親友筆下的傳奇》，學林出版社，1996 年版，第 149 頁。

〔註128〕唐文標：《一級一級走進沒有光的所在》，唐文標《張愛玲研究》，臺北：聯經出版事業公司，1976 年版，第 45 頁。

〔註129〕唐文標：《一級一級走進沒有光的所在》，唐文標《張愛玲研究》，臺北：聯經出版事業公司，1976 年版，頁 46。

做了正室卻使得她的黃金欲被刺激得更加高漲〔註130〕。年輕時和小叔子只是嘴上調調情，只能低聲問他，自己到底哪裏不如別人？但在十年後當季澤來找她的時候，爲了錢，她卻自己心甘情願地把最後那個可以得到愛情的肥皂泡給吹滅了〔註131〕。對半死不活的丈夫的百般怨恨，以及對季澤深刻的愛戀卻無法得到他而產生的恨意和痛楚，更加劇了她內心象火一樣熊熊燃燒著的情慾〔註132〕。她痛苦到了極點，也絕望到了極點。在絕望中掙扎的七巧在強烈情慾和黃金欲的刺激之下，產生了報復的心理。「愛情在一個人身上不得滿足，便需要三四個人的幸福與生命來抵償」〔註133〕。這種報復實在是可怕極了，更是一種極度絕望之下的個性反叛！

　　看看七巧是如何進行她瘋狂的報復吧：丈夫死後分得財產又疑神疑鬼人家貪她的錢；給兒子娶了媳婦又嫉妒得發狂，用鴉片讓兒子守在自己身邊不容兒子和媳婦同房，還侮辱自己的兒媳，最後把兒媳逼死；一時心血來潮要給女兒裹腳，告訴女兒男人接近她都是爲了錢；女兒上了學，七巧又打擊她的自尊心讓她無奈地退學，還誘使女兒抽上了鴉片；等女兒好容易找到自己的幸福並爲此戒了鴉片，七巧卻在男方面前污蔑她抽鴉片，最後毀了女兒的婚事。這是一個極度瘋狂的故事，這個故事「沒有一絲希望、溫暖，甚至沒有一點『人的社會』的味道」〔註134〕。七巧也是一個可憐的女人，得不到愛情，也得不到情慾的滿足，但她「始終在做著她醜陋而強悍的爭取。手段是低下的，心底及其陰暗，所爭取的那一點目標亦是卑瑣的。當她的爭取日益陷於無望，她便對這世界起了報復之心。」〔註135〕這種絕望中的個性反叛表現了七巧對愛情和情慾極度的渴望、卻又無法滿足而產生的一種非常極端的、具有極大破壞力的、自我滿足的變態行為。正如余斌所說，七巧是《傳奇》中唯一的英雄，沒有人會像她這樣在極度絕望之下仍舊作著最後的掙扎，

〔註130〕參見傅雷：《論張愛玲的小說》，季季、關鴻，《永遠的張愛玲——弟弟、丈夫、親友筆下的傳奇》，學林出版社，1996年版，第141頁。

〔註131〕參見傅雷：《論張愛玲的小說》，季季、關鴻，《永遠的張愛玲——弟弟、丈夫、親友筆下的傳奇》，學林出版社，1996年版，第142頁。

〔註132〕參見余斌：《張愛玲傳》，海南出版社，1993年版，第115頁。

〔註133〕傅雷：《論張愛玲的小說》，季季、關鴻，《永遠的張愛玲——弟弟、丈夫、親友筆下的傳奇》，學林出版社，1996年版，第141頁。

〔註134〕唐文標：《一級一級走進沒有光的所在》，唐文標《張愛玲研究》，臺北：聯經出版事業公司，1976年版，第46頁。

〔註135〕王安憶：《世俗的張愛玲》，劉紹銘、梁秉鈞、許子東，《再讀張愛玲》，Oxford University Press（China）Ltd，2002年版，第272頁。

由於情慾無法滿足而產生如此令人震驚的可怕的破壞力〔註136〕。

　　在張愛玲的小說世界裏，「每一個人都感覺到荒涼和黑暗」〔註137〕，「他們都活在沒有希望，沒有朋友，沒有愛的世界裏，活得絕望而且荒涼」〔註138〕。但有些人仍然不甘心就這樣絕望地、慢慢地等死，他們要奮起反擊，《茉莉香片》中的聶傳慶就是一個在絕望中奮起反叛的例子。「太陽光暖烘烘的從領圈裏一直曬進去，曬到頸窩裏，可是他有一種奇異的感覺，好像天快黑了——已經黑了。他一人守在窗子跟前，他心裏也跟著黑下去。說不出來的哀愁」〔註139〕。但聶傳慶不甘於就這樣哀愁下去，沉淪下去，他要在絕望的黑暗中尋找光明。美麗純潔的同學丹朱成了他生命中的希望之光，聶傳慶發現丹朱的父親言子夜居然是他母親從前的愛人。這讓聶傳慶更堅定了要讓丹朱愛上他，和他在一起，因為這是傳慶生命中唯一出現過的曙光。他對丹朱說，對於他來說她不僅僅是愛人，更是父親，母親和創造者，她對於他意味著新的環境和新的天地，甚至是他的心目中的神〔註140〕。但當這唯一的希望破滅了——丹朱根本不愛他，聶傳慶極度絕望瘋狂地虐打丹朱，要她消失，要她死！她拒絕了他的求愛，毀了他唯一的希望，因為言子夜本應該是他的父親，唯有和丹朱在一起才可以找到父親找到自己。故事的結尾，聶傳慶瘋狂虐打丹朱的舉動，應該是他長期處於絕望壓抑處境之下的一種不可遏止的大爆發、一種極度絕望之下的反叛行為。

　　《連環套》裏具有旺盛生命力的養女出身的霓喜，由於出身低微而對物質和金錢有著無限的愛悅，她明白要用盡全力去抓住這豐盛的物質生活〔註141〕。她和一個又一個的男人姘居，因為她需要男性的愛，也需要安全感，可是這兩者是不能兼得的，所以往往「人財兩空」。雖然一次又一次被姘居的男

〔註136〕參見余斌：《張愛玲傳》，海南出版社，1993年版，第116頁。

〔註137〕唐文標：《一級一級走進沒有光的所在》，唐文標《張愛玲研究》，臺北：聯經出版事業公司，1976年版，第53頁。

〔註138〕唐文標：《一級一級走進沒有光的所在》，唐文標《張愛玲研究》，臺北：聯經出版事業公司，1976年版，第51頁。

〔註139〕張愛玲：《茉莉香片》，《傾城之戀》，北京十月文藝出版社，2012年版，第98頁。

〔註140〕參見張愛玲：《茉莉香片》，《傾城之戀》，北京十月文藝出版社，2012年版，第111頁。

〔註141〕參見張愛玲：《自己的文章》，《流言》，北京十月文藝出版社，2012年版，第96頁。

人拋棄，她並不氣餒「走就走罷，走了一個又來一個」〔註142〕。可是當知道
說媒的要訂婚的不是她，而是她十三歲的女兒，頓時有一種絕望的感覺，明
白自己已年長色衰。但霓喜是不會就此放棄的，絕望之中她把希望寄託在兒
女身上，「囤積了一點人力——最無人道的囤積」〔註143〕。霓喜的一生「就像
站得遠遠的望見一層樓，樓窗裏有間房間堆滿了老式的家具，代表某一個時
代，繁麗，囉嗦、擁擠；窗戶緊對著另一個窗戶，筆直的看穿過去，隔著床
帳櫥櫃看見屋子背後通紅的天，太陽落下去了。」〔註144〕她一步一步走向沒
有光的所在，這沒有希望的、悲愴的、黑暗的人生。霓喜一生雖然不斷掙扎
求存，也不過是對現實生活極度絕望之後的個性反叛。描寫霓喜的姘居生涯
體現了張愛玲對現行婚姻制度的不滿，正如唐文標所說，張愛玲寫《連環套》
裏的姘居生活「是亂世哲學，可能是那時封建的婚姻仍嚴屬地執行，張愛玲
在反抗吧」〔註145〕。

　　另一個頗有反叛意味的故事是《傾城之戀》：小姐落難，為兄嫂所欺凌，
「李三娘」一類的故事……〔註146〕這樣一個平凡的故事卻得到大眾的極力讚
賞，為什麼呢？是因為這個有些叛逆的故事幫大家報了仇吧！年紀大的女人
因為流蘇的年近三十而開心，那些家庭地位低下、不得不寄人籬下的人們也
因為流蘇的美好結局而慶幸，少女們更把范柳原視為她們的理想對象。〔註147〕
普通的小市民們，無論男女都可以在這個故事中找到自己所想要的，以彌補
自己在現實生活中所欠缺的、所向往卻不可能實現的理想和願望。白流蘇—
—一個柔弱可憐的失婚女子，年近三十了，錢被兄嫂騙光，就快要被他們趕
出門了。她的出路無非是嫁給有很多孩子的男人做填房或是給已死的前夫守
寡。但是她並不甘心於這樣的歸宿，在絕望中奮起一搏，最終搶了她妹妹的

〔註142〕唐文標：《一級一級走進沒有光的所在》，唐文標《張愛玲研究》，臺北：聯經
　　　　出版事業公司，1976 年版，第 83 頁。
〔註143〕張愛玲：《自己的文章》，《流言》，北京十月文藝出版社，2012 年版，第 96
　　　　頁。
〔註144〕張愛玲：《連環套》，摘自《傾城之戀》，北京十月文藝出版社，2012 年版，
　　　　第 324 頁。
〔註145〕唐文標：《一級一級走進沒有光的所在》，唐文標《張愛玲研究》，臺北：聯經
　　　　出版事業公司，1976 年版，第 95 頁。
〔註146〕張愛玲：《羅蘭觀感》，陳子善編，《作別張愛玲》，文匯出版社，1996 年版，
　　　　第 255～256 頁。
〔註147〕參見張愛玲：《寫〈傾城之戀〉的老實話》，陳子善編，《作別張愛玲》，文匯
　　　　出版社，1996 年版，第 258 頁。

風頭，得到了本應是妹妹男友的華僑富商范柳原的青睞。在這場角逐中，「殘花敗柳」的流蘇出人意料地佔了上風〔註148〕。用蘇青的話來說，這個膽怯的女孩不過是被家人逼得走投無路才做了這樣冒險的事〔註149〕。這種絕望的反叛行為給流蘇帶來了一線生機，范柳原愛上了她，但並不想娶她，於是白流蘇如履薄冰地跨過了一段危險的情婦生涯〔註150〕。這時，香港淪陷了，流蘇如願以償地得到了她一直嚮往的安全可靠的婚姻。很顯然，成全了她的不是她的奮鬥，而是凌駕於個人意志之上的命運〔註151〕，可是畢竟流蘇也曾拼盡全力在絕望中奮力反抗和掙扎過。張愛玲也幽幽地說，「《傾城之戀》的觀眾不拿它當個遠遠的傳奇，它是你貼身的人與事。」〔註152〕毫無疑問，這個故事滿足了小市民潛藏在內心的反叛欲望。

　　由此可見，張愛玲小說中的小人物都希望能夠通過努力來改善自己的人生境遇，都曾有過堅定的信念，但當故事結束時，他們所有的希望全部落空，信念也受到嚴重的打擊，唯有無奈地向現實環境低頭。〔註153〕他們在令人絕望的處境中都曾竭力奮起反抗過、掙扎過，最後知道掙扎無用，便就不掙扎了，因為再怎麼執著和反抗也無法逃脫失敗的命運。除了上述例子，還有用著十五年都沒變過的講義的「安分守己」的大學教授羅傑，雖然百般掙扎卻仍然在人言可畏的恐懼中自殺了；病重的川嫦，試著母親買來的皮鞋，想著這鞋瞧上去可以穿很久，但是她在三週後死了〔註154〕，如王安憶所說，死都逼在眼前了，這世界早已放棄她了，她卻還愚頑地留意著一些小事，不自量力地掙一掙；葛薇龍無法抵禦情慾和物欲的控制，雖然百般掙扎，甚至想過離開香港回到自己在上海的家，但最後還是無奈地自甘墮落了；一直想做自己主人的佟振保卻抵擋不住情慾的誘惑，他以鐵一般的意志放棄深愛著的紅玫瑰，娶了門當戶對聖潔的白玫瑰，卻發現她和小裁縫通姦，最後還是無奈

〔註148〕余斌：《張愛玲傳》，海南出版社，1993年版，第106頁。
〔註149〕參見蘇青：《讀〈傾城之戀〉》，陳子善，《說不盡的張愛玲》，上海：上海三聯書店，2004年版，第75頁。
〔註150〕余斌：《張愛玲傳》，海南出版社，1993年版，第113頁。
〔註151〕參見余斌：《張愛玲傳》，海南出版社，1993年版，第113頁。
〔註152〕張愛玲：《羅蘭觀感》，陳子善編，《作別張愛玲》，文匯出版社，1996年版，第256頁。
〔註153〕參見余斌：《張愛玲傳》，海南出版社，1993年版，第114頁。
〔註154〕參見張愛玲：《花凋》，《紅玫瑰與白玫瑰》，北京十月文藝出版社，2012年版，第35頁。

地跌入無望生活的爛泥沼中，他做不了自己與環境的主人，唯有「改過自新，又變了個好人」〔註 155〕。《傳奇》中的每一個人都經歷著原先生活構想的幻滅，精神的畏縮，自信的喪失〔註 156〕，在這裡，人的渺小，人的無知映照出現實的不可抗拒〔註 157〕。

二、發現人性的閃光點

在張愛玲前期的作品裏，小說中的人物，七巧、流蘇、嬌蕊……固然被「屈抑」，在繼續沉淪上，卻享受著「被屈抑的快活」。〔註 158〕顯然，在她的小說中只有可憐沒有可愛的人。他們對於現實生活只有「那種不明不白，猥瑣，難堪，失面子的屈服」。而每個故事的背景都是「舊的黑影，老的荒涼，從開始到結束，即是從沒希望走到沒希望」〔註 159〕，她的故事是「沒有愛、沒有溫暖、甚至沒有人間的味道」〔註 160〕這是作家李渝眼中的張愛玲：她的眼睛透著寒意，語言也是沉溺到自虐和被虐的程度，和她的人物一起慢慢地墮入黑暗不見底的深淵。〔註 161〕但在她後期小說中，我們卻發現了一些轉變，在《秧歌》、《赤地之戀》、《相見歡》、《同學少年都不賤》等作品中發現了人性的閃光點。

《秧歌》中金根和金花之間的兄妹情就令人非常感動。小時候因為家裏窮，沒有飯吃，但金根「什麼都給她，就連捉到一隻好蟋蟀也要給她」〔註 162〕。清明節時金根到墳前等城裏來鄉下掃墓的人分散米粉團子和妹妹一起吃，捉螞蚱帶給媽媽放在油裏炸出來吃。知道家裏什麼吃的都沒有了，金根只有帶著妹妹出去玩，因為妹妹小一玩起來就什麼都忘了。直到媽媽喊他們回家吃

〔註 155〕張愛玲：《紅玫瑰與白玫瑰》，《紅玫瑰與白玫瑰》，北京十月文藝出版社，2012年版，第 95 頁。
〔註 156〕余斌：《張愛玲傳》，海南出版社，1993 年版，第 111 頁。
〔註 157〕余斌：《張愛玲傳》，海南出版社，1993 年版，第 114 頁。
〔註 158〕李渝：《跋扈的自戀》，陳子善編，《作別張愛玲》，文匯出版社，1996 年版，第 81 頁。
〔註 159〕唐文標：《一級一級走進沒有光的所在》，唐文標《張愛玲研究》，臺北：聯經出版事業公司，1976 年版，第 43 頁。
〔註 160〕唐文標：《一級一級走進沒有光的所在》，唐文標《張愛玲研究》，臺北：聯經出版事業公司，1976 年版，第 43 頁。
〔註 161〕參見李渝：《跋扈的自戀》，陳子善編，《作別張愛玲》，文匯出版社，1996 年版，第 81 頁。
〔註 162〕參見張愛玲：《秧歌》，皇冠文化出版有限公司，2010 年版，第 127 頁。

飯，才知道媽媽把做種子的豆子煮出來給他們吃。在這樣窮苦的生活環境下兄妹倆相依爲命。解放後土改分地主財產時，金根抽到「雪亮的一個大鏡子，紅木鑲邊，總有一寸來寬，上頭還雕著花，鏡子足有兩尺高」〔註163〕，這面讓金有嫂豔羨不已的鏡子卻被金根送給了妹妹做嫁妝，讓月香大爲不滿。後來妹妹到他的家中借錢，卻被月香拒絕了。金根要求月香煮一頓「好好的飯……那米要一顆顆的數得出來」〔註164〕，但最後他們仍然吃的是每天吃的那種薄粥，「薄得發青；繩子似的野菜切成一段段」〔註165〕。不能讓妹妹吃一頓飽飯，不能資助妹妹讓金根萬分痛苦，他和妻子吵架，甚至準備當掉家裏唯一的舊棉被來資助妹妹。

而在金根受傷後，月香哀求金花收留他們暫避時，她卻害怕自己的丈夫受到牽連而猶疑著。這時金花想起哥哥對自己的好，想起兩人相依爲命一起度過的那些艱難歲月，這個世界好像只剩下他們兩個孤兒，想到這裡她不禁淚流滿面。〔註166〕她唯有找藉口來說服自己，「她哥哥自己絕對不會要求他做這樣的事。他一定會明白的，一定會原諒她。」〔註167〕金根因爲貧窮無法資助妹妹而心生愧疚，金花也因爲可能被牽連的殘酷現實而未能幫助哥哥，這種愛莫能助而生出的愧疚之情重複出現的淒婉旋律，顯得特別酸楚動人〔註168〕。

再來看看《秧歌》中王同志：一方面他是個頭腦僵硬，作風粗暴，只會執行上級命令，又有著標準化的「群眾觀點」和隨和態度的官吏；另一方面他又是個不乏正常人情感的普通人〔註169〕。雖然他對待農民態度粗暴，好像一個僵化的黨機器。但在他追憶往昔的婚姻時，讓我們感覺到回憶中的人往往是富於人情味的，他和沙明的感情讓讀者唏噓不已。王同志在一次幹部大會上見到沙明，一見傾心，很快兩人結婚了。和沙明在一起，王同志常常會「心裏漸漸覺得恍惚起來，感到那魅豔的氣氛漸漸加深」〔註170〕。雖然沙明「永遠是晚上來，天亮就走，像那些古老的故事裏幽靈的情婦一樣」〔註171〕

〔註163〕參見張愛玲：《秧歌》，皇冠文化出版有限公司，2010年版，第39頁。
〔註164〕參見張愛玲：《秧歌》，皇冠文化出版有限公司，2010年版，第128頁。
〔註165〕參見張愛玲：《秧歌》，皇冠文化出版有限公司，2010年版，第129頁。
〔註166〕參見張愛玲：《秧歌》，皇冠文化出版有限公司，2010年版，第179頁。
〔註167〕張愛玲：《秧歌》，皇冠文化出版有限公司，2010年版，第179頁。
〔註168〕參見余斌：《張愛玲傳》，海南出版社，1993年版，第261頁。
〔註169〕參見余斌：《張愛玲傳》，海南出版社，1993年版，第263頁。
〔註170〕參見張愛玲：《秧歌》，皇冠文化出版有限公司，2010年版，第77頁。
〔註171〕參見張愛玲：《秧歌》，皇冠文化出版有限公司，2010年版，第77頁。

王同志卻是深愛著她的，「他幾乎是掙扎著，想打破那巫魘似的魅力」〔註172〕，但是他做不到。當部隊要撤退時，沙明因爲小產病倒了，不能跟著一起走，只有留在老百姓家裏休養。此後王同志多方打聽她的下落，卻沒有結果。直到有一次，王同志跟著部隊進城經過一片殘留的房屋，見到窗口有一個女孩子向他張望著，「那女孩子的臉只是一個模糊的白影子，但是仍舊可以看出她是美麗的」〔註173〕。他很快意識到這就是沙明，但女孩子卻很快不見了蹤影，王同志心裏充滿了喜悅之情，因爲「他相信她一定是死了，她今天和他見這一面，就是爲了要他知道她是死了。她不願意讓他想著她是丟棄了她，又跟了別人」〔註174〕。王同志安慰自己，沙明愛自己就像自己愛她一樣，她是不會背叛自己的。但實際卻是沙明結了婚，有兩個小孩，有一片店。王同志感到感情上的極度疲乏，因爲沙明的徹底離去對他的打擊如此之大，使他從此以後對什麼都變得淡漠了。余斌認爲，張愛玲在小說中加入王同志的「同志式的」、「革命化」的婚姻，就王同志這個形象而言無疑是暖色的一筆。隨著他的回憶，使讀者可以體味到他的悵惘和感傷，從而對他表示某種程度的同情〔註175〕。

　　《赤地之戀》中，二妞對劉荃朦朧的愛慕之情也像一顆晶瑩剔透的露珠，閃閃發光。這段描寫不僅細膩傳神，而且增加了故事的悲劇效果〔註176〕。二妞是中農唐占魁的女兒，「她的臉蛋曬得紅紅的……單眼皮，烏亮的眼珠子上罩著一排直而長的睫毛……很有一種東方美」〔註177〕。她在心裏默默地喜歡著劉荃，幫他帶路。回到家，在頭髮上戴了一朵粉紅色的小花，在水缸舀水的時候，她「先在水裏匆匆的照了一照自己的臉。她把那朵花向後面掭了掭。再照了照，總彷彿有點不放心。……那粉紅色的花聲息毫無的落了下來……二妞也沒有去撈它……只管望著自己的影子……」〔註178〕一幅少女情竇初開的動人畫面，劉荃看得很清楚，心裏似乎也有一種渺茫的快感，又覺得有些不安。當劉荃對黃娟解釋爲什麼他的衣服會濕掉，沒有說是爲了幫二妞撈洗

〔註172〕參見張愛玲：《秧歌》，皇冠文化出版有限公司，2010年版，第78頁。
〔註173〕張愛玲：《秧歌》，皇冠文化出版有限公司，2010年版，第89頁。
〔註174〕張愛玲：《秧歌》，皇冠文化出版有限公司，2010年版，第91頁。
〔註175〕參見余斌：《張愛玲傳》，海南出版社，1993年版，第264頁。
〔註176〕參見余斌：《張愛玲傳》，海南出版社，1993年版，第268頁。
〔註177〕張愛玲：《赤地之戀》，皇冠文化出版有限公司，2010年版，第23頁。
〔註178〕張愛玲：《赤地之戀》，皇冠文化出版有限公司，2010年版，第30頁。

衣用的棒槌，令二妞非常不高興，「她那腮幫子鼓繃繃的，眼光也非常沉鬱」〔註179〕。而劉荃也覺得自己有點慚愧，他對二妞總覺得是對不起她。〔註180〕可以看出劉荃和二妞之間那純真微妙、又模糊飄忽的感情。當唐占魁被劃成地主成分而被民兵帶走時，二妞心裏想著，能救他的唯有自己暗戀著的心上人劉荃，「二妞牽著他那制服上的一隻袖子，彷彿拿它當做他的手臂，把額角抵在那袖子上，發急地揉搓著」。〔註181〕但是劉荃也無能為力。臨走的時候，在路上遇到了因家庭變故受到巨大打擊的二妞，他無奈地對二妞說，「你年紀還輕得很。年紀這樣輕的人，不要灰心」〔註182〕。雖然現實殘酷無情，但人和人之間還是有一絲真情存在的。

　　另一個患難見真情的情節是在「三反」中開坦白檢討大會上，當輪到戈珊坦白時，她態度老練口齒流利地暴露自己的思想狀況，有人要求她交代和她有曖昧關係的男人，「快坦白！快宣布出來！」〔註183〕當時會場的喊聲像暴風雨的呼嘯聲，一陣高過一陣，戈珊「雖然仍舊微笑著，似乎也有些眼光不定，流露出一絲慌亂的神情」〔註184〕，但最後只說出了張勵的名字，沒有交代劉荃。在這次「三反」運動中她保護了劉荃，雖然她的男女關係混亂，但對劉荃確實是有一份真情，在危難的關頭救了他。劉荃對此充滿感激，雖然在「三反」期間大家怕受到牽連而像無形之中下了戒嚴令，劉荃還是惴惴不安的、好像闖過封鎖線一樣來到戈珊的家裏表示感謝。另外還有和劉荃同為志願軍的葉景奎在朝鮮戰場上，教身負重傷的劉荃喝尿解渴來維持生命。擔心劉荃會在爬行的時候弄傷自己的皮膚，他用皮帶將棉衣綁在劉荃的身下〔註185〕，勸說劉荃堅持爬回後方。無論在怎樣艱苦惡劣的環境之下，無論怎樣墮落污穢的人，仍然可以從中見到人性的閃光點，這是張愛玲後期小說創作的一個顯著變化。

　　除了純潔的兄妹之情和男女之間的真情，在張愛玲後期一些作品中還出現了女性同性之間的傾慕和關懷。她曾在《我看蘇青》中說，「同行相妒，似

〔註179〕張愛玲：《赤地之戀》，皇冠文化出版有限公司，2010年版，第53頁。

〔註180〕張愛玲：《赤地之戀》，皇冠文化出版有限公司，2010年版，第53頁。

〔註181〕張愛玲：《赤地之戀》，皇冠文化出版有限公司，2010年版，第61頁。

〔註182〕張愛玲：《赤地之戀》，皇冠文化出版有限公司，2010年版，第108頁。

〔註183〕張愛玲：《赤地之戀》，皇冠文化出版有限公司，2010年版，第199頁。

〔註184〕張愛玲：《赤地之戀》，皇冠文化出版有限公司，2010年版，第199頁。

〔註185〕參見王德威：《重讀張愛玲的〈秧歌〉與〈赤地之戀〉》，楊澤編，《閱讀張愛玲》，麥田出版股份有限公她司，1999年版，第262～263頁。

乎是不可避免的，何況都是女人——所有的女人都是同行」〔註186〕。在張愛玲的前期作品中，女性相互之間只有利用、傾軋、競爭、攀比、猜忌、明爭暗鬥和爭風吃醋：葛薇龍被姑媽利用最後淪落爲高級妓女；敦鳳和楊太太之間爲米先生爭風吃醋，攀比各自的家世；七巧因出身低微而受到妯娌們甚至丫頭的鄙視，而她因爲妒忌毀了兒子媳婦的婚姻並逼死了兒媳，又因嫉恨女兒有了心上人而破壞了女兒的婚事；小寒和綾卿、米蘭等同學間表面和睦，背地裏卻充滿著競爭和爭風吃醋；「潑辣有爲」的姐姐們在「弱肉強食」的情形下長大，不停地嘀嘀咕咕，明爭暗鬥，常常欺負老實忠厚的小妹川嫦，而川嫦的母親則捨不得用私房錢給女兒醫病；杭州阿媽阿小妒忌「黃頭髮女人」阿媽秀琴可以明媒正娶，故意說起樓上一對有錢的新婚夫婦結婚的排場和嫁妝，以此來「把秀琴完全壓倒了」而感到愉快起來……

在張愛玲的後期作品中，我們發現同性之間的關係不再像前期那麼緊張、陰暗和醜惡。《相見歡》裏的伍太太對表姐荀太太一往情深，不厭其煩地聽荀太太講她在荀家的遭遇，並對表姐嫁給荀紹甫感到憤憤不平，「少女時代同性戀的單戀對象下嫁了他，數十年後餘憤未平。倒是荀太太已經與現實媾和了，而且很知足，知道她目前的小家庭就算幸福了」〔註187〕。說起未嫁時的荀太太，「你沒看見她從前眼睛多麼亮，還有種調皮的神氣。一嫁過去眼睛都呆了」說著眼圈一紅，嗓子都哽了。〔註188〕伍太太心痛表姐在荀家受磨難，在荀太太講到紹甫死後自己的去處時，伍太太很想說一句「你來跟我住」，但她又不願意承認自己的男人不會回來了。伍太太還曾把荀太太接到她家裏，給她的孩子們買許多東西，也替荀太太做時行的衣服，把她打扮得十分時髦漂亮，在伍太太家出席牌局，還去夜總會跳舞。當時還有個一塊打牌的邱先生十分欽慕荀太太，伍太太甚至希望他們倆有所發展。伍太太愛著自己的表姐，希望她能過上舒心的生活。而荀太太也知道「她的事伍太太永遠有興趣」，所以不停地說著過去的事。這是一種「天眞的同性戀愛」，而且因爲「上一代的人此後沒機會跟異性戀愛，所以感情深厚持久些」〔註189〕。甚至於荀太太不止一次地跟伍太太說起她被釘梢的事，伍太太也完全沒有不耐煩或者厭惡

〔註186〕張愛玲：《我看蘇青》，《流言》，北京十月文藝出版社，2012年版，第237頁。
〔註187〕張愛玲：《表姨細姨及其他》，《重訪邊城》，北京十月文藝出版社，2012年版，第127頁。
〔註188〕張愛玲：《相見歡》，《怨女》，北京十月文藝出版社，2012年版，第267頁。
〔註189〕張愛玲：《相見歡》，《怨女》，北京十月文藝出版社，2012年版，第277頁。

的感覺，總是做出一副第一次聽到的表情，並極力應和著，這表現出伍太太對荀太太的一片真心，體諒她生活的不易及其在感情生活上需要寄託的苦衷。水晶在他的《從屈服到背叛》一文中這樣說，「像這種肆無忌憚的聊天，以前在張愛玲的小説中，尤其在女性之間，差不多都是為了一個男人爭得死去活來，是很少見的。荀太太和伍太太水乳交融，一點芥蒂都沒有，與她暌隔了三四十年的柯靈先生，要是有幸看了，一定會大吃一驚！」〔註190〕

《同學少年都不賤》也表現了青春期女性之間的戀慕之情。趙珏對赫素容非常傾慕，在紙上不停地寫赫素容的名字，一看見赫素容就「立刻快樂非凡，心漲大得快炸裂了，還在一陣陣的膨脹，擠得胸中透不過氣來，又像心頭有隻小銀匙在攪一盅煮化了的蓮子茶，又甜又濃」，一副少女懷春的模樣。當她看見赫素容的衣服，「四顧無人，她輕輕的拉著一隻袖口，貼在面頰上，依戀了一會」〔註191〕。甚至於在赫素容去了廁所，她也要找到赫去過的那一格，坐在赫素容剛剛坐過的馬桶上，連空氣中有臭味「也不過表示她的女神是人身」〔註192〕。赫素容就是趙珏心目中的女神。趙珏真心愛著赫素容，而赫是一個女子，那又怎樣？她認為「有目的的愛都不是真愛……那些到了戀愛結婚的年齡，為自己著想，或是為了家庭社會傳宗接代，那不是愛情」〔註193〕。趙珏對赫素容的感情是真摯的，雖然我們還不能定性這種感情是否屬於同性之愛，但卻是一種真摯純潔的感情，猶如一顆晶瑩的露珠，美麗而又脆弱。

小說中還講到另外一對女子恩絹和芷琪。恩娟喜歡和芷琪在一起，但後來選擇了猶太人汴・李外做丈夫，過上榮華富貴的生活，並有著光明無限的前途，「至少作為合夥營業，他們是理想的一對」〔註194〕。在得知當時的單戀對象芷琪生活得並不好時，「『嫁了她哥哥那朋友，那人不好，』恩娟喃喃地

〔註190〕水晶：《從屈服到背叛》，《替張愛玲補妝》，濟南：山東畫報出版社，2004年版，第265頁。

〔註191〕張愛玲：《同學少年都不賤》，《怨女》，北京十月文藝出版社，2012年版，第321頁。

〔註192〕張愛玲：《同學少年都不賤》，《怨女》，北京十月文藝出版社，2012年版，第322頁。

〔註193〕張愛玲：《同學少年都不賤》，《怨女》，北京十月文藝出版社，2012年版，第322頁。

〔註194〕張愛玲：《同學少年都不賤》，《怨女》，北京十月文藝出版社，2012年版，第328頁。

說，她扮了個恨毒的鬼臉。『都是她哥哥。』又沉著嗓子拖長了聲音鄭重道，『她那麼聰明，真可惜了』說著幾乎淚下」。〔註195〕這令趙玨非常震動，經過了這麼多歲月恩娟仍然對芷琪念念不忘，可見她對芷琪的「一往情深」〔註196〕。趙玨再見到赫素容已經完全漠然，是因為「與男子戀愛過才沖洗得乾乾淨淨，一點痕跡都不留」〔註197〕，但恩娟在有了「轟轟烈烈，飛黃騰達」〔註198〕的婚姻生活後，卻仍然惦記著中學時代的單戀對象，不由得讓人想到「難道恩娟一輩子都沒戀愛過？」，答案是肯定的，「是的。她不是不忠於丈夫的人」〔註199〕，但一輩子都在懷念自己唯一真心愛過的人芷琪。恩娟對芷琪的這份真愛令人感動和傷感，她雖然追求世俗的生活，更看重權利和地位，但在這裡卻折射出她人性的閃光之處，在內心深處仍然深深懷念著青少年時代的單戀對象芷琪，並為她不幸的生活狀態感到憤懣和傷心。

三、肯定女性的情慾

福柯在他的《性與權力》曾說過，自基督教以來，西歐不間斷地這樣說：「如果你想知道自己是誰，先須瞭解纏繞你的性事」，性是人類出生的原點，同時還常常是人之主體「真理」收斂的焦點。「人的活動脫不了情慾的因素，鬥爭是活動的尖端，更其是情慾的舞臺。去掉了情慾，鬥爭便失去活力。情慾而無深刻的勾勒，便失掉它的活力，同時把作品變成了空的僵殼」〔註200〕。可見情慾對人的重要作用。

在張愛玲前期作品中，對女性情慾的描寫是較為負面的。特別是《金鎖記》中情慾對於人的殺傷力是如此之大，令人恐懼。一個出身貧寒但身體健

〔註195〕張愛玲：《同學少年都不賤》，《怨女》，北京十月文藝出版社，2012年版，第343頁。

〔註196〕張愛玲：《同學少年都不賤》，《怨女》，北京十月文藝出版社，2012年版，第344頁。

〔註197〕張愛玲：《同學少年都不賤》，《怨女》，北京十月文藝出版社，2012年版，第344頁。

〔註198〕張愛玲：《同學少年都不賤》，《怨女》，北京十月文藝出版社，2012年版，第345頁。

〔註199〕張愛玲：《同學少年都不賤》，《怨女》，北京十月文藝出版社，2012年版，第345頁。

〔註200〕傅雷：《觸及了鮮血淋漓的現實》，原題為《論張愛玲的小說》，季季、關鴻，《永遠的張愛玲——弟弟、丈夫、親友筆下的傳奇》，學林出版社，1996年版，第110頁。

康的大姑娘嫁給了殘疾的富家公子，正常的情慾得不到滿足，但爲了金錢，她不得不壓抑自己的情慾。在小叔子姜季澤點燃了她的情慾之火之後，卻不能如願。她拼命地壓抑著自己，這種壓抑導致了心理變態，她得不到的愛情和性欲滿足，別人也休想得到。即使這人是她的兒子或女兒。她開始進行瘋狂地報復，不讓女兒戀愛結婚，不讓兒子和媳婦享受正常的性愛。兒女都非常怨恨她，連親人們也都被她用黃金的枷鎖給劈殺了〔註201〕，她所深愛的男人也對她恨之入骨。爲了「黃金的情慾」她在十年後心甘情願地把最後一個滿足愛情的肥皂泡吹破了。當季澤再次站在她面前，細細地訴說對她的愛，十年了，她終於等到了這一天，這麼多年來「多少回了，爲了要按捺她自己，她迸得全身的筋骨與牙根都酸楚了。」〔註202〕，但是她很快意識到「他想她的錢——她賣掉她的一生換來的幾個錢？僅僅這一轉念便使她暴怒起來了」〔註203〕，在「黃金的情慾」和個人的情慾之間，七巧忍痛捨棄了個人的情慾。這種捨棄讓她痛苦極了，她需要發洩，而在身邊的只有她的兒子和女兒。她望著兒子，這是她生命中唯一的男人，她不擔心他貪那些錢，反正最後都是留給他的，但是現在他卻結了婚，不屬於她了。〔註204〕因此她徹底地瘋狂了，她惡毒地嘲諷媳婦，不讓兒子和媳婦同房，她想盡辦法破壞他們。對於女兒長安的戀愛，她也不能忍受。「她還有一個瘋子的審愼和機智」，騙童世舫說長安「再抽一筒就下來了」〔註205〕，她狠心地把女兒的婚姻幸福親手毀掉了。七巧心中熊熊燃燒的情慾無法得到滿足，於是就要報復身邊的人，讓他們也不能得到幸福和快樂甚至於毀掉他們的生命，以此來補償她的痛苦和無奈。〔註206〕。

而張愛玲一九六六年在美國創作的《怨女》，除了基本故事情節和《金鎖

〔註201〕參見張愛玲，《金鎖記》，《傾城之戀》，北京十月文藝出版社，2012.6，第260頁。

〔註202〕張愛玲：《金鎖記》，《傾城之戀》，北京十月文藝出版社，2012年版，第239頁。

〔註203〕張愛玲：《金鎖記》，《傾城之戀》，北京十月文藝出版社，2012年版，第237頁。

〔註204〕參見張愛玲：《金鎖記》，《傾城之戀》，北京十月文藝出版社，2012年版，第245頁。

〔註205〕張愛玲：《金鎖記》，《傾城之戀》，北京十月文藝出版社，2012年版，第258頁。

〔註206〕參見傅雷：《觸及了鮮血淋漓的現實》，原題爲《論張愛玲的小說》，季季、關鴻，《永遠的張愛玲——弟弟、丈夫、親友筆下的傳奇》，學林出版社，1996年版，第141頁。

記》相似，可以說做了大量的改動，除了刪去長安這個人物，情節上也有很大變化，兒子玉熹的太太玉熹少奶奶也是病死，而不是像《金鎖記》裏的芝壽是被七巧活活逼死的等等。更重要的是，在這部小說裏張愛玲肯定了女性正常的情慾需求。在《怨女》中，作者強烈肯定女性在情愛追求過程裏，多種不同的身心運作〔註207〕。第一次調情，三爺故意站得離銀娣很近，「他的袍子下擺拂在她腳面上，太甜蜜了……越危險，越使人醉」〔註208〕，銀娣愛上了這個男人。在第一次調情之後，銀娣夜晚在陽臺上偷偷唱「十二月花名」給要出門的三爺聽，她越唱就越癡迷，「她被自己的喉嚨迷住了，蜷曲的身體漸漸伸展開來，一跳大蛇，在上下四周的黑暗裏游著，去遠了」〔註209〕。第二次調情，「兩個人同時想起來『玉堂春』，『神案底下敘恩情』」，說明「兩性情慾需求平等對稱」〔註210〕。《怨女》三次調情的幅度都比《金鎖記》大，在《金鎖記》中季澤只是捏了捏七巧的小腳，而在《怨女》中，身體的接觸卻比《金鎖記》中多很多，比如第二次調情，三爺握住了銀娣的乳房，「她才開始感覺到那小鳥柔軟的鳥喙拱著他的手心……它恐懼地縮成一團，圓圓的，有個心在跳……」〔註211〕，這裡描寫兩人通過身體敏感部位的接觸而獲得的性愉悅。年關前三爺想向銀娣借錢，兩人喝酒時，銀娣把剩下的酒一口全部喝完了，「無緣無故馬上下面有一股秘密的熱氣上來，像坐在一盞強光電燈上，與這酒吃下去完全無干」〔註212〕，這欲望之火讓銀娣倍感煎熬。重新再見到心愛之人，她心中的欲火又被點燃了，就像她泡在酒裏的花，「乾枯的小玫瑰一個個豐豔起來……死了的花又開了，倒像是個兆頭一樣。」〔註213〕

　　文中還直接描寫銀娣對情慾的渴望之情，如「再翻個身換個姿態，……費力到極點。……頸項背後還是酸痛起來。有時候她可以覺得裏面的一隻暗啞的嘴，……光只覺得它的存在就不能忍受。老話說女人是『三十如狼，四

〔註207〕高全之：《〈怨女〉的藝術距離及其調適》，《張愛玲學》，臺北市：麥田，城邦文化出版，2011年版，第336頁。

〔註208〕張愛玲：《怨女》，《怨女》，北京十月文藝出版社，2012年版，第133頁。

〔註209〕張愛玲：《怨女》，《怨女》，北京十月文藝出版社，2012年版，第138頁。

〔註210〕高全之：《〈怨女〉的藝術距離及其調適》，《張愛玲學》，臺北市：麥田，城邦文化出版，2011年版，第337頁。

〔註211〕張愛玲：《怨女》，《怨女》，北京十月文藝出版社，2012年版，第159～160頁。

〔註212〕張愛玲：《怨女》，《怨女》，北京十月文藝出版社，2012年版，第193頁。

〔註213〕張愛玲：《怨女》，《怨女》，北京十月文藝出版社，2012年版，第193頁。

十如虎』」〔註214〕。裏面提到女性的性敏感部位和對性的極度渴望，因為銀娣正處於女人如狼似虎的年齡，這段文字讓我們看到已界中年的銀娣對情慾的渴望之情，是作者正面肯定女性正常的生理需求。

而在《小團圓》中，張愛玲則有更為大膽的情慾描寫，「有一天又是這樣坐在他身上，忽然感覺有什麼東西在座下鞭打她。她無法相信——獅子老虎揮蒼蠅的尾巴，包著絨布的」〔註215〕。邵之雍寫了一封信對九莉說，「一切都不對了。……生命在你手裏像一條迸跳的魚，你又想抓住它又嫌它腥氣。」〔註216〕九莉則不怎麼喜歡這個比喻，因為朦朧地聯想到了那隻趕蒼蠅的老虎尾巴。九莉還曾做過和性有關的夢，「她夢見手擱在一棵棕櫚樹上，突出一環一環的淡灰色樹幹非常長。沿著欹斜的樹身一路望過去，海天一色，在耀眼的陽光裏白茫茫的，睜不開眼睛。這夢一望而知是茀洛依德式的，與性有關」〔註217〕。九莉對性的態度也是很自然的，「食色一樣，九莉對於性也總是若無其事，每次都彷彿很意外，不好意思預先有什麼準備，因此除了脫下的一條三角袴，從來手邊什麼也沒有」〔註218〕。這些關於性的描寫說明了張愛玲對情慾的正面肯定。

還有這段更為激情四溢的性描寫，「他的頭髮拂在她大腿上，毛氄氄的不知道什麼野獸的頭……獸在幽暗的岩洞裏的一線黃泉就飲，泊泊的用舌頭捲起來。她是洞口倒掛著的蝙蝠，深山中藏匿的遺民，被侵犯了，被發現了，無助，無告的，有隻小動物在小口小口的啜著她的核心」〔註219〕。九莉深愛著之雍，也享受著和愛人的激情性愛，在這裡張愛玲大肆地描寫九莉和之雍之間另類的性愛過程，說明了她肯定女性的正常生理需要，肯定女性的情慾。

這段性描寫在小說出版後曾引起非常大的爭議，我們知道這段情慾描寫是她在全書定稿後再另外補加進去的。宋淇和鄺文美夫婦在收到張愛玲補加的這兩頁後十分擔心，他們在給張愛玲在信中說這部小說要換掉這兩頁是沒問題的，但是宋淇認為有些問題應該和她再商議一下，因為這部小說的影響力是巨大的，所以他們將小說的出版看得非常重要，事無鉅細都替張愛玲考

〔註214〕張愛玲：《怨女》，《怨女》，北京十月文藝出版社，2012年版，第179頁。
〔註215〕張愛玲：《小團圓》，北京十月文藝出版社，2012年版，第152頁。
〔註216〕張愛玲：《小團圓》，北京十月文藝出版社，2012年版，第153頁。
〔註217〕張愛玲，《小團圓》，北京十月文藝出版社，2012年版，第195頁。
〔註218〕張愛玲：《小團圓》，北京十月文藝出版社，2012年版，第198頁。
〔註219〕張愛玲：《小團圓》，北京十月文藝出版社，2012年版，第208頁。

慮得很清楚，並希望張愛玲能夠明白他們的苦心（參見鄺文美致張愛玲信 1976 年 3 月 25 日）。宋淇又去信張愛玲說明他的擔憂，特別是胡蘭成可能「至少可以把你拖垮」。除了顧忌胡蘭成，另外可能是這段情慾描寫的大膽和無所顧忌的程度令宋淇夫婦感到擔憂。此書中作者的自我形象和漢奸的情／慾、戀愛與婚姻關係等隱私內容，無疑正是重大的道德考驗〔註 220〕。所以宋淇不無擔憂地在信中對張愛玲表達了自己的憂慮，因爲張愛玲在讀者心目中的偶像地位，讓她一定要向讀者展示好的方面，一旦有什麼閃失，就可能會遭受到最嚴厲的批評和攻擊，因此要非常小心處理，以上就是他們處理張愛玲這本新著的主要憂慮（參見宋淇致張愛玲信 1976 年 4 月 28 日）。毫無疑問，這段情慾描寫以及九莉和邵之雍之間的愛恨情仇刻畫了人性與心靈的複雜性與多變性，構成盛九莉、包括邵之雍等男女的圓滿形象，深具七情六慾，也更有血有肉反映真實人性〔註 221〕。宋淇夫婦顧慮到當時的現實情況而勸告張愛玲暫時不要發表，顯然在「人性複雜面的理解上，在文學創作中有關男女情愛和性愛方面，張愛玲可能要比宋淇夫婦來得瀟灑脫俗」〔註 222〕。但她最終還是接受了他們的勸告，繼續修改《小團圓》二十多年，直到去世也未發表。正如林幸謙所說，這本自傳體爲我們上演了精彩絕倫的一幕幕歷史情與欲的戲碼，這一戲碼的標題可能就是重生，標誌著張愛玲重新在文本中再活一次的可能形態。〔註 223〕毫無疑問《小團圓》可謂張愛玲式的「感情紀念碑」作品〔註 224〕。

　　另外在英文小說《少帥》中，張愛玲大膽描繪了情竇初開的十三歲少女周四小姐最初的性體驗，「她會坐到他懷裏，紐扣解開的襪子前襟掩人耳目地留在原位，鬆開的袴帶一層層堆在腰際。他沿著暖熱的皺褶一路摸索下去……有一陣莫名的恐懼。每一下撫摸就像悸動的心跳，血液轟隆隆地流遍她……

〔註 220〕林幸謙：《〈小團圓〉的情／欲身體與敘事結構》，林幸謙，《張愛玲——傳奇・性別・譜系》，聯經出版事業股份有限公司，2012 年版，第 220 頁。

〔註 221〕林幸謙：《〈小團圓〉的情／欲身體與敘事結構》，林幸謙，《張愛玲——傳奇・性別・譜系》，聯經出版事業股份有限公司，2012 年版，第 375 頁。

〔註 222〕林幸謙：《〈小團圓〉的情／欲身體與敘事結構》，林幸謙，《張愛玲——傳奇・性別・譜系》，聯經出版事業股份有限公司，2012 年版，第 376 頁。

〔註 223〕林幸謙：《〈小團圓〉的情／欲身體與敘事結構》，林幸謙，《張愛玲——傳奇・性別・譜系》，聯經出版事業股份有限公司，2012 年版，第 376 頁。

〔註 224〕林幸謙：《〈小團圓〉的情／欲身體與敘事結構》，林幸謙，《張愛玲——傳奇・性別・譜系》，聯經出版事業股份有限公司，2012 年版，第 376 頁。

彼此的臉咫尺天涯，都雙目低垂，是一座小廟的兩尊神像」。〔註225〕周四小姐和少帥陳叔覃是廟裏的兩尊神像，說明這對男女的性愛是神聖的。完全不諳男女之事的周四小姐只感覺到「他的頭毛氅氅的摩擦著她裸露的乳房，使她有點害怕和噁心。……她見他首先空洞地瞥一眼起了雞皮疙瘩的粉色乳頭，然後才含進嘴裏。……」〔註226〕對性愛一無所知的周四小姐在陳書覃的愛撫下感覺到性的快感以及微微的恐懼。她感覺到性衝動，但是傳統貞操觀又讓她壓抑了這種性快感，覺得應當等到「洞房花燭」。可是兩人還是發生了關係，這個過程令周四並不好過，她感覺到疼痛。小說描寫了少女初夜的情形，「還在機械地錘著打著，像先前一樣難受，現在是把她綁在刑具上要硬扯成兩半……」〔註227〕，在周四眼裏，古書上說的什麼魚水之歡只不過是一隻狗在自己撞著樹樁〔註228〕。少女周四於是「忍不住大笑，終于連淚水也笑出來了」〔註229〕。

終於，少女周四的身體開始適應正常的性愛，「有一會並不痛。海上的波濤在輕柔地搖晃著她，依然是半夢半醒。他們的船已經出海，盡是詭異的一大片灰濛濛。然而他們渾濁的臉發出一股有安全感的氣味，令他們想起床上的一夜眠」〔註230〕。周四慢慢地長大了，兩人也越來越相愛，他們終於開始享受激情四溢的肉體之歡，「一隻獸在吃她。她從自己豎起的大腿間看見他低俯的頭……他一輪急吻像花瓣似的向她內裏的蓓蕾及其周邊收攏，很難受。」〔註231〕少帥驚異地發現「大了，呃？這個可不是長大了麼？」〔註232〕周四長大了，兩人的性愛也達到了一種非常美滿的境界。《少帥》中大量的情慾描寫

〔註225〕張愛玲著：鄭遠濤譯，《少帥》，皇冠出版社（香港）有限公司，2014年版，第47頁。

〔註226〕張愛玲著：鄭遠濤譯，《少帥》，皇冠出版社（香港）有限公司，2014年版，第47～48頁。

〔註227〕張愛玲著：鄭遠濤譯，《少帥》，皇冠出版社（香港）有限公司，2014年版，第51頁。

〔註228〕參見張愛玲著：鄭遠濤譯，《少帥》，皇冠出版社（香港）有限公司，2014年版，第51頁。

〔註229〕張愛玲著：鄭遠濤譯，《少帥》，皇冠出版社（香港）有限公司，2014年版，第51頁。

〔註230〕張愛玲著：鄭遠濤譯，《少帥》，皇冠出版社（香港）有限公司，2014年版，第65頁。

〔註231〕張愛玲著：鄭遠濤譯，《少帥》，皇冠出版社（香港）有限公司，2014年版，第83頁。

〔註232〕張愛玲著：鄭遠濤譯，《少帥》，皇冠出版社（香港）有限公司，2014年版，第83頁。

體現了張愛玲對女性情慾的一種肯定。

四、嚮往美好的愛情婚姻

　　張愛玲在她十四歲時曾寫過一部《摩登紅樓夢》，裏面寫秦鍾與智能私奔坐火車到杭州去，他們自由戀愛結了婚，一般的結局應是有情人終成眷屬，從此過上了幸福快樂的日子。可是張愛玲的寫法是他們結婚後由於經濟困難，又慪氣又傷心。〔註233〕胡蘭成說，「怎麼可以這樣煞風景」〔註234〕。一個十四的孩子就已經知道戀愛和婚姻所可能面臨的困境，可見張愛玲是多麼早熟和明瞭人世間生活的艱辛，這可能和她自己的生活經歷有關。

　　關於不幸的婚姻，令人印象深刻的是《鴻鸞禧》，張愛玲描寫了婁太太和玉清兩代人的婚姻。婁太太可以說是舊式婚姻的犧牲品，她和婁先生被認為是被錯配了的夫妻，甚至認為婁先生沒有把她休了，已是她的運氣了。水晶認為在張愛玲的筆下，「婚姻是墳墓的入口」〔註235〕。顯然張愛玲對婚姻是持一種強烈反抗的態度。在她的前期小說中，處處透露出男女是不平等的，而男女的婚姻關係就更加不平等。在張愛玲的筆下，莊嚴神聖的婚禮彷彿葬禮：「粉紅的、淡黃的女儐相（二僑四美），像破曉的雲，那黑色禮服的男子們像雲霞裏慢慢飛著的燕的黑影」，而那「半閉著眼睛的白色的新娘像復活的清晨還沒有醒來的屍體。」〔註236〕

　　新娘玉清這樣看待父母給她的嫁妝，覺得這是唯一可以任性地行使自己權利的時候，所以懷著一種淒涼決絕的心情見到什麼就買什麼〔註237〕。結婚前新娘應該是滿懷幸福和期待的，但張愛玲筆下的新娘卻懷著「決絕的、悲涼的感覺」〔註238〕，還要「非常小心不使她自己露出高興的神氣……彷彿坐

〔註233〕參見胡蘭成：《民國女子——張愛玲記》，《今生今世》，中國長安出版社，2012年版，第146頁。

〔註234〕胡蘭成：《民國女子——張愛玲記》，《今生今世》，中國長安出版社，2012年版，第146頁。

〔註235〕水晶：《結婚是墳墓的入口？》，水晶，《替張愛玲補妝》，濟南：山東畫報出版社，2004年版，第141頁。

〔註236〕張愛玲：《鴻鸞禧》，《紅玫瑰白玫瑰》，北京十月文藝出版社，2012年版，第47頁。

〔註237〕參見張愛玲：《鴻鸞禧》，《紅玫瑰白玫瑰》，北京十月文藝出版社，2012年版，第39頁。

〔註238〕張愛玲：《鴻鸞禧》，《紅玫瑰白玫瑰》，北京十月文藝出版社，2012年版，第39頁。

實了她是個老處女似的。」〔註239〕而在《花凋》中，川嫦望著這大千世界琳琅滿目的商品，她自己也彷彿是其中的一樣；如果有人娶她，她就會得到一切，而她早就將這些看做是她名下的遺產〔註240〕，川嫦沒有別的出路，因為「爲門第所限，鄭家的女兒不能當女店員、女打字員，做女結婚員是她們唯一的出路」〔註241〕。再看看《傾城》故事中的寶絡，白家人爲了她能夠被范柳原相中，一家人忙得是人仰馬翻，把所有的資源都傾注在她身上，務必將寶絡打扮得美若天仙〔註242〕，以期她可以在相親中成功「出售」。張愛玲筆下充滿女人推銷自己、待價而沽的焦慮。〔註243〕正如張曉虹在《戀物張愛玲——性、商品與殖民迷魅》一文中所說，在這種「女人商品化」的弔詭邏輯與如履薄冰，不得閃失的情場兇險中，張愛玲筆下一群群的女人便義無反顧地投身婚姻交易市場，紅粉戰戰兢兢、佳人庸碌一生。〔註244〕

在平路看來，張愛玲「寫的不是情愛，她寫得最多的『沒有愛情的愛情』」〔註245〕，她認爲，「張愛玲從來沒有給我們對浪漫愛情有任何憧憬與想像」〔註246〕，張愛玲寫的並不是愛情，而是如何生存，如何獲得經濟上面的保障和安全感。她小說中的曹七巧、葛薇龍、白流蘇所尋求的是一種經濟上和生活上的保障，她們所追求的婚姻和愛情是以經濟爲基礎的，對此她們有種頑強的生命力，好像蹦蹦戲裏的花旦——在任何艱苦環境，哪怕是廢墟中也能怡然瀟灑地活下去。曹七巧爲了嫁到大戶人家衣食無憂而放棄了選擇一個健康幸福婚姻的可能性，得到財產之後又因爲害怕人家算計她的財產，而放棄了一

〔註239〕張愛玲：《鴻鸞禧》，《紅玫瑰白玫瑰》，北京十月文藝出版社，2012年版，第38頁。

〔註240〕參見張愛玲：《花凋》，《紅玫瑰白玫瑰》，北京十月文藝出版社，2012年版，第33頁。

〔註241〕張愛玲：《花凋》，《紅玫瑰白玫瑰》，北京十月文藝出版社，2012年版，第19頁。

〔註242〕參見張愛玲：《傾城之戀》，《傾城之戀》，北京十月文藝出版社，2012年版，第169頁。

〔註243〕張小虹：《戀物張愛玲——性、商品與殖民迷魅》，楊澤編，《閱讀張愛玲》，臺北：麥田出版：城邦文化發行，1999年版，第117頁。

〔註244〕張小虹：《戀物張愛玲——性、商品與殖民迷魅》，楊澤編，《閱讀張愛玲》，臺北：麥田出版：城邦文化發行，1999年版，第118頁。

〔註245〕《永不消逝的華麗——告別張愛玲座談會》，陳子善編，《作別張愛玲》，文匯出版社，1996年版，第166頁。

〔註246〕《永不消逝的華麗——告別張愛玲座談會》，陳子善編，《作別張愛玲》，文匯出版社，1996年版，第166頁。

生中唯一一次有可能獲得愛情的機會。白流蘇這個已經不再年輕但知道把握機會和精於算計的女人，終於完成心願嫁給了雖然不能給她真心，卻能給她經濟保障的范柳原。這裡沒有愛情，有的只是相互算計和較量，以及並不是以真愛為基礎的一樁彼此諒解和瞭解的婚姻。男人們也全無一個真心真意，好像「艷福非淺的《紅玫瑰與白玫瑰》的振保，占盡女人便宜的《傾城之戀》的柳原」〔註247〕。

　　張愛玲對於愛情和婚姻的無望在她的《傳奇》裏已經充分地表露無遺了，白流蘇費盡心機終於嫁給了范柳原，得到了她想要的婚姻依靠，但卻無法保證他以後不會尋花問柳；比較安寧穩定的米晶堯敦鳳，這對出於現實考量而勉強結合的夫婦，他們的婚姻也有著無數的煩惱和憂慮。〔註248〕於是張愛玲告訴我們，這個世界上的每一種感情都是千瘡百孔的。《傳奇》中的每一篇似乎都在講男女之間的愛情和婚姻，但卻是每一篇都「唯見爾虞我詐的周旋或誤植的虛情假意」〔註249〕，每個人物都是「一概的可憐可憫，全不可愛可喜」〔註250〕，這說明了張愛玲從「根底上質疑不信而否定人間有所謂的情愛」，她「特以男歡女愛中必然的戰術性各自隱惡揚善種種巧裝造作，悉皆瞞不過其慧眼，且愈發引出其本命中因乏情愛營養而肯定人間無情無愛的印證。」〔註251〕在《傳奇》中，我們挑不出一個完美的人，但是讀者卻可從中隱隱看見自己的真身而倍覺親切自然。朱西寧是瞭解張愛玲的，「愛玲先生對其筆下人物莫不出於嘲弄與憐憫，不只外型塑鑄得個個神似，更是赤裸裸、血淋淋的予以靈魂解剖。」〔註252〕

　　但人間畢竟還是有真愛存在的，在經歷了和胡蘭成婚姻破裂的情傷之後，張愛玲對愛情似乎有了新的看法。從張愛玲的電影劇本《不了情》（後改

〔註247〕朱新寧：《愛玲之愛》，季季、關鴻，《永遠的張愛玲——弟弟、丈夫、親友筆下的傳奇》，學林出版社，1996年版，第390頁。

〔註248〕參見水晶：《在星群裏也放光》，《替張愛玲補妝》，濟南：山東畫報出版社，2004年版，第41頁。

〔註249〕朱西寧：《愛玲之愛》，季季、關鴻，《永遠的張愛玲——弟弟、丈夫、親友筆下的傳奇》，學林出版社，1996年版，第388頁。

〔註250〕朱西寧：《愛玲之愛》，季季、關鴻，《永遠的張愛玲——弟弟、丈夫、親友筆下的傳奇》，學林出版社，1996年版，第388頁。

〔註251〕朱西寧：《愛玲之愛》，季季、關鴻，《永遠的張愛玲——弟弟、丈夫、親友筆下的傳奇》，學林出版社，1996年版，第388頁。

〔註251〕朱西寧：《愛玲之愛》，季季、關鴻，《永遠的張愛玲——弟弟、丈夫、親友筆下的傳奇》，學林出版社，1996年版，第388頁。

寫成小說《多少恨》）開始，我們看到了張愛玲在描寫情愛態度方面的一個轉變。《多少恨》中的虞家茵和夏宗豫，《秧歌》裏的金根和月香，《赤地之戀》中的劉荃與黃娟，甚至王同志對他妻子沙明的愛和懷念，他們之間至眞至純的愛情和婚姻，和張愛玲前期的小說集《傳奇》相比，最顯著的變化是「她蛻脫對情愛的質疑甚而否定，蛻變而爲深信不疑的肯定」〔註253〕。

《多少恨》裏虞家茵和夏宗豫之間的感情是眞摯的。虞家茵和夏宗豫之間相差十歲，而且夏宗豫是有婦之夫還有一個女兒。但宗豫眞心地愛著家茵，當他的女兒小蠻在夢中叫「老師！老師！唔……老師你別走！」〔註254〕宗豫聽到嚇了一跳，「彷彿是自己的心事被人道破了似的。」〔註255〕但他有太太，爲了和家茵在一起，他告訴她「從前當然是父母之命，媒妁之言。我本來一直就想著要離婚的……可是自從認識了你，我是更堅決了。」〔註256〕兩人彼此深愛著對方，知道宗豫愛著自己，並準備離婚，家茵覺得很開心，宗豫一離開，她「卻軟靠在門上，低聲叫道：『宗豫！』灩灩的笑不停的從眼睛裏滿出來，必須狹窄了眼睛去合住它」〔註257〕。但是家茵的無賴父親不停地糾纏著宗豫，妄圖不斷地從宗豫身上得到好處，甚至想讓家茵做姨太太。家茵不忍心傷害小蠻和病重的宗豫太太，最後決定離開宗豫，放棄了他們的愛情，「她的影子在黑沉沉的玻璃窗裏是像沉在水底的珠玉，因爲古時候的盟誓投到水裏去的。」〔註258〕

這是一段淒美的愛情故事，也是張愛玲愛情觀的轉折點。這部書的男女主人公和胡蘭成張愛玲的情況很相似，這部小說發表的時間是一九四七年五月、六月，發表在《大家》第二期、第三期。而張愛玲寫給胡蘭成的分手信也正是一九四七年六月十日。胡蘭成對張愛玲並不專情，但這部小說裏的男

〔註253〕朱西寧：《愛玲之愛》，季季、關鴻，《永遠的張愛玲——弟弟、丈夫、親友筆下的傳奇》，學林出版社，1996年版，第389頁。

〔註254〕張愛玲：《多少恨》，《紅玫瑰白玫瑰》，北京十月文藝出版社，2012年版，第255頁。

〔註255〕張愛玲：《多少恨》，《紅玫瑰白玫瑰》，北京十月文藝出版社，2012年版，第255頁。

〔註256〕張愛玲：《多少恨》，《紅玫瑰白玫瑰》，北京十月文藝出版社，2012年版，第275頁。

〔註257〕張愛玲：《多少恨》，《紅玫瑰白玫瑰》，北京十月文藝出版社，2012年版，第276頁。

〔註258〕張愛玲：《多少恨》，《紅玫瑰白玫瑰》，北京十月文藝出版社，2012年版，第285頁。

主人公宗豫卻對家茵非常專一，兩人是真心相愛的。這可能是張愛玲在經歷了痛徹心肺的情感傷痛後，對愛情和婚姻有了新的看法。也許朱西寧的說法有一些道理，「她的失愛的無童年，是人生之始即略過了看山是山的天真境界，放眼盡即看山不是山，直迄她與蘭成先生的真情姻緣與政治驟變，她所一向依恃的天地為之翻上一翻，方始回復看山又是山的歸真境界。」〔註259〕

　　除了真摯的愛情，美滿婚姻的情節也在張愛玲的後期小說中出現了。《秧歌》裏的月香和金根就是一對恩愛夫妻。月香天天都參加多學班，雖然她很快就學會《東方紅》、《打倒美國狼》等歌曲，但她並不在意功課，也不想改造自己，因為「像一切婚後感到幸福的女人一樣，她很自滿」〔註260〕。她愛自己的丈夫，即使是在黑暗中聽見金根和別人說話，「雖然看不見他，就是這樣遠遠地聽見他的聲音，也有一種安慰的意味，使她覺得快樂」。〔註261〕金根也愛自己的妻子，在他眼中「她的臉色近於銀白色，方圓臉盤，額角有點低矮，紅紅的嘴唇，濃秀的眉毛彷彿是黑墨筆畫出來的」〔註262〕。除了美麗的容貌，在金根心裏甚至於覺得月香是神的化身，「一個破敗的小廟裏供著一個不知名的娘娘……粉白脂紅，低著頭坐在那灰黯的破成一條條的杏黃神幔裏」〔註263〕。而且因為「她這樣美麗，他簡直不大相信她是他的妻……」〔註264〕

　　金根參與搶糧被追捕，在和月香逃跑的路上被亂槍擊中腿部而受傷，在山上等待月香向妹妹金花求援的時間裏，他把自己的棉襖和月香披在他身上的棉襖都綁在一棵樹上留給了月香，他知道自己傷得很重，「他要她一個人走，不願意帶累她」〔註265〕。當月香要離開他去找金花時，她感覺到「他的手握住了她的腳踝」〔註266〕，他捨不得離開摯愛的妻子，但還是把生的希望留給了月香。而此時的月香「簡直難受得發狂」〔註267〕，她緩緩走向她的家，接著糧倉著火了。有人說看見一個女人在起火的地方跑來跑去，他就不停地

〔註259〕朱西寧：《愛玲之愛》，季季、關鴻，《永遠的張愛玲——弟弟、丈夫、親友筆下的傳奇》，學林出版社，1996年版，第389～390頁。

〔註260〕參見張愛玲：《秧歌》，皇冠文化出版有限公司，2010年版，第98頁。

〔註261〕參見張愛玲：《秧歌》，皇冠文化出版有限公司，2010年版，第110頁。

〔註262〕參見張愛玲：《秧歌》，皇冠文化出版有限公司，2010年版，第37頁。

〔註263〕參見張愛玲：《秧歌》，皇冠文化出版有限公司，2010年版，第37頁。

〔註264〕參見張愛玲：《秧歌》，皇冠文化出版有限公司，2010年版，第37頁。

〔註265〕參見張愛玲：《秧歌》，皇冠文化出版有限公司，2010年版，第186～187頁。

〔註266〕張愛玲：《秧歌》，皇冠文化出版有限公司，2010年版，第187頁。

〔註267〕參見張愛玲：《秧歌》，皇冠文化出版有限公司，2010年版，第187頁。

追著她，把她趕進了熊熊燃燒的烈火中〔註 268〕，月香就這樣爲她深愛著的丈夫報了仇並且以身殉情。

《赤地之戀》裏的劉荃和黃娟也是一對相愛至深的情侶。面對外面世界的血腥、殘暴和冷酷，劉荃緊緊地擁抱著黃娟，想著可以暫時忘卻那那恐怖的世界。在這個瘋狂的世界裏，他們唯有互相依靠。生逢亂世，身不由己。大難臨頭，誰與憑依？〔註 269〕這讓我們不由得想起《傾城之戀》的范柳原和白流蘇，一場戰爭使互相算計的一對男女最後相依爲命；整個城市的傾覆、成千上萬的人失去生命、失去家園卻成全了他們的婚姻。

當黃娟知道劉荃入獄，無奈之下唯有犧牲自己和權貴申戈夫同居來換取劉荃的性命，她最後一次去監獄和劉荃見面，當劉荃熱烈地親吻她時，感覺到她的嘴唇間透出幽幽的涼意〔註 270〕。當劉荃知道了眞相，他的心馬上火燒火燎的，覺得他的命是她犧牲自己換來的，他痛苦得希望自己立刻死去〔註 271〕。他主動要求到朝鮮參戰，希望殘酷的戰爭帶來的痛苦或是死亡能夠平息他心中失去摯愛之人的痛楚〔註 272〕。最後當劉荃被俘遣返時，他選擇了回到中國大陸，雖然他沒有奢望還能重見黃娟，可是他很清楚她犧牲了自己才換來他的生命，他不能辜負她，只能以這種方式來報答她〔註 273〕。抗美援朝、保家衛國是多麼崇高偉大的理想，可是對於劉荃來說，卻是「用河山血肉當做是終結自己愛情的代價」〔註 274〕，和《傾城之戀》一樣，「爲了劉荃一個人的愛情悲劇，千萬人——中國人、美國人、朝鮮人——要在戰爭中死去，國際政治的版圖都得一再翻覆」〔註 275〕。這只不過是張愛玲傾城之戀哲學觀的又一次延續，並將之發揚光大。

《少帥》更可謂是《傾城之戀》的另一版本，講述的是周四小姐和少帥

〔註 268〕 參見張愛玲：《秧歌》，皇冠文化出版有限公司，2010 年版，第 197 頁。

〔註 269〕 王德威：《重讀張愛玲的〈秧歌〉與〈赤地之戀〉》，楊澤編，《閱讀張愛玲》，麥田出版股份有限公司，1999 年版，第 146 頁。

〔註 270〕 參見張愛玲：《赤地之戀》，皇冠文化出版有限公司，2010 年版，第 238 頁。

〔註 271〕 參見張愛玲：《赤地之戀》，皇冠文化出版有限公司，2010 年版，第 247 頁。

〔註 272〕 參見愛玲：《赤地之戀》，皇冠文化出版有限公司，2010 年版，第 25 頁。

〔註 273〕 參見張愛玲：《赤地之戀》，皇冠文化出版有限公司，2010 年版，第 286～287 頁。

〔註 274〕 王德威：《重讀張愛玲的〈秧歌〉與〈赤地之戀〉》，楊澤編，《閱讀張愛玲》，麥田出版股份有限公司，1999 年版，第 151 頁。

〔註 275〕 王德威：《重讀張愛玲的〈秧歌〉與〈赤地之戀〉》，楊澤編，《閱讀張愛玲》，麥田出版股份有限公司，1999 年版，第 151 頁。

陳書覃的愛情故事。少女周四情竇初開，深深地愛上了少帥陳叔覃，走在街上，連電車的鈴聲也在唱「我找到的人最好，最好，最好，最好」〔註276〕。兩人深深地相愛、相互依偎著，當暮色加深，「她的微笑隨暮色轉深，可怕的景象令他瞇縫著眼」〔註277〕，他突然覺得很恐懼，感覺她像一個鬼，隨時都會消失，「他跟她一樣害怕這道門內的一切都是假的」〔註278〕。兩人好像童話故事中的王子和公主，他歷經千辛萬苦終於和她在一起，兩人從此開始了幸福快樂的生活。周四小姐沉浸在幸福之中，「童年往往是少年得志的故事，……十七歲她便實現了不可能的事，她曾經想要的全都有了……她比她知道的任何人更年青，更幸福。」〔註279〕宋淇在給張愛玲的信中對這部小說有這樣的評價，這部小說的題材非常好，動盪的大時代造就了卓越的英雄豪傑，而且還穿插了一段忠貞不渝的情愛故事〔註280〕，他甚至認為這部小說會成為「傳世之作」〔註281〕，的確這部小說主要講述的是一個動人的愛情故事，大時代在此只是一個模糊的背景而已。連張愛玲自己也說這個故事「偏重愛情故事……要點是終身拘禁成全了趙四。」（1996年11月11日張愛玲致宋淇書）

在《小團圓》這部自傳體小說中，其中的愛情故事是以張愛玲和胡蘭成的故事為藍本。男主人公邵之雍用情不專，到處留情。但比起現實中的胡蘭成，張愛玲所描寫的邵之雍的形象顯然要美好得多，雖然也有負面的細節描寫，但畢竟仍保留很多戀情時期的浪漫華麗〔註282〕。張愛玲這樣描繪這段戀情：「微風中棕櫚葉的手指。沙灘上的潮水，一道蜿蜒的白線往上爬，又

〔註276〕張愛玲著：《少帥》，鄭遠濤譯，皇冠出版社（香港）有限公司，2014年版，第71頁。

〔註277〕張愛玲著：《少帥》，鄭遠濤譯，皇冠出版社（香港）有限公司，2014年版，第46頁。

〔註278〕張愛玲著：《少帥》，鄭遠濤譯，皇冠出版社（香港）有限公司，2014年版，第46～47頁。

〔註279〕張愛玲著：《少帥》，鄭遠濤譯，皇冠出版社（香港）有限公司，2014年版，第71頁。

〔註280〕參見張愛玲著：《少帥》，鄭遠濤譯，皇冠出版社（香港）有限公司，2014年版，第212頁。

〔註281〕張愛玲著：《少帥》，鄭遠濤譯，皇冠出版社（香港）有限公司，2014年版，第212頁。

〔註282〕林幸謙：《〈小團圓〉的情／欲身體與敘事建構》，林幸謙，《張愛玲——傳奇‧性別‧系譜》，聯經出版事業股份有限公司，2012年版，第366頁。

往後退，幾乎是靜止的。她要它永遠繼續下去，讓她在這金色的永生裏再沉浸一會〔註283〕，「她覺得過了童年就沒有這樣平安過。時間變得悠長，無窮無盡，是個金色的沙漠，……永生大概只能是這樣」〔註284〕。三十年前的這段初戀，雖然最終以破裂告終，但那曾經的美好浪漫感覺卻一直留在張愛玲的心中。

在《張愛玲私語錄》中，張愛玲有很多對熱戀中的人美化所愛之人的言論，「所愛之人每顯得比實際有深度，看對方如水面添陽光閃閃，增加了深度」〔註285〕，在《小團圓》中當九莉和燕山在一起，「他把頭枕在她腿上，她撫摸著他的臉，不知道怎麼悲從中來，覺得『掬水月在手』，已經在指縫間流掉了」，接著九莉想到「他的眼睛有無限的深邃……也許愛一個人的時候，總覺得他神秘有深度」〔註286〕。九莉愛燕山，對他是一種初戀的心情，雖然她一向對漂亮的男人持懷疑的態度。最後燕山是和一個小女伶雪豔秋結婚了，但九莉對這段戀情只覺得「淒迷留戀，恨不得永遠逗留在這階段」〔註287〕。

張愛玲將往昔的戀人，無論是胡蘭成還是桑弧，都被刻畫成較爲深情的形象，正如張愛玲的另一情愛語錄：戀愛使戀人體現崇高的人性品質，「一個人在戀愛時最能表現出天性中崇高的品質」〔註288〕。永遠銘刻在心的是戀人留給她的美好感覺。之雍曾經帶給她的傷痛令她痛苦不堪，她在文中這樣描述，那種好像燙傷似的痛楚感覺會沒來由地突然襲來，像海潮一樣一浪接一浪，雖然並沒想起之雍，但那種痛徹心肺的感覺卻是她所熟悉的。〔註289〕她說既然兩人眞正相愛過，就不會後悔，自己只要眞心喜歡一個人，就會永遠認爲他是最好的〔註290〕。張愛玲回想曾經的戀情，不管經歷過怎樣的痛苦，在她心中愛情仍然是美好的、永不磨滅的。

〔註283〕張愛玲：《小團圓》，北京十月文藝出版社，2012 年版，第 152 頁。

〔註284〕《小團圓》，北京十月文藝出版社，2012 年版，第 150 頁。

〔註285〕張愛玲：《張愛玲私語錄》，皇冠出版社（香港）有限公司，2010 年版，第 66 頁。

〔註286〕張愛玲：《小團圓》，北京十月文藝出版社，2012 年版，第 273 頁。

〔註287〕張愛玲：《小團圓》，北京十月文藝出版社，2012 年版，第 273 頁。

〔註288〕張愛玲：《張愛玲私語錄》，皇冠出版社（香港）有限公司，2010 年版，第 120 頁。

〔註289〕參見張愛玲：《小團圓》，北京十月文藝出版社，2012 年版，第 282 頁。

〔註290〕參見張愛玲：《張愛玲私語錄》，皇冠出版社（香港）有限公司，2010 年版，第 120 頁。

那曾經的美好初戀感覺讓已進入老年的張愛玲仍然無法忘懷。在小說的結尾，她「夢見五彩片《寂寞的松林徑》的背景，……青山上紅棕色的小木屋，……，陽光下滿地樹影搖晃著，有好幾個小孩在松林中出沒，都是她的。之雍出現了，微笑著把她往木屋裏拉。……二十年前的影片，十年前的人。她醒來快樂了很久很久。」〔註291〕這段愛情雖然留給張愛玲無盡的傷痛，但最終在她心裏始終難以忘懷的，還是兩人共度的美好時光，以及她曾經的夢想——和之雍擁有一個幸福美滿的家庭，生許多可愛的孩子。愛情的萬轉千回完全幻滅以後還有點什麼東西在呢？也許還是萬轉千回的熱情和等待，以及美好的懷念之情。《小團圓》呈現出一個作家可能提供的最大真誠，九莉對邵之雍一段情，還是始終不悔、不出惡聲的〔註292〕。

《半生緣》中曼楨和世鈞之間的愛情也是純真無暇的，和曹七巧式的詭詐矯情以及白流蘇式的提防暗算是完全不同的。雖然兩人真摯的愛情最終被嚴酷的現實所摧毀，有情人不能終成眷屬，但這份愛情卻深深埋藏在心底，永遠不會忘記。就像張愛玲早期的散文《愛》中的描述：千萬人中遇見你所遇見的人，……沒有早一步，也沒有晚一步，剛巧趕上了，……唯有輕輕的問一聲：「噢，你也在這裡嗎？」對於這兩個相愛的人來說，三年五載就可以是一生一世了。

第三節　歷史觀念：從歷史疏離到歷史糾結

一、歷史與小說中的歷史敘事

很多學者認為張愛玲的小說中沒有歷史，其實從她的兩篇散文《更衣記》和《洋人看京戲及其他》可以看出，她是從歷史的角度去看時代變遷的。羅久蓉認為，張愛玲是一個具有歷史視野的作家。〔註293〕張愛玲可以超越時空的限制，站在潮流外面，冷眼旁觀世事變幻。她的小說寫出了世間男女在面臨戰爭和時局動盪時的惶恐心態以及人在歷史的發展和變革中好像塵埃一樣

〔註291〕張愛玲：《小團圓》，北京十月文藝出版社，2012年版，第283頁。

〔註292〕黃念欣：《『考』與『老』：從語源學與晚期風格論張愛玲〈小團圓〉的擬真策略》，林幸謙，《張愛玲：傳奇·性別·系譜》，臺北市：聯經出版事業股份有限公司，2012年版，第357頁。

〔註293〕參見羅久蓉：《張愛玲與她的成名時代》，楊澤編，《閱讀張愛玲》，麥田出版股份有限公司，1999年版，第124頁。

的無足輕重。她並不一定是直接地描寫淪陷區人民所面臨的悲歡離合，但是我們還是可以從她的故事中，深刻地感受到那個時代不斷的變遷與無盡的滄桑。〔註294〕

我們知道，「歷史事件的複雜，當然遠過於歷史敘述。」〔註295〕歷史的真實性和文學的虛構性在張愛玲文本中接受了作者的挑戰〔註296〕。林幸謙認為，張愛玲的女性文本在歷史中敘事，撕裂歷史，又以她所形構的女性自我重構歷史，張愛玲所描述的女性承載了社會文化的某些方面，爲那些曾在歷史中出現過的女性人物展示出另一種可能的人生版本。她早期的一部作品《霸王別姬》，就有顛覆歷史的意味。一般的創作都是以項羽爲主體，寫項羽的稱霸天下，以及最後山窮水盡、四面楚歌的悲劇結局。郭沫若也曾寫過一篇《楚霸王自殺》來探討項羽失敗的原因，「我是利用我的科學的智識，對於歷史的故事重作新的解釋與翻案」〔註297〕。而張愛玲用了一個非常奇特的角度，不寫項羽，而是將注意力轉向虞姬。她筆下的虞姬不再是那個美人愛英雄，並爲之殉情以表示忠貞愛情的節烈女子。虞姬深受項羽的寵愛，也一直以「他的勝利爲她的勝利，他的痛苦爲她的痛苦」，但她突然意識到她不過是項羽「高亢的英雄的呼嘯的一個微弱的回聲」，一旦項羽成就了霸業，她就變成了「一個被蝕的明月，陰暗、憂愁、鬱結、發狂」，在這裡，她是一個有著獨立意識的個體，會在惶恐中思考生存的意義，「她懷疑她這樣生存在世界上的目標究竟是什麼」〔註298〕，這是一個至今仍困擾著世人的哲學性問題。虞姬「只能成爲輔襯太陽的月亮，或英雄高吭呼嘯的微弱回聲」〔註299〕。即使這樣，在

〔註294〕參見羅久蓉：《張愛玲與她的成名時代》，楊澤編，《閱讀張愛玲》，麥田出版股份有限公司，1999年版，第122頁。

〔註295〕王德威：《重讀張愛玲的〈秧歌〉與〈赤地之戀〉，楊澤編，《閱讀張愛玲》，麥田出版股份有限公司，1999年版，第148頁。

〔註296〕林幸謙：《逆寫張愛玲與現代小說中女性自我的形構》，劉紹銘、梁秉鈞、許子東，《再讀張愛玲》，Oxford University Press（China）Ltd，2002年版，第147頁。

〔註297〕陳子善：《埋沒五十載的張愛玲『少作』》，陳子善《說不盡的張愛玲》，香港：遠景出版事業有限公司，2001年版，第14頁。

〔註298〕張愛玲：《霸王別姬》，陳子善，《說不盡的張愛玲》，上海：上海三聯書店，2004年版，第31頁。

〔註299〕林幸謙：《逆寫張愛玲與現代小說中女性自我的形構》，劉紹銘、梁秉鈞、許子東，《再讀張愛玲》，Oxford University Press（China）Ltd，2002年版，第143頁。

項羽四面楚歌陷入絕境時，她為了項羽，最後拔劍自刎。因為她知道如果項羽一統天下，他會有三宮六院，「其他的數不清的燦爛的流星飛進他和她享有的天宇」〔註300〕，她甚至「私下裏是盼望這戰一直打下去的」〔註301〕，這樣他們就可以一直相守。這不禁讓人想起張愛玲的傾城之戀美學。臨死前，她對項羽說，「我比較喜歡那樣的收梢」〔註302〕，這句話的意思是，「與其面對那樣的命運，還不如有個漂亮的收場」〔註303〕，因為她是在項羽最愛她的時候離開，而不是在她年老色衰或是項羽三宮六院被冷落時，在痛苦和孤寂中默默煎熬地度過毫無意義的一生。這個真實的歷史故事和小說中的歷史敘事未必是統一的，在這裡，張愛玲對這一段歷史做了她自己的詮釋。余斌認為張愛玲重寫這個歷史故事來探索女性的生存狀態，她們不得不依附於男性，雖然她們瞭解了這種依附的空洞，但卻毫無辦法，唯有在這困頓的處境裏蹣跚而行，虞姬的死並沒有使她解脫，只不過成為了一個美麗而又蒼涼的手勢〔註304〕。張愛玲在傳統的歷史小說的縫隙間，發現了那些曾被權利佔有，以及被舊的歷史觀所掩蓋，並且施以暴力的鮮活的女性生命個體。〔註305〕

　　無獨有偶，當代中國女作家鐵凝創作的一部小說《棉花垛》，就是對以男性為中心創作主體的抗日戰爭歷史小說的一種重新解讀和另類寫作〔註306〕，小說的女主角小臭子靠出賣身體來得到生活的必須品棉花，她並不以此為恥。而小臭子走上革命道路的理由竟是因為參加「八路」是當時村莊引人羨慕的「時尚」，她要穿上「八路」的紫花襖，引領當時的時代潮流。在這部小說裏，革命的動機居然是女性對服飾的嗜好以及追求時尚潮流的虛榮心，這些成為革命歷史進步的推動因素〔註307〕。所謂的大歷史——革命、戰爭、男

〔註300〕張愛玲：《霸王別姬》，陳子善，《說不盡的張愛玲》，上海：上海三聯書店，2004年版，第31頁。

〔註301〕張愛玲：《存稿》，《流言》，北京十月文藝出版社，2012.9，頁75。

〔註302〕張愛玲：《霸王別姬》，陳子善，《說不盡的張愛玲》，上海：上海三聯書店，2004年版，第35頁。

〔註303〕余斌：《張愛玲傳》，海南出版社，1993年版，第57頁。

〔註304〕參見余斌：《張愛玲傳》，海南出版社，1993年版，第58頁。

〔註305〕參見余豔秋：博士論文《中國當代女性小說中的歷史敘事》，山東師範大學，中國期刊網，2005年4月，第12頁。

〔註306〕余豔秋：博士論文《中國當代女性小說中的歷史敘事》，山東師範大學，中國期刊網，2005年4月，第25頁。

〔註307〕參見余豔秋：博士論文《中國當代女性小說中的歷史敘事》，山東師範大學，中國期刊網，2005年4月，第25頁。

權、主流話語成為了背景，女性要生存唯有依靠自己的身體和計謀，在張愛玲、鐵凝等女作家的筆下，女人成為歷史敘事的主體：香港的淪陷是為了成全白流蘇的愛情婚姻；虞姬的自刎是因為不想項羽成功後三宮六院而拋棄自己；小臭子走上革命道路是因為虛榮心和追求時尚。

　　如上所述，張愛玲的前期小說不但對已有定論的歷史做出自己的解讀，並且她的作品多不涉及當時的大歷史。但是在中國解放初期，她寫了一部涉及國家大歷史的作品《十八春》，卻於一九六六年在美國將其改編為《半生緣》。《十八春》和她前期創作的小說不同，她將男女之間的故事和新中國的大歷史敘述結合為一體，並以虛構的方式來處理那個時代的寫作素材〔註308〕。在滾滾而來勢不可擋的歷史潮流之下，張愛玲是用怎樣的敘述形式來改變自己的創作方式，以周旋於渺小的自己和無可抗拒的社會現實環境之間的呢？李小良認為，《十八春》是張愛玲第一次開始書寫關於國家大歷史的作品，是對改朝換代的一種回應，而《半生緣》的改寫則是關於國族大歷史的一種逆向的書寫方式。《十八春》中的癡男怨女們，無法一直沉浸在兒女情長中，他們不得不面對歷史現實，經歷了深刻的思想教育，全身心投入到新中國的革命建設中。而在《半生緣》中，這些歷史背景徹底消退了，變成了故事中的人物們踏浪來去，無關緊要，卻又不斷退去的水平線。〔註309〕

　　《十八春》中的人物所經歷的歷史時間大概是從一九三幾年開始到新中國建立的初期，共十八個春天，雖然個人經歷了很多情感和生活上的磨難，他們終於在共產主義信念的感召之下，共同奔赴東北參加國家建設，男女主角們也都各自心有所屬，有了最終的美好歸宿，可以說是一個大團圓的結局。而《半生緣》則只有十四個春秋，小說的男女主角們在曖昧不清的感情糾纏中徘徊不定。《半生緣》並不像有些論者所說的是結尾的刪改，可以說是完全重寫，因為整個歷史視野、意識形態、世界地緣想像全部都發生了改變。正如李小良所說，新中國的國家大歷史的敘述模式，和張愛玲的傾城之戀的愛

〔註308〕參見李小良：《歷史的消退：〈十八春〉與〈半生緣〉的小說和電影》，劉紹銘、梁秉鈞、許子東，《再讀張愛玲》，Oxford University Press（China）Ltd，2002年版，第71頁。

〔註309〕參見李小良：《歷史的消退：〈十八春〉與〈半生緣〉的小說和電影》，劉紹銘、梁秉鈞、許子東，《再讀張愛玲》，Oxford University Press（China）Ltd，2002年版，第73頁。

情絮語互相交織纏繞，而編織成了整本《十八春》的文本敘述，然而國家民族的大論述背景化的逐漸消退，和張愛玲傾城之戀美學的前景化，顯然支配了整個《半生緣》的書寫和論述。〔註310〕實際上《半生緣》只不過繼續了張愛玲傾城之戀的寫作模式，如她自己所說只願意寫些男女間的小事情，在這些作品中，個人與歷史之間的關係是複雜的，個人情愛關係和瑣碎生活細節顯然是高於國家歷史大敘述和重大主題表述的〔註311〕。歷史的大時代在張愛玲小說中被退化成了一個模模糊糊的近乎沒有的背景。兩部小說中對於歷史意識的述說則完全不同。《十八春》中，國家大歷史主題、參與革命建設、控訴國民黨殘暴統治、歌頌共產黨等情節，構成了整個故事，是每個主要人物念念不忘的東西，和他們的生活息息相關，並成為給他們的人生帶來巨大改變的精神力量。男女主人公們都自覺地投身於歷史的潮流中，去締造歷史，成為時代的弄潮兒。而《半生緣》中的小人物們並無革命的自覺性，他們顯然絕緣於國家大歷史敘述與新政權的政治形態，在這裡歷史背景變成了透明的，而他們並不在其中，仍舊沉浸在傾城之戀的故事裏。〔註312〕

在《十八春》中，叔惠和世鈞的對話，描繪了當時的歷史背景，「叔惠笑了一笑，道：『我下個月要離開上海了。』……方才低聲道：『這一向抓人抓得很厲害，……像我們這樣一個工程師，……還是上那邊去，或者可以真正為人民做一點事情。……我覺得中國要是還有希望的話，希望就在那邊。』」〔註313〕這裡描寫了當時國民黨的白色恐怖統治以及對共產黨光明前景的嚮往之情。而在《半生緣》中，也有兩人的一段對話，「叔惠說：『你來得真巧……我弄了個獎學金，到美國去，……搞個博士回來也許好點。……念個博士回來，我也當當波士。你有興趣，我到了那兒給你找關係，你也去』」〔註314〕，這裡沒有了黨派的好惡之辯，也沒有了政治的意味，有的只是個人對生活和

〔註310〕參見李小良：《歷史的消退：〈十八春〉與〈半生緣〉的小說和電影》，劉紹銘等編，《再讀張愛玲》，牛津大學出版社，2002年版，第74頁。

〔註311〕參見李小良：《歷史的消退：〈十八春〉與〈半生緣〉的小說和電影》，劉紹銘、梁秉鈞、許子東，《再讀張愛玲》，Oxford University Press（China）Ltd，2002年版，第75頁。

〔註312〕李小良：《歷史的消退：〈十八春〉與〈半生緣〉的小說和電影》，劉紹銘、梁秉鈞、許子東，《再讀張愛玲》，Oxford University Press（China）Ltd，2002年版，第75頁。

〔註313〕張愛玲：《十八春》，江蘇文藝出版社，1986年版，第233～234頁。

〔註314〕張愛玲：《半生緣》，北京十月文藝出版社，2012.6，第238～239頁。

命運的選擇。去美國留學和去東北參加革命建設，這是截然不同的兩個選擇，一個代表了個人對國家民族精神的嚮往和奉獻；一個是超越了大時代之上的著重於愛情和友情的選擇，是一種越界跨國的想像。〔註 315〕

在《半生緣》中唯一一次提到歷史背景的是小說的十五章，「八一三抗戰開始」，可是這場慘烈的戰爭在小說中並無特別的情節描寫，也未像《傾城之戀》中，香港的淪陷成就了白流蘇和范柳原的婚姻，此時的歷史背景模糊而近乎無。而新中國的成立，在《十八春》裏，「這已經是解放後了，叔惠要回上海來了，世鈞……就到車站上去接他」〔註 316〕，而在《半生緣》裏，「這已經是戰後，叔惠回國，世鈞去接飛機……飛機場裏面向來冷冷清清，倒像戰時缺貨的百貨公司，空櫃檯，光溜溜的塑膠地板」〔註 317〕，兩書中的歷史背景完全不同。同樣的人物和類似的故事情節，兩部小說的不同之處在於對於歷史的不同的敘事方式，《十八春》男女的蒼涼故事演繹到最後，終於有「國家歷史意識」的切入，於是，那些「飲食男女」們就不僅是嚷著去東北，而是真的身體力行了〔註 318〕。而《半生緣》要告訴我們的是，男女主角是一生都無緣，有情人不能終成眷屬全因為命運的捉弄和殘酷無情，他們的悲劇和國家歷史政治毫不相干。〔註 319〕

這兩部小說的差別就是對歷史時代和國家敘事的處理，歷史在不同小說中的歷史敘事是不同的，歷史的真正面目如何我們在小說中也只可略知一二，因為作者在小說的歷史敘事中帶有自己強烈的主觀性。如《武則天》的作者趙玫所說，她以自己的創作方式來講述一個歷史故事，在創作中她充滿激情，通過充分發揮自己的想像力去創造一個個充滿人性、有血有肉的人物，創作出各種可能的生動感人的故事情節，讓這些歷史人物栩栩如生地展現在

〔註 315〕 參見李小良：《歷史的消退：〈十八春〉與〈半生緣〉的小說和電影》，劉紹銘、梁秉鈞、許子東，《再讀張愛玲》，Oxford University Press（China）Ltd，2002年版，第 76～77 頁。

〔註 316〕 張愛玲：《十八春》，江蘇文藝出版社，1986 年版，第 311 頁。

〔註 317〕 張愛玲：《半生緣》，北京十月文藝出版社，2012 年版，第 314 頁。

〔註 318〕 參見李小良：《歷史的消退：〈十八春〉與〈半生緣〉的小說和電影》，劉紹銘、梁秉鈞、許子東，《再讀張愛玲》，Oxford University Press（China）Ltd，2002年版，第 77 頁。

〔註 319〕 參見李小良：《歷史的消退：〈十八春〉與〈半生緣〉的小說和電影》，劉紹銘、梁秉鈞、許子東，《再讀張愛玲》，Oxford University Press（China）Ltd，2002年版，第 84 頁。

世人面前。〔註 320〕想來張愛玲也有同感，她在創作《十八春》時可能迫於政治和生存的壓力而不得不將國家歷史敘事放入她的作品中，而《半生緣》則恢復了她本身的面貌，個人敘述顯然重於國家歷史敘述，她的傾城之戀美學又一次發揚光大。不僅是這兩部小說，張愛玲的《小艾》也有兩個不同的版本，五十年代張愛玲去美國後將其刪改爲另一個版本，前面章節已經詳述過，這裡不再贅述。這些都反映了作者在不同的歷史時期，在小說創作中體現出來的不同的歷史敘事，和眞實的歷史可能會有一些差距，並帶有個人意願或強烈的時代色彩。顯然在這裡我們可以看到，歷史本身、歷史的敘述和歷史小說的創作三者之間，可以找到一個相同的契合之處，那就是生命個體的自我感覺和對現實生活的眞實體驗，他們處於互相連接、互相作用、互相影響的一種集體無意識狀態，這種狀態在歷史的滾滾洪流中也許會有些變動，可是在人類的潛意識中隨著時間的流逝所累積的深沉厚重的核心部分，則會一代一代的相傳下去，將個體的自我感覺和對現實生活的眞實體驗作爲一個詮釋歷史事件的角度，而不只是簡單粗陋地記錄歷史的一本流水簿。〔註 321〕而在張愛玲的前後期小說創作中，個體與歷史之間的距離也有很大不同，顯然是由前期的疏離轉向後期的糾結。

二、個體與歷史的疏離

　　眾所周知，張愛玲作品中彌漫著一種悲涼的氣息，表面卻是興致盎然地體味日常生活的瑣碎。她仿鴛鴦蝴蝶派的敘述姿態，世故而譏誚的生存哲學，無不與血淚交織的抗戰文藝大異其趣。〔註 322〕張愛玲一直站在時代潮流的外面，堅持自己的人格選擇和藝術堅持，她用這樣獨特的手法來描寫人們在任何時代生存的記憶和故事，而不要所謂的時代紀念碑之類的創作。她說自己的作品裏沒有戰爭，也沒有革命。〔註 323〕她討厭清堅決絕的宇宙觀，認爲人生的「生趣」全在那些不相干的事。正是這種意識讓她在同時代作家中脫穎

〔註 320〕參見余豔秋：博士論文《中國當代女性小說中的歷史敘事》，山東師範大學，中國期刊網，2005 年 4 月，第 36～37 頁。

〔註 321〕參見余豔秋：博士論文《中國當代女性小說中的歷史敘事》，山東師範大學，中國期刊網，2005 年 4 月，第 25 頁。

〔註 322〕王德威：《重讀張愛玲的〈秧歌〉與〈赤地之戀〉，楊澤編，《閱讀張愛玲》，麥田出版股份有限公司，1999 年版，第 137 頁。

〔註 323〕參見張愛玲：《自己的文章》，《流言》，北京十月文藝出版社，2012 年版，第 93～94 頁。

而出。在大多數作家大筆書寫國家民族的命運時，她則專注於個人命運和人性的探討，對她而言，女性意識遠遠勝於國家意識。〔註324〕這說明張愛玲早期小說的特點：並不具備歷史和國家的意識，而是一種反歷史的意識；不是代表時代的意識，而是代表一切時代的意識。〔註325〕這和她所生活的時代以及自己的成長背景有著很大的關係，動盪的大時代以及自己不幸的成長過程及經歷，這種「對歷史的不確定性已讓她和其他同時代的多數上海人一樣，只剩下冷峻的觀看，而不再對歷史亢奮」〔註326〕。

現代很多學者說張愛玲這種書寫方式是背向歷史的，或者說她筆下的個體是與歷史疏離的。這是「一種超過了歷史的宿命感，遂轉化成她冷冷有如自然主義般關照世間種種的清澈」〔註327〕。這種歷史和個體的疏離感，讓我們不由地想到沈從文。和張愛玲同時代的著名作家沈從文，和張愛玲一樣，他也是悲觀的、也不相信所謂的歷史必然的發展進步，他關心的是主流文學的精髓。而張愛玲和沈從文不同的是，她對人生的態度雖然也是悲觀的，但她的寫作姿態是背向歷史的，凸顯出個體和歷史的一種疏離感，她重視的是個體而不是歷史。雖然她著重於描寫人性、喜歡用諷刺的手法，但她不像主流文學作家那樣進行國民性或社會批判；雖然她的手法也頗為寫實，也會揭露社會的陰暗面，但顯然她不像主流作家那樣嚴厲地控訴社會的黑暗和墮落面。即使和沈從文這樣的非主流作家比較，張愛玲的寫作手法顯然更有自己的個性和特點，她不像沈從文那樣還關注著主流文學的想像，只是興致盎然地表現自己對於物質生活的細緻感受，深切地關注世間男女的喜怒哀樂。她筆下沒有大英雄，也沒有大奸大惡之人，有的只是那些為了生存而掙扎，進而變得自私和世故的小市民，她筆下的女子也不會因戰爭的洗禮而成為革命女性，她們只是忙於愛情的攻守以及如何通過婚嫁獲取生活的保障。所有的人都「小心謹慎地掙扎在生活的細

〔註324〕參見陳芳明：《亂世文章與亂世佳人》，蔡鳳儀，《華麗與蒼涼：張愛玲紀念文集》，臺北市：皇冠文學出版有限公司，1996年版，第240頁。

〔註325〕參見劉再復：《張愛玲的小說與夏志清〈中國現代小說史〉》，劉紹銘、梁秉鈞、許子東，《再讀張愛玲》，Oxford University Press（China）Ltd，2002年版，第42頁。

〔註326〕南方朔：《從張愛玲談到漢奸論》，蔡鳳儀，《華麗與蒼涼：張愛玲紀念文集》，臺北市：皇冠文學出版有限公司，1996年版，第220頁。

〔註327〕南方朔：《從張愛玲談到漢奸論》，蔡鳳儀，《華麗與蒼涼：張愛玲紀念文集》，臺北市：皇冠文學出版有限公司，1996年版，第220頁。

節中」，而置所謂的歷史洪流於不顧，正如她自己所言「像一切潮流一樣，我永遠是在外面的」〔註328〕。

王德威認爲，張愛玲的作品是由男性聲音到女性喧嘩的時代〔註329〕。在那個時代男性代表的是主導歷史的聲音，或者說男性就是歷史的執掌者，而女性是被壓抑的，被噤聲的群體。但在上海淪陷時期，張愛玲和一群女性作家和朋友，如蘇青、潘柳黛、炎櫻、關露等津津有味地談論男女情事、家長里短，用另一種方式來書寫政治以外的天地，歷史潮流之外的家長里短；也是由「大歷史」到「瑣碎歷史」的時代。這種瑣碎歷史就是以個體爲主體，而以大的歷史背景爲陪襯，甚至略去大的歷史背景，這實際就體現了個體與歷史的一種疏離感。張愛玲經歷了家族的沒落，時代的變遷，政權的交替，縮在庸俗安慰的個人生活的小圈子裏，絮絮叨叨地談音樂、談畫畫、談服飾、說些兒女情長的小故事，但這安穩背後，卻隱藏著對末世威脅的恐懼。她的頹廢瑣碎，成爲了最後與歷史抗頡的「美麗而蒼涼的手勢」。〔註330〕

張愛玲在《燼餘錄》中說，「現實這樣東西是沒有系統的，像七八個話匣子同時開唱，打成一片混沌。」〔註331〕現實就是這樣不可捉摸，而所謂的「歷史」也不過是人們按自己的想像和需要而虛構的。人們需要的是一個有英雄的歷史，由英雄豪傑創造的歷史，一個逐步走向進步的完整的歷史。對於歷史張愛玲是這樣看的，無論是政治還是哲學，那些清堅決絕的歷史觀都很令人討厭，而人生的樂趣就在於那些點滴小事。〔註332〕在張愛玲看來，歷史不是一個完整和諧的整體，眞正的歷史是沒有規律的、散亂的。而所謂的大歷史則是大我與小我的鬥爭，是完整和諧的，但張愛玲的歷史觀裏沒有這些，有的只是「小人物的喜怒哀樂」〔註333〕和如何生存下去。

〔註328〕張愛玲：《憶胡適之》，季季、關鴻，《永遠的張愛玲——弟弟、丈夫、親友筆下的傳奇》，學林出版社，1996年版，第23頁。

〔註329〕王德威：《「世紀末」的福音》，陳子善編，《作別張愛玲》，文匯出版社，1996年版，第69頁。

〔註330〕王德威：《世紀末的福音》，陳子善編，《作別張愛玲》，文匯出版社，1996年版，第69頁。

〔註331〕張愛玲：《燼餘錄》，《流言》，北京十月文藝出版社，2012年版，第48頁。

〔註332〕參見張愛玲：《燼餘錄》，《流言》，北京十月文藝出版社，2012年版，第48頁。

〔註333〕參見羅久蓉：《張愛玲與她的成名時代》，楊澤編，《閱讀張愛玲》，麥田出版股份有限公司，1999年版，第128頁。

香港淪陷了，她不寫淪陷區人民的慘況，也不寫抗戰志士們可歌可泣的英雄事蹟，只寫一對勾心鬥角互相算計的情侶因為香港淪陷而成就了他們的婚姻；一對在現實生活中百般不如意的男女，因為戰爭的緣故遇到封鎖困於電車內而意外發生的戀情。不寫淪陷區民眾如何同仇敵愾抗日奮戰，而是津津有味地描寫清朝沒落家族遺老遺少們的故事，男男女女之間戀愛婚姻的瑣事。正如她最後的作品《對照記》，沒有大筆書寫外祖父和父輩們的顯赫正史，而是對祖父母的婚姻進行了大肆書寫，還有祖父挫敗的一生。她的創作是離開「自始至終記述的是小我與大我的鬥爭」〔註334〕的大歷史觀，而從細枝末節來看待歷史的發展，她關注的是小人物們的喜怒哀樂。這種歷史觀是非常與眾不同的，表現出的是一種歷史和個體的疏離感，重視的是個體而非歷史。她在散文《更衣記》中通過描寫女性不同時期服裝的變遷來發現歷史的發展變化，1920年的婦女因為「初受西方文化的薰陶，醉心於男女平權之說」〔註335〕，所以「她們排斥女性化的一切」〔註336〕，而傚仿男人穿起了「旗袍」。而在三十年代，民眾對政治「灰了心」〔註337〕，所以時裝變得「緊縮」〔註338〕，並且「有諷刺、有絕望後的狂笑」〔註339〕。正如邵迎建所說，《更衣記》從時裝這一細節切入，勾勒出迅速走向「現代」的中國人的精神史輪廓，巧妙地挖出時代的本質。〔註340〕這一從細節著手，描寫大時代的變化，顯示出個體和歷史的一種疏離感，她偏離了自己的那個時代〔註341〕，但她筆下的個體也從某個角度反映了歷史的某個側面，這實際是張愛玲前期小說創作的一個顯著特點。

顯然，她重視的是大歷史中的個體，而不重視所謂的歷史背景（大歷史），這使得她的作品呈現出個體和歷史的一種疏離感。因為張愛玲是一個非常實際的人，對於生命沒有太多的幻想。畢竟大的歷史事件對人的影響還是有限

〔註334〕張愛玲：《燼餘錄》，《流言》，北京十月文藝出版社，2012年版，第48頁。
〔註335〕張愛玲：《更衣記》，《流言》，北京十月文藝出版社，2012年版，第19頁。
〔註336〕張愛玲：《燼餘錄》，《流言》，北京十月文藝出版社，2012年版，第48頁。
〔註337〕張愛玲：《燼餘錄》，《流言》，北京十月文藝出版社，2012年版，第19頁。
〔註338〕張愛玲：《燼餘錄》，《流言》，北京十月文藝出版社，2012年版，第19頁。
〔註339〕張愛玲：《燼餘錄》，《流言》，北京十月文藝出版社，2012年版，第19頁。
〔註340〕〔日〕邵迎建：《張愛玲的傳奇文學與流言人生》，臺北：秀威信息科技，2012年版，第194頁。
〔註341〕南方朔：《從張愛玲談到漢奸論》，蔡鳳儀，《華麗與蒼涼：張愛玲紀念文集》，臺北市：皇冠文學出版有限公司，1996年版，第221頁。

的，無論時局怎樣動亂，人還是要生活下去的。從她早期的散文《燼餘錄》可以瞭解到這一點，殘酷的香港之戰雖然對她有切身劇烈的影響，但給她的印象卻幾乎完全是「一些不相干的事」，她認爲「人生的所謂『生趣』全在那些不相干的事」〔註342〕。因爲「民族主義掀起的狂潮終會消退，時過境遷，人仍得面對現實人生」〔註343〕，所以在《傾城之戀》中戰爭沒有把白流蘇變成革命女性，范柳原也沒有成爲抗戰英雄，因爲在這兵荒馬亂的時代，個人主義者是無處容身的，因此他們的結局雖然多少是健康的，仍舊是庸俗。〔註344〕他們只是亂世中的一對普通夫妻，也只有這樣平凡地生活下去。人們根本沒有能力改變什麼，更不用說改變和創造歷史。所以張愛玲歎道，在動盪的時局中，世間男女無力改變自己的生存狀態，只能創作自己的貼身環境衣服，「我們各人住在各人的衣服裏」。〔註345〕

所以，張愛玲的前期作品中關注的是，在亂世中掙扎的小人物們的喜怒哀樂，她的小說人物有清末的遺老遺少，爲了情愛和婚姻喋喋不休爭執和鬥爭的男男女女們，至於「大我與小我之間的鬥爭」問題不是張愛玲所關心的。遺老遺少的題材在當時很少有人觸及，在那個日寇入侵，文人紛紛投筆從戎或是用筆做武器，投入到抗日戰爭洪流中去的大時代背景下，很多人認爲張愛玲此類作品是脫離現實的。其實這群遺老遺少們正是淪陷區人生百態中的一個眞實的面目。〔註346〕「他們的家是一個小小的『清朝』，他們留辮子、納妾、抽鴉片、捧優伶。賭博、打麻將、蒔花養鳥，遊閒的他們仍在冶戀昔日的榮光」。〔註347〕他們已經退出了歷史舞臺，張愛玲寫他們不是寫他們政治上的失意而是「生活上的沒有著落」〔註348〕。在

〔註342〕張愛玲：《燼餘錄》，《流言》，北京十月文藝出版社，2012年版，第48頁。

〔註343〕羅久蓉：《張愛玲與她的成名時代》，楊澤編，《閱讀張愛玲》，麥田出版股份有限公司，1999年版，第125頁。

〔註344〕參見張愛玲：《自己的文章》，《流言》，北京十月文藝出版社，2012年版，第92頁。

〔註345〕參見張愛玲：《更衣記》，《流言》，北京十月文藝出版社，2012年版，第18～19頁。

〔註346〕參見羅久蓉：《張愛玲與她的成名時代》，楊澤編，《閱讀張愛玲》，麥田出版股份有限公司，1999年版，第126頁。

〔註347〕唐文標：《一級一級走進沒有光的所在》，《張愛玲研究》，臺北：聯經出版事業公司，1976年版，第8頁。

〔註348〕參見羅久蓉：《張愛玲與她的成名時代》，楊澤編，《閱讀張愛玲》，麥田出版股份有限公司，1999年版，第126頁。

《創世紀》中張愛玲描寫紫薇的丈夫，根本不喜歡研究學問，卻被迫跟著那群遺老們研究起碑帖來〔註 349〕；《花凋》中的鄭先生「是酒精缸裏泡著的孩屍」〔註 350〕；《第一爐香》裏的梁太太，「一手挽住了時代的巨輪，在她自己的小天地裏，留住了滿清末年的淫逸空氣，關起門來做小型的慈禧太后」〔註 351〕。遺老遺少們戀戀於這往日的氛圍，在這「荒淫逸樂的世界，遺少們非把遺產吃的乾乾淨淨不可，於是，小說世界的人物就無希望、無目的的拖下去，拖下去」。〔註 352〕

他們跟不上時代的步伐，就像《傾城之戀》裏的白家「他們唱歌走了板，跟不上生命的胡琴」，兩個兒子都「狂嫖濫賭，玩出一身病來不算」，還把家裏的錢都算計光了。苦苦支撐著這個家的白老太無奈地歎道，以前賣一次田地還可以吃兩年，現在已經不行了。這些個體與時代是脫節的，這些遺老遺少們已經與所謂的大歷史越來越遙遠，已經被時代拋棄，這個世界已不屬於他們了，張愛玲從遺老遺少們的生活狀態看到了深刻的時代變遷的意義〔註 353〕。在張愛玲看來，「遺老遺少代表的不是意識形態，而是一種生活方式」〔註 354〕。張愛玲所描寫的這種上海的舊式家庭，「既不是目前的中國，也不是中國在它的過程中的任何一個階段」〔註 355〕，它也有它的美，還有它狹小整潔的道德系統，但這一切都是遠離現實生活的，它的逃避現實是向著死亡之路去的。

綜上所述，張愛玲的前期小說中，個體和歷史是疏離的，是遠離政治意識形態的。唐文標的說法有一定的道理，「它先天地拒絕了歷史時間，逃離了

〔註 349〕參見張愛玲：《創世紀》，摘自《紅玫瑰與白玫瑰》，北京十月文藝出版社，2012 年版，第 220 頁。

〔註 350〕張愛玲：《花凋》，摘自《紅玫瑰與白玫瑰》，北京十月文藝出版社，2012 年版，第 17 頁。

〔註 351〕張愛玲：《第一爐香》，摘自《傾城之戀》，北京十月文藝出版社，2012 年版，第 13 頁。

〔註 352〕唐文標：《一級一級走進沒有光的所在》，《張愛玲研究》，臺北：聯經出版事業有限公司，1976 年版，第 23 頁。

〔註 353〕參見羅久蓉：《張愛玲與她的成名時代》，楊澤編，《閱讀張愛玲》，麥田出版股份有限公司，1999 年版，第 126 頁。

〔註 354〕參見羅久蓉：《張愛玲與她的成名時代》，楊澤編，《閱讀張愛玲》，麥田出版股份有限公司，1999 年版，第 126 頁。

〔註 355〕唐文標：《一級一級走進沒有光的所在》，《張愛玲研究》，臺北：聯經出版事業有限公司，1976 年版，第 9 頁。

地理環境，限制了人物發展，甚至到了不是一個正常的，中國人的世界」〔註356〕。而和她同時代的作家卻在民族革命救國的時代浪尖上搖旗吶喊，盼望著拯救國家和民族，爲振興中華而奮鬥。張愛玲和他們不同，從來不相信所謂的歷史潮流，卻在世間男女的庸俗世界中創造了另類的新傳奇。〔註357〕

三、個體與歷史的糾結

　　無論張愛玲怎樣置身於歷史的潮流之外，避開所謂的國家歷史敘事，但她最終還是不能避免和歷史潮流的某種交匯。〔註358〕比如她的短篇小說《色，戒》，張愛玲關注的仍然是人性和日常生活細節，不過她也有意識地從國家民族的大敘述中表現出小文學的特色和魅力所在。〔註359〕「小文學」所代表的個體和「大敘述」所代表的歷史，在張愛玲這一時期的創作中，不再表現爲疏離的狀態，而是個體與歷史並重，兩者處於一種糾結的狀態，所謂消解正史，探尋秘史。也即是以不被主流文學所關注甚至完全忽略的一種小文化傳統，通過進入大文化傳統和國家民族主流話語中來表現自己獨特的一面。〔註360〕

　　據學界很多學者的研究推測，認爲張愛玲1979年出版的《色戒》的故事原型就是鄭茹蘋行刺國民黨特務頭目丁默村的故事。這是繼《秧歌》、《赤地之戀》之後，又一部觸及到歷史事件的作品。但在這篇小說中，張愛玲並沒有大筆書寫英勇正義的女間諜如何設計暗殺惡貫滿盈的漢奸，最後壯烈犧牲的故事。她擺脫了忠奸立判的女英雄和漢奸的老套故事，表現了忠奸人物的一種「曖昧性」。在這個故事中，個體與歷史是並重的，鄭蘋茹和丁默村的眞

〔註356〕唐文標：《一級一級走進沒有光的所在》，《張愛玲研究》，臺北：聯經出版事業有限公司，1976年版，第62頁。

〔註357〕參見李歐梵：《蒼涼的啓示》，陳子善編，《作別張愛玲》，文匯出版社，1996年版，第76頁。

〔註358〕參見李歐梵，：《蒼涼的啓示》，頁26，朱崇科，《身體、身份與『身影』（再現）：重讀張愛玲〈色，戒〉》，林幸謙，《張愛玲——傳奇·性別·譜系》，聯經出版事業股份有限公司，2012年版，第220頁。

〔註359〕參見朱崇科：《身體、身份與『身影』（再現）：重讀張愛玲〈色，戒〉》，林幸謙，《張愛玲——傳奇·性別·譜系》，聯經出版事業股份有限公司，2012年版，第220頁。

〔註360〕參見朱崇科：《身體、身份與『身影』（再現）：重讀張愛玲〈色，戒〉》，林幸謙，《張愛玲——傳奇·性別·譜系》，聯經出版事業股份有限公司，2012年版，第220頁。

實故事（正史）被消解了，張愛玲探尋的是所謂的秘史，這無疑體現了個體與歷史的一種糾結感。顯然這個故事是在國家民族大敘事背景下的關於個體的小敘事，體現的是個人的生命感受，顛覆了戰爭文藝的敘事模式，也解構了國家英雄的神話〔註361〕。這是她希望從人性的方面去對黑白分明的忠奸判斷所進行的思考和反省〔註362〕。如她在《惘然記》中所說「寫反面人物，是否不應當進入內心，只能站在外面罵，或加以醜化？」〔註363〕答案是否定的，她沒有把漢奸臉譜化，在張愛玲的筆下漢奸易先生的相貌十分清秀，還帶有貴族氣。這樣俊秀的漢奸在歷來的文學作品中也屬罕見吧？張愛玲說，一般的文學作品裏描寫漢奸都是獐頭鼠目，易先生雖然也是「鼠相」，不過不像那些公式化的小說裏的漢奸色迷迷暈陶陶的，而作為誘餌的俠女也是還沒到手已經送了命，俠女得以全貞。〔註364〕正因為易先生相貌出眾，王佳芝才會在易先生送鑽戒的時候，怦然心動，以為「這個人是真愛我的」。〔註365〕在這部小說裏，並沒有英雄和漢奸之間激烈的敵我鬥爭，張愛玲把「男女主角描寫成七情六欲的血肉之軀，各有其軟弱與掙扎」〔註366〕。王佳芝為了扮演已婚的麥太太，獻身於嫖過妓的同學梁閏生。然而刺殺計劃落空，王佳芝覺得這一夥人「用好奇的異樣的眼光看她」〔註367〕，而且擔心自己染上髒病。這「讓她受了很大的刺激」〔註368〕。

在這種懊惱的情緒之下，當這夥人在一個地下工作者的攛掇之下又找到她的時候，她欣然應允。她覺得每次和易先生在一起把她心裏的鬱悶都沖洗

〔註361〕參見彭雅玲：《性愛論述與權力關係：從張愛玲〈色，戒〉到李安〈色，戒〉》，林幸謙，《張愛玲——傳奇‧性別‧譜系》，聯經出版事業股份有限公司，2012年版，第275頁。

〔註362〕參見羅久蓉：《張愛玲與她的成名時代》，楊澤編，《閱讀張愛玲》，麥田出版股份有限公司，1999年版，第129頁。

〔註363〕張愛玲：《惘然記》，《重訪邊城》，北京十月文藝出版社，2012年版，第146頁。

〔註364〕張愛玲：《羊毛出在羊身上》，《重訪邊城》，北京十月文藝出版社，2012年版，第114頁。

〔註365〕參見張愛玲：《羊毛出在羊身上》，《重訪邊城》，北京十月文藝出版社，2012年版，第114頁。

〔註366〕參見羅久蓉：《張愛玲與她的成名時代》，楊澤編，《閱讀張愛玲》，麥田出版股份有限公司，1999年版，第129頁。

〔註367〕張愛玲：《色，戒》，《怨女》，北京十月文藝出版社，2012年版，第112頁。

〔註368〕張愛玲：《羊毛出在羊身上》，《重訪邊城》，北京十月文藝出版社，2009年版，第241頁。

掉了，因爲沒有白犧牲了童眞。王佳芝把刺殺漢奸當做了出演一場愛國戲劇。爲了這場戲先獻出自己的處子之身，可是刺殺計劃沒有能夠實行，讓她有種強烈的屈辱感，而當再次開始實行計劃並且和易先生發生性關係後，令王佳芝感覺好像她的盛大演出即將開幕，心中的一塊大石終於放下〔註369〕。從前她在學校裏就演過慷慨激昂的愛國歷史劇，下了臺她興奮得鬆弛不下來……〔註370〕在和易先生認識以後，佳芝覺得自己好像正在舞臺上表演一齣戲劇，像個大明星一樣星光熠熠，妙不可言。連和梁潤生發生關係的那個晚上，佳芝也感覺是「浴在舞臺照明的餘輝裏」〔註371〕。在準備刺殺的那天，難免會有些慌亂，她居然拿演戲的經驗來安慰自己，「上場慌，一上去就好了。」〔註372〕「上場」以後，王佳芝看著手上的粉紅鑽戒「是天方夜譚裏的市場，才會無意中發現奇珍異寶……亮閃閃的，異星一樣，紅得有種神秘感」〔註373〕。這珍貴的鑽戒令王佳芝愛不釋手，但她隨即無奈地歎道，這不過是表演時臨時用的道具而已，實在令人感覺可惜。連最後的結局她也預見到了，但在其眼中也只是一齣戲，好像正在放映一部黑白電影，其中的畫面很血腥，還有被抓住的間諜正遭受酷刑。從頭至尾王佳芝把暗殺行動當成了一場愛國戲劇，她只是在其中扮演一個刺殺漢奸的女間諜。顯然這個故事主要描寫的是男女之間的愛情和欲望，所謂的刺殺漢奸不過是爲這場戲劇化的表演提供一個展示的舞臺。〔註374〕

　　在具體的情節處理上，張愛玲也有她的特別之處。爲了色誘易先生，除了和同學梁閏生練習性愛，佳芝還要設法引誘他上鉤。因爲易先生的誘惑實在太多，所以佳芝不得不似乎是要提著兩個乳房在他眼前晃來晃去。〔註375〕王佳芝固然是爲了完成任務而引誘易先生，而易先生也確實是個情場老手，

〔註369〕參見彭雅玲：《性愛論述與權力關係：從張愛玲〈色，戒〉到李安〈色，戒〉》，林幸謙，《張愛玲——傳奇·性別·譜系》，聯經出版事業股份有限公司，2012年版，第265頁。

〔註370〕張愛玲：《色，戒》，《怨女》，北京十月文藝出版社，2012年版，第246頁。

〔註371〕張愛玲：《色，戒》，《怨女》，北京十月文藝出版社，2012年版，第248頁。

〔註372〕張愛玲：《色，戒》，《怨女》，北京十月文藝出版社，2012年版，第250頁。

〔註373〕張愛玲：《色，戒》，《怨女》，北京十月文藝出版社，2012年版，第255頁。

〔註374〕參見朱崇科：《身體、身份與『身影』（再現）：重讀張愛玲〈色，戒〉》，林幸謙，《張愛玲——傳奇·性別·譜系》，聯經出版事業股份有限公司，2012年版，第220頁。

〔註375〕參見張愛玲：《色，戒》，摘自《怨女》，北京十月文藝出版社，2012年版，第244頁。

除了出眾的外表，易先生在性愛方面也是個高手，很善於挑逗佳芝的情慾，兩人的激情性愛令佳芝感到性的滿足和愉悅，同時也令她心裏感覺到疑惑不安，想起那句俗語「到女人心裏的路通過陰道」，不禁暗暗地問自己，也許愛上了易先生？她不相信自己會愛上他，但也無法確定，因爲自己沒有談過戀愛，不知道愛情的滋味究竟是怎樣的。當王佳芝全力投入床第之歡以保證情婦角色扮演不失眞時，身體的快感激發了本能的欲望，喚醒了對愛情渴求，動物的本能欲望驅逐了「超我」的監管，最後導致戲假情眞、身體沉淪，而任務失敗〔註376〕。

除了性的誘惑和外表的吸引讓佳芝產生了朦朧的愛意，在準備誘殺易先生的珠寶店，等待易先生的過程中，雖然佳芝有一種行動會失敗的不詳預感，但當易先生爲她挑選了六克拉的粉紅鑽戒，此時佳芝的虛榮心居然得到了極大地滿足，「不是說粉紅鑽有價無市？……看不出這片店替她爭回了面子……」〔註377〕在這生死攸關的時刻，執行暗殺漢奸崇高革命任務的女間諜此刻居然想的是粉紅鑽的價值和面子？這昂貴的戒指讓王佳芝陷入迷惑之中，在一瞬間她把這個道具鑽戒化爲了對易先生純眞的愛情〔註378〕。而對於易先生來說，「對女人，禮也是非送不可的……陪歡場女子買東西，他是老手了」〔註379〕。佳芝對於他來說只相當於一個歡場女子。此刻易先生臉上帶著點悲哀的笑容，但在佳芝眼裏，他臉上有一種溫柔憐惜的神情，令佳芝怦然心動，覺得易先生是眞心愛她的，這一刻她突然不忍心這個「眞愛」她的男人命喪黃泉，她低聲對易先生說「快走」〔註380〕，就這樣破壞了苦苦計劃了兩年的暗殺行動。色誘本是爲了殺死漢奸，但在具體實施的過程中，愛欲開始起作用，在昂貴的粉紅鑽戒的光芒下，王佳芝不知不覺中把這種本是違心的性愛關係昇

〔註376〕彭雅玲：《性愛論述與權力關係：從張愛玲〈色，戒〉到李安〈色，戒〉》，林幸謙，《張愛玲——傳奇·性別·譜系》，聯經出版事業股份有限公司，2012年版，第268頁。

〔註377〕參見張愛玲：《色，戒》，摘自《怨女》，北京十月文藝出版社，2012年版，第254頁。

〔註378〕朱崇科：《身體、身份與『身影』（再現）：重讀張愛玲〈色，戒〉》，林幸謙，《張愛玲——傳奇·性別·譜系》，聯經出版事業股份有限公司，2012年版，第217頁。

〔註379〕張愛玲：《色，戒》，摘自《怨女》，北京十月文藝出版社，2012年版，第257頁。

〔註380〕張愛玲：《色，戒》，摘自《怨女》，北京十月文藝出版社，2012年版，第257頁。

華爲愛情〔註381〕，爲救愛人一命而使自己命喪黃泉，眞可謂飛蛾撲火。

易先生在脫險後就把王佳芝他們「統統槍斃了」〔註382〕。而易先生也不是沒有內心的軟弱和掙扎，他想著，這個女人是眞心愛他的，是他唯一的紅顏知己，如果可能的話眞想將她留在自己身邊。他知道「她臨終一定恨他」，心裏也有一絲歉疚和不捨。但他這樣安慰自己，自己也是迫不得已，他覺得她的影子會一直陪伴著他安慰他，雖然她臨終前恨他，但顯然她對他懷有一種非常強烈的感情。

王佳芝在刺殺漢奸易先生時的猶疑不決並不是源於大我和小我之間的激烈鬥爭〔註383〕，而是一瞬間的心動，使她鑄下大錯。張愛玲自己在《羊毛出在羊身上》一文中對這個故事是這樣解釋的，王佳芝只是一時被愛國激情所感染，和幾個大學同學居然幹起特工來，相當於羊毛玩票，玩票入了迷，捧角拜師，自組票社彩排，也會傾家蕩產。業餘特工一不小心，連命都送掉。〔註384〕佳芝的情慾，愛情，身體剛好陷入國家民族的大歷史與少女情竇初開的愛情慾望的縫隙裏，進退兩難。〔註385〕她是在「戲劇」的狀況之下成爲間諜的，她以爲鑽戒也是舞臺上的小道具，而當她想到「這個人是眞愛我的」，這樣一直維持戲劇性的那種「緊張關係」便瓦解了〔註386〕。這個故事體現了個體與歷史的一種糾結感，在這裡張愛玲將個體與歷史並重，消解了正史，探尋秘史，並由此探尋人性深不可測的複雜性。張愛玲改寫了這個歷史事件，使王佳芝在刺殺漢奸的正義行爲中所表現的不堅定和猶疑不決，更能反映出人性的眞實，連反面人物易先生也有其脆弱和眞性情的一面。〔註387〕張愛玲選擇進入反面人物易先生的內心世界，正

〔註381〕朱崇科：《身體、身份與『身影』（再現）：重讀張愛玲〈色，戒〉》，林幸謙，《張愛玲——傳奇·性別·譜系》，聯經出版事業股份有限公司，2012年版，第223頁。

〔註382〕張愛玲：《色，戒》，摘自《怨女》，北京十月文藝出版社，2012年版，第261頁。

〔註383〕參見羅久蓉：《張愛玲與她的成名時代》，楊澤編，《閱讀張愛玲》，麥田出版股份有限公司，1999年版，第129頁。

〔註384〕參見張愛玲：《羊毛出在羊身上》，摘自《重訪邊城》，北京十月文藝出版社，2012年版，第117頁。

〔註385〕參見楊澤：《世故的少女》，《閱讀張愛玲》，麥田出版股份有限公司，1999年版，第23頁。

〔註386〕彭雅玲：《性愛論述與權力關係：從張愛玲〈色，戒〉到李安〈色，戒〉》，林幸謙，《張愛玲——傳奇·性別·譜系》，聯經出版事業股份有限公司，2012年版，第283頁。

〔註387〕參見朱崇科：《身體、身份與『身影』（再現）：重讀張愛玲〈色，戒〉》，林幸

是對敵人也要知己知彼，在此人性顯然是大於政治的。就像張愛玲所說，中國人和其文化背景互相融合，因此個人的特性常常會被文化圖案所掩蓋而不被重視。這一點反應在文藝上就是道德觀念可能會太過突出，一切的情感都理所當然地沿著現成的渠道流過去，而不會觸及到人性深處最難測的地方。實際上，現實生活中極少有黑白分明的事，應該大部分都是椒鹽混合式的。〔註388〕

和張愛玲同時代的丁玲在延安寫過一篇《我在霞村的時候》，裏面也有一個名叫貞貞的女子，貞貞被日軍強姦之後成了慰安婦，但她仍然堅持抗日，為共產黨獲取情報。貞貞的身體同時被日本軍隊和共產黨利用〔註389〕。得了性病後的貞貞回到自己的村子卻被村民們看不起，村子裏的女人們居然因為貞貞才發現自己是如此貞潔，甚至崇敬自己，因為她們沒有被壞人強姦而感到驕傲和自豪。最後倔強的貞貞拒絕了男友的求婚，打算去延安治病。這不由得讓人想到，如果王佳芝暗殺漢奸易先生成功，那麼她的下場會不會和貞貞一樣呢？這是作者丁玲對政治意識形態的一種質疑：婦女們的命運即便是在閃耀著光明色彩的延安，也一樣不能得到保證〔註390〕。從這個角度來看，王佳芝為愛獻身的結局未必是一件壞事。在《棉花垛》中，打入敵人內部的抗日志士國押解因依附於漢奸使抗日力量遭受重創的小臭子受審的途中，被小臭子的身體所吸引，並質疑「戰爭中人為什麼非要忽略人本身？」於是他脫去這個女人的衣服，想著「人距離人本身不就不遠了嗎？」事後掏出手槍完成了傳統歷史小說中的那種宏大敘事的結局：除奸。〔註391〕小臭子，貞貞，王佳芝這三個故事都是以抗日為背景，但她們的故事卻是「女性與國家、民族之間深刻的連接和分離」〔註392〕。無論是被自己人還是被漢奸所害，她們

謙，《張愛玲——傳奇・性別・譜系》，聯經出版事業股份有限公司，2012 年版，第 219～220 頁。

〔註388〕參見張愛玲：《談看書》，《重訪邊城》，北京十月文藝出版社，2012 年版，第 55 頁。

〔註389〕參見王德威：《小說中國》，臺北：麥田出版社，1993 年版，第 327～335 頁。

〔註390〕參見劉再復：《張愛玲的小說與夏志清的〈中國現代小說史〉》，劉紹銘、梁秉鈞、許子東，《再讀張愛玲》，Oxford University Press（China）Ltd，2002 年版，第 41 頁。

〔註391〕余豔秋：博士論文《中國當代女性小說中的歷史敘事》，山東師範大學，中國期刊網，2005 年 4 月，第 13 頁。

〔註392〕唐利群：《二、三十年代女性文學與革命意識形態》，選自《婦女研究論叢》2001 年第 3 期，第 60 頁，余豔秋，博士論文《中國當代女性小說中的歷史敘事》，山東師範大學，中國期刊網，2005.4，第 12 頁。

最後的命運都很悲慘：如小臭子和王佳芝就被自己人和漢奸殺害；或是像貞貞深受性病折磨以及被鄉親歧視侮辱的精神困擾。她們的故事深刻地體現了個體與歷史的一種糾結感。

　　另一部體現個體和歷史糾結感的小說是《少帥》。書中陳叔覃和周四的愛情故事是以張學良和趙四小姐的故事爲原型而創作的。這部小說「偏重愛情故事」（1966 年 11 月 11 日張愛玲致宋淇書）。整部小說是以少帥陳叔覃和周四小姐的戀情爲主要情節，借兩人的對話以及陳叔覃的飯局，穿插了那個年代發生的歷史事件和一些奇聞軼事，這裡的歷史就好像張愛玲說的「像七八個話匣子同時開唱，各唱各的，打成一片混沌」〔註 393〕。《少帥》講述的是一九二五年到一九三〇年的故事。這時正是軍閥混戰的年代，期間發生了「五卅慘案」；以及一九二六年六月年張學良率部進攻馮玉祥國民軍；一九二七年三率軍河南阻截北伐軍，兵敗；……一九二八年，蔣介石、馮玉祥、閻錫山、李宗仁聯合北伐；同年六月四日，張作霖乘火車在皇姑屯被日軍炸死；張學良被推爲東三省保安司令，後歸附南京國民政府；一九三六年十二月十二日，與楊虎城一起發動「西安事變」。〔註 394〕這是當時的歷史背景。但張愛玲要講述的是如《孽海花》作者曾樸所說的，「想借用主人公做全書的線索，儘量容納近三十年來的歷史，避去正面，專把些有趣的瑣聞逸事，來烘托出大事的背景」〔註 395〕。

　　這個故事用大量的筆墨和情節描繪少帥陳叔覃和周四小姐的愛情故事，兩人相處的點點滴滴，裏面還有大量的情慾描寫，在前面的章節裏已經詳述過了，這裡不再重複。在陳周二人的愛情主線中穿插了一些歷史事件或奇聞軼事，比如裏面提到瑞納「幫助一個遭軟禁的反對派將軍藏身洗衣籃，潛逃出北京」〔註 396〕，而在外面卻傳說，「是一個妓女把他偷運出北京城的」〔註 397〕。這個將軍就是蔡鍔，而蔡鍔與小鳳仙的故事已經家喻戶曉了，在這裡我們卻知道原來全不是那麼回事。還有孫中山和夫人宋慶齡的故事，裏面提到

〔註 393〕張愛玲：《燼餘錄》,《流言》,北京十月文藝出版社，2012 年版，第 48 頁。
〔註 394〕參見張愛玲著：鄭遠濤譯,《少帥》皇冠出版社（香港）有限公司，2014 年版，第 219 頁。
〔註 395〕張愛玲著：鄭遠濤譯,《少帥》皇冠出版社（香港）有限公司，2014 年版，第 218 頁。
〔註 396〕張愛玲著：鄭遠濤譯,《少帥》皇冠出版社（香港）有限公司，2014 年版，第 19 頁。
〔註 397〕張愛玲著：鄭遠濤譯,《少帥》皇冠出版社（香港）有限公司，2014 年版，第 19 頁。

孫中山去世後，孫夫人要求將遺體進行防腐永久保存，因爲「她跟列寧學的，她親共。當然她推在丈夫的頭上，說他說過最好能保存遺體。孫的追隨者很錯愕。首先花費就非常大。最後蘇聯送了他們一副玻璃棺材。」〔註398〕張愛玲在此處並沒有宣揚孫中山的革命精神和奮鬥史，而只是寫了這麼一個不爲人知的小故事，宋慶齡在此不過是一個親共的、跟潮流的、追求奢華和虛名的小女人。還提到宋美齡，周四好奇地問「孫夫人的妹妹現在結婚了嗎」，陳叔覃答「她正一心找個中國的領袖，……自然是以她姐姐爲榜樣……在外國念書的人另有一種清新的氣質……可是她也難，即便是早幾年，她遇見的男人應該都結了婚了」〔註399〕，一個留洋回來的、大齡的、挑剔的剩女，以這樣的角度來描寫一貫以高雅尊貴著稱的蔣夫人宋美齡，眞是極其特別和令人印象深刻。關於孫中山，張愛玲是這樣下筆的，周四雖然相信少帥，但是她對他也有一絲懷疑，因爲「在他口中彷彿人人都是蠢材，比如他描述的孫中山：『有個新聞記者問；孫博士，您是社會主義者嗎？』，他轉向我問；『我是嗎？』我說：『你是國民黨人所應是的一切』」；「大博士現在終於隆重遷葬了，和明朝皇帝做鄰居……葬在一個最浮誇的大糖糕裏。有一萬多人請願，抗議爲了開路運棺材上山而拆除他們的房子」〔註400〕，在這裡眾人眼中偉大的國父成了「蠢材」，他的安葬甚至因爲擾民而被民眾抗議。小說還穿插了蔣介石的兒子聲討他的故事「那是他在他的親俄時期送去蘇聯的兒子。俄國人總是叫兒子去聲討父親。那小夥子是青年團的。中國共產黨一份地下刊物登了他寫給母親的公開信，譴責他父親背叛了革命……還把勸他不要逛窯子的母親踢下樓梯」。〔註401〕在這段描述中，我們知道貴爲總統的蔣介石有一個忤逆不孝的兒子，張愛玲在此對俄共的反傳統思想極盡諷刺。這些在正史裏完全看不到的奇聞軼事，是對蔣介石的一個側面描寫。正因爲在《少帥》中有許多關於宋慶齡、孫中山、蔣介石、宋美齡等歷史名人有別於正史的所謂秘史和野史的描寫，其中更不乏挪揄和嘲諷的口吻，正如她在《憶胡適之》一文中

〔註398〕張愛玲著：鄭遠濤譯，《少帥》皇冠出版社（香港）有限公司，2014 年版，第 75 頁。

〔註399〕張愛玲著：鄭遠濤譯，《少帥》皇冠出版社（香港）有限公司，2014 年版，第 79 頁。

〔註400〕張愛玲著：鄭遠濤譯，《少帥》皇冠出版社（香港）有限公司，2014 年版，第 79 頁。

〔註401〕張愛玲著：鄭遠濤譯，《少帥》皇冠出版社（香港）有限公司，2014 年版，第 90 頁。

所說，「我向來相信凡是偶像都有『黏土腳』，否則就站不住，不可信」〔註402〕。正因如此她自己也明白「少帥小說決無希望在臺出版」（一九六六年張愛玲致宋淇書），到了一九八二年張愛玲去信宋淇說，「當時如果能寫下去，就也不去管臺灣了，本來是個英文小說」〔註403〕。如此看來，這部小說顯然面向的是英文世界的讀者。

除此之外，小說裏面還有大量此類歷史事件的奇聞軼事。據馮睎乾的考證，《少帥》第二章的一則張作霖的軼事就跟高拜石《古春風樓瑣記》的《官場現形記——段貴芝沉錄》其中一段很相似。〔註404〕而小說第五章記徐樹錚（書中叫徐昭亭）被殺經過以及他在白金漢宮園遊會的軼事，就跟薛觀瀾的《馮玉祥為什麼要殺徐樹錚？》其中一段非常相似，此文原刊於一九五九年四月一日第四十二期《春秋》雜誌，張愛玲應該參考過相關的資料。〔註405〕還有少帥和周四小姐的一段對話，他說如果能殺掉中國的幾百萬人口就可以有所作為了，還可以將中國交給一個強國管理二十幾年就好了。〔註406〕也是出自《中國的瑞納》第三百〇一頁，瑞納在一封信中轉述了張學良的話。〔註407〕

小說中此類例子非常多，這些素材也大多都有來歷，據馮睎乾考證，大多數的歷史軼事趣聞都來在魯泌的《論張學良》（一九四八年由香港時代批評社出版）以及《中國的瑞納》。在張愛玲的《對照記》中提及過這本書。尤其是裏面的很多小故事都出自《中國的瑞納》一書中。在這部小說裏，正史被忽略了，歷史與個人是處於一種糾結的狀態，正史被消解了，而秘史野史被挖掘出來。張愛玲「甘心冒著剽襲的嫌疑，忠實地把這些素材逐一寫進小說」〔註408〕。張愛玲曾在《談看書》中說過自己很喜歡真事，並不是因為她尊重

〔註402〕張愛玲：《憶胡適之》，《重訪邊城》，北京十月文藝出版社，2012年版，第23頁。

〔註403〕張愛玲著：鄭遠濤譯，《少帥》皇冠出版社（香港）有限公司，2014年版，第213頁。

〔註404〕參見張愛玲著：鄭遠濤譯，《少帥》皇冠出版社（香港）有限公司，2014年版，第221～222頁。

〔註405〕參見張愛玲著：鄭遠濤譯，《少帥》皇冠出版社（香港）有限公司，2014年版，第223頁。

〔註406〕張愛玲著：鄭遠濤譯，《少帥》，皇冠出版社（香港）有限公司，2014年版，第91頁。

〔註407〕參見張愛玲著：鄭遠濤譯，《少帥》，皇冠出版社（香港）有限公司，2014.9，第226頁。

〔註408〕張愛玲著：鄭遠濤譯，《少帥》，皇冠出版社（香港）有限公司，2014年版，第226頁。

事實，而是喜愛它們獨特的人生韻味。〔註 409〕所以她很喜歡閱讀一些歷史小說和歷史人物傳記之類的書，因爲書裏偶然會有些令人神往的細節是普通傳記裏所沒有的，令人可以感受到另一個時代的眞實氣息〔註 410〕。所以在《少帥》中，張愛玲以「近乎記錄體的手法，勾勒出歷史人物某些眞實而被忽略的側面，也小心翼翼移植了歷史事件中一些看似偶然，微末卻又往往意味深遠的細節——那是主流歷史教科書不會宣揚的『眞實』」〔註 411〕，張愛玲正是在這些奇聞軼事中看到了歷史眞實的一面，她把正史消解了，探尋秘史，探尋人性眞實的一面。對於歷史她是這樣看的，「現代史沒有變成史籍，一團亂麻，是個危險的題材，絕不會在他們的時代筆之於書。眞實有一千種面相。」〔註 412〕張愛玲在《少帥》中用各種歷史素材將眞實人生的一千種面相進行了描繪，體現了那個時代的另一種質地，更體現了歷史和個體的一種糾結感。

　　可能是以鄭蘋茹爲原型的《色，戒》中的業餘女間諜王佳芝，和《少帥》中以張學良爲原型的陳叔覃，並不是人們心目中存在的高大奪目的英雄形象。他們表面上是叱咤風雲的英雄豪傑，實際上，眞實的他們也只不過是充滿了人性弱點並具備生命活力的普通人，「要尋找這些人物，並不能在正史官書中獲得，只有在野史傳奇裏，才能夠發現。」〔註 413〕張愛玲避開那些才子佳人和英雄豪傑的故事，而專注於從野史傳奇中挖掘歷史人物的生活側面和點滴，使她的創作顯示出歷史和個體的一種糾結感，這也正是張愛玲作品的魅力所在。

　　而在帶有自傳意味的小說《同學少年都不賤》中，趙珏在午後聽到總統遇刺的消息，心裏想著，「甘迺迪死了。我還活著，即使不過在洗碗」〔註 414〕。

〔註 409〕張愛玲：《談看書》，《重返邊城》，北京十月文藝出版社，2012 年版，第 60
　　　　頁。
〔註 410〕張愛玲：《談看書》，《重返邊城》，北京十月文藝出版社，2012 年版，第 61
　　　　頁。
〔註 411〕張愛玲著：鄭遠濤譯，《少帥》，皇冠出版社（香港）有限公司，2014 年版，
　　　　第 227 頁。
〔註 412〕張愛玲著：鄭遠濤譯，《少帥》，皇冠出版社（香港）有限公司，2014 年版，
　　　　第 19 頁。
〔註 413〕陳芳明：《毀滅與永恆——張愛玲的文學精神》，蔡鳳儀，《華麗與蒼涼：張愛
　　　　玲紀念文集》，臺北市：皇冠文學出版有限公司，1996 年版，第 229 頁。
〔註 414〕張愛玲：《同學少年都不賤》，《怨女》，北京十月文藝出版社，2012 年版，第
　　　　345 頁。

在這裡趙玨不過是美國某個角落裏一個微不足道的落魄移民，但是「小小的自己和足以影響美國歷史進程的事件相比照，卻並不貶低自己，反倒肯定這一隅裏的存在，也足以同窗外鋪天蓋地的宏偉相提並論」〔註415〕。這裡體現了歷史與個人的一種糾結感，個人的生存比歷史的進程更重要。總統遇刺是歷史的大事件，但是在這個故事中，小女子趙玨掙扎求存的生活經歷卻更深入人心，在此時，大的歷史事件被模糊了忽略了。歷史就是這樣混亂的、各自為政的、不守清規戒律的〔註416〕，個人與歷史的關係是糾結的、說不清道不明的。張愛玲對於歷史的態度就如南方朔所說，「在歷史上，張愛玲選擇的是偏離了生命的叉道。她不會被同時代的多數人所喜歡，但歷史卻也有它開玩笑似的殘酷，當它的發展跳過了某個階段，依附於那個時代的迷思也就會解體，一切事物將被拉到同一平面來看待，誰更長久，誰只是風潮，也將漸漸分曉……許多人是時間愈久，愈被遺忘，張愛玲則是愈來愈被記得。」〔註417〕

〔註415〕王羽：《從塵埃里開出花來：析辨張愛玲的虛無與感念》，林幸謙，《張愛玲——傳奇‧性別‧譜系》，聯經出版事業股份有限公司，2012年版，第841頁。

〔註416〕參見王羽：《從塵埃里開出花來：析辨張愛玲的虛無與感念》，林幸謙，《張愛玲——傳奇‧性別‧譜系》，聯經出版事業股份有限公司，2012年版，第842頁。

〔註417〕南方朔：《從張愛玲談到漢奸論》，蔡鳳儀，《華麗與蒼涼：張愛玲紀念文集》，臺北市：皇冠文學出版有限公司，1996年版，第223頁。